KARUŻELA

Paulina
Świst

KARUZELA

AKURAT

Projekt okładki: *Paweł Panczakiewicz/*
PANCZAKIEWICZ ART.DESIGN
Redakcja: *Monika Frączak*
Redakcja techniczna: *Anna Sawicka-Banaszkiewicz*
Korekta: *Elżbieta Steglińska, Katarzyna Szajowska*

Wszystkie zawarte w książce wydarzenia wynikają z wyobraźni autora, a wszelkie podobieństwo do prawdziwych postaci i zdarzeń jest kompletnie przypadkowe. Kompletnie.

ISBN 978-83-287-1078-8

Wydawnictwo Akurat
Wydanie I
Warszawa 2018

Pieniądze są dobrym sługą, ale złym panem.

(przysłowie francuskie)

*Mojej wspaniałej Mamie… Dziękuję :**

PROLOG

– Dzień dobry. Przyszłam na spotkanie z panem mecenasem Orłowskim.

– Dzień dobry. Proszę za mną.

Piękna recepcjonistka zaprowadziła mnie do małej, prywatnej hotelowej salki. Pozostali już siedzieli przy stole. Piotrek wstał i pocałował mnie w policzek.

– Czego się napijesz, Olu?

Spojrzałam na stolik, pili alkohole.

– Wino, białe.

– Chardonnay? – zapytała kelnerka, której wcześniej nie zauważyłam.

– Może być – odparłam, siadając przy stole.

Po chwili wróciła z moim winem.

– Dziękujemy bardzo. – Piotr uśmiechnął się do niej uroczo. – Jesteśmy w komplecie. Bardzo prosimy, żeby nikt nam nie przeszkadzał.

Kelnerka wyszła i zamknęła za sobą drzwi.

– Zebrałem was tu, by coś zaproponować. – Piotrek uśmiechnął się krzywo. – Coś bardzo dochodowego i bardzo nielegalnego...

Teo rozejrzał się po sali z udawaną trwogą.

– Masz tu podsłuch jak w Puchaczu i Przyjaciołach?

Piotrek nadal się uśmiechał.

– Jesteśmy w gronie profesjonalistów. Wszystko, co tu zostanie powiedziane, obejmijmy tajemnicą zawodową.

Lilka przebierała nogami z niecierpliwością.

– Mów!

– Mam propozycję. Długo już zastanawiałem się, ile jeszcze będziemy zasuwać na naszych byłych patronów za trzy tysiące złotych netto?

Piotrek popatrzył na mnie wymownie. Pociągnęłam łyk wina i uśmiechnęłam się ironicznie, wznosząc niemy toast.

– Z tego co wiem, dostajesz dużo więcej niż te trzy tysiące.

– Prawda, dostaję więcej, ale mam też większy apetyt. Zakręćmy karuzelę.

Piotr rozparł się na krześle i czekał na naszą reakcję. Teo napił się whisky, kręcąc głową.

– Czasy nie sprzyjają. Dwadzieścia pięć lat za przekręty na Vacie. Duże ryzyko.

– *No risk, no fun*. Ile prowadziliście vatówek? Kto zna się na tym lepiej niż my?

– Nie mamy dojść. Nie wiadomo, komu możemy nadepnąć na odcisk... – zaczęłam.

– To biorę na siebie. Nie zaprosiłbym was tu, gdybym nie miał poważnej propozycji.

– Co się teraz kręci? – zapytał Teo, wpatrując się w szklankę z whisky jak w kryształową kulę.

– Szczegóły za chwilę. Najpierw muszę wiedzieć, kto wchodzi.

Piotrek popatrzył na mnie i uniósł brew. Uśmiechnęłam się ponuro.

– Nie mam nic do stracenia. Możesz na mnie liczyć.

– Teo?

– Ile jest do wyjęcia?

– Czterdzieści dużych baniek. Potem zawijamy biznes.

– Wchodzę.

– Lilka?

Lilka się uśmiechnęła.

– Mam złe przeczucia, trzymam kciuki, ale nie wchodzę. Ktoś będzie musiał was wyciągnąć z pierdla. Bez obrazy…

Wstała i wzięła z wieszaka kurtkę.

– Nie ma żadnej obrazy. Doskonale cię rozumiem.

Piotrek podniósł się, pocałował ją w policzek i odprowadził do drzwi.

Rok później

Zerknąłem na zegarek, była 5.35. Na tarczę zachodził długi czarny włos, który owinął się wokół srebrnej bransolety mojej omegi. Uśmiechnąłem się z satysfakcją na myśl o wczorajszym wieczorze i przytuliłem do pleców śpiącej jeszcze Oli.

– Musimy wstawać? – wymruczała nieprzytomnie.

– Ja muszę, ty śpij.

Pocałowałem ją w łopatkę i poszedłem pod prysznic. Po piętnastu minutach wróciłem do sypialni, wyciągnąłem z szafy granatowe dżinsy Diesla i koszulę Tommy'ego. Dziś lajtowo. Przechodząc koło okna, zobaczyłem dwa zaparkowane granatowe dostawczaki. Nie byłoby w tym nic dziwnego, gdyby nie drobny fakt, że w mojej kamienicy nie było żadnego sklepu. Gapiłem się na nie przez chwilę, a potem nagle dotarło do mnie, co się dzieje.

– Kurwa mać! Olka, wstawaj!

– Co jest?

– Kominiarze! Coś się posypało.

– Na mnie nic nie mają. Nie mogą... Zresztą jesteśmy w twoim mieszkaniu, więc chodzi o ciebie. Uciekaj!

Wkurwiłem się.

– Przecież cię nie zostawię!

– Właśnie, że zostawisz!

Wstała, narzuciła szlafrok na nagie ciało i wyłożyła swój plan:

– Zrobię się na zaspaną idiotkę i kupię ci trochę czasu.

Pobiegła do łazienki, odkręciła prysznic i otworzyła okno. Potem zamknęła drzwi na klucz i wrzuciła go do stojącego pod ścianą worka ze śmieciami.

– Powiem, że się kąpiesz. Leć na górę do pani Laskowik.

Wcisnęła mi do ręki klucze, które leżały na szafce na buty.

– Wczoraj przyniosła je z prośbą, żebym karmiła jej kota, bo wyjeżdża na dwa tygodnie. Szybko, rusz dupę!

– Chodź ze mną – nie dawałem za wygraną.

Spojrzałem na zegarek: 5.55. Kurwa mać, za pięć minut będą. Naloty na chatę zawsze zaczynają się chwilę po szóstej.

– Nie mogę. Sam pomyśl. Na pewno wiedzą, że jesteśmy razem. Muszą mieć rozpoznanie. Jeśli nie będzie nikogo, zaczną szukać po innych mieszkaniach. Ty jesteś w stanie wyjść przez okno na drugim piętrze i uciec przez sąsiedni balkon, ale w takie akrobacje w moim wydaniu nikt by nie uwierzył. Idź już!

Pocałowała mnie i wypchnęła za drzwi.

* * *

– Pani mecenas… – Prokurator patrzył na mnie ze złośliwym uśmiechem. – Nie będzie pani brakowało tego tytułu?

Uśmiechałam się nie mniej złośliwie i bezczelnie patrzyłam mu prosto w oczy. Mimo że w środku cała się trzęsłam. Miałam nadzieję, że nie mają Piotrka, że zdążył.

– Pomidor – powiedziałam pewnie. Chyba zbiłam go z tropu.

– Słucham?

– Pomidor. Tyle powiem bez adwokata.

– Ależ czy ja pani zabraniam wezwać adwokata? – Udał oburzenie. – Nawet do niej zadzwoniłem.

Powinna być za chwilę. Zabijam czas luźną pogawędką, zanim przyjdzie.

– Pomidor.

– Dobrze, że pani koledzy okazali się bardziej rozmowni.

Prokurator podsunął mi wydruk protokołu przesłuchania Piotra. Na dole brakowało podpisu. W dodatku pokazał mi to przed przyjściem Lilki. Sam na sam. Z daleka cuchnęło podstępem.

– Pomidor.

Oddałam mu kartkę, nie zagłębiając się w treść. Wolałam nie mieszać sobie w głowie. „Szara magia, ja nigdy nie pękam" – powtarzałam w głowie słowa piosenki Sokoła. Uspokajała mnie. Zapatrzyłam się w okno, prokurator pochylił się nad laptopem. Piętnaście minut później w drzwiach stanęła Lilka.

– Zarzuty? – zapytała bez zbędnych wstępów.

– Oszustwa na szkodę Skarbu Państwa na… dwadzieścia pięć milionów. Zorganizowana grupa przestępcza, takie tam… Zaraz będę przedstawiał, to pani posłucha.

– Czy mogę zamienić słówko z klientką?

– Oczywiście, ale tylko w mojej obecności.

Prokurator najwyraźniej chciał wiedzieć o wszystkim. Nie miał jednak pojęcia, że znamy się z Lilką od lat i potrafimy tak rozmawiać, że nikt nie łapie, o co chodzi.

– Co tam na fejsie? – zapytałam nonszalancko.

– Wiktor zdrowy – odpowiedziała.

Lilka usiadła obok mnie i wlepiłyśmy wzrok w prokuratora. Na mojej twarzy rozkwitł uśmiech. Prokurator był wściekły. Tym samym poinformowała mnie, że nie mają Piotrka i że jego rzekome zeznania, które mi pokazał, to ściema. A to przecież on, bez cienia wątpliwości, miał mieć postawiony zarzut z artykułu 258 paragraf 3 Kodeksu karnego – kierowanie zorganizowaną grupą przestępczą.

* * *

Siedziałem na podłodze w przedpokoju pani Laskowik i drapałem za uchem burą kotkę. Miauczała przejmująco i tuliła się do mojej ręki. Miałem ochotę zrewanżować się jej tym samym. Trzepali moje mieszkanie już ponad dwanaście godzin. „Czarni" zapuścili się aż tutaj, ale kiedy zaczęli walić w drzwi, mieszkająca naprzeciwko pani Wandzia poinformowała ich, że pani Laskowik wyjechała do sanatorium. Powiedziała też, że absolutnie nikt tu nie wchodził, przecież by słyszała... Kochana staruszka. Prowadziłem jej za frajer sprawę o emeryturę. Broniłem też jej popieprzonego wnuczka, który żył z kradzieży telefonów. Najwyraźniej postanowiła spłacić dług wdzięczności. Przez pierwsze trzy godziny miotałem się po mieszkaniu jak jebnięty, a potem usiadłem w korytarzu i tkwiłem tak z kotem u boku. Wreszcie, około 18.30, usłyszałem delikatne pukanie.

– Panie Piotrusiu… – powiedziała cicho pani Wanda.

Uchyliłem drzwi i wpuściłem ją do środka.

– Odjechali, ale zaraz po siódmej rano zabrali panią Olę! Widziałam.

Przełknąłem gulę w gardle.

– Ja też.

– Co teraz będzie? – zapytała mnie zmartwionym głosem.

– Sam nie wiem. Bardzo pani dziękuję. Odwdzięczę się, jak tylko jakoś to ogarnę…

Staruszka pogłaskała mnie po ręce.

– Dość dobrego dla mnie zrobiłeś, chłopcze. Wolę nie pytać, w co się wpakowaliście, ale mam nadzieję, że wszystko się ułoży.

– Ja też. Zostawiam klucze. Będzie pani karmić tego sierścia?

Wskazałem na kota, który tymczasem zdążył zwinąć się w kłębek na wycieraczce i zasnąć.

– Będę. Dobry z ciebie chłopak.

Wzięła pęk kluczy i uśmiechnęła się do mnie, poprawiając okulary. Miałem ochotę strzelić sobie w łeb. Kiedy to tak zjebałem? Naprawdę byłem kiedyś dobrym chłopakiem... Nigdy sobie nie wybaczę, jeśli nie uda mi się wyplątać z tego Olki. Czułem się jak ostatni skurwysyn. Niepotrzebnie dałem się jej namówić i zgodziłem się, by została w mieszkaniu. Z drugiej strony byłem jej jedyną szansą, najbardziej zdeterminowaną osobą na świecie, aby ją wyciągnąć. Dobrze wiedziałem, że jeśli ona nie wyjdzie, to równie dobrze mogę pójść na komendę i sam się zgłosić. Musiałem działać. Zbiegłem po schodach i pognałem w stronę mety, gdzie trzymałem zabezpieczenie na taką właśnie okoliczność: komplet dokumentów, czterysta tysięcy dolarów, telefony. Na dwie osoby. Kiedy to szykowałem, nawet przez głowę mi nie przeszło, że to ją zamkną, a nie mnie. Walnąłem się na kanapę w mikroskopijnej kawalerce i zadzwoniłem do Marka. Poprosiłem go, żeby naszykował mi na jutro cirrusa. Musiałem się przespać, a rano wymyślić jakiś plan.

* * *

Prokurator patrzył na mnie z drwiącym uśmiechem.

– Co pani powie na powyższe zarzuty?

– Nie przyznaję się i odmawiam składania wyjaśnień.

– Pani wybór. W takim razie będę zmuszony skierować wniosek o tymczasowe aresztowanie.

– Na podstawie jakich dowodów? – zapytała Lilka, przeszywajac go drwiącym spojrzeniem. Wiedziała, że byliśmy kurewsko ostrożni. Nie było opcji, by ktoś się połapał.

– Na podstawie zeznań świadka incognito.

Kurwa... – pomyślałam. Kto? Chyba nie Teo...

– Lilka, a co u Klemensa? – zapytałam szeptem.

– Cisza – odpowiedziała.

Czyli Teo nie, bo też go mają. Zaraz na początku stworzyliśmy system komunikacji na wypadek wpadki. Założyliśmy sobie fikcyjne konta na Facebooku. Piotrek jako Wiktor Wektor, ja – Iwona Iwonowicz, a Teo – Klemens Klemencki. Gdyby coś zaczęło się dziać, każdy miał napisać post, że jest zdrowy – jeśli był bezpieczny. Dzięki temu Lilka wiedziała, kto wpadł, a kto nie. Mieliśmy w znajomych tylko siebie.

– Rozumiem, że będę mogła się z nimi zapoznać?

– Oczywiście. Byli państwo niesamowicie ostrożni, macie też naprawdę dobrych ludzi, nikt nic nie mówi. Wszystkie słupy twardo trzymają się jednej wersji. – Spojrzał na mnie i z niedowierzaniem pokręcił głową. – Tym bardziej nie rozumiem, jak można było się tak głupio wpakować…

Lilka nie dała się wyprowadzić z równowagi.

– Panie prokuratorze, bawi się pan w zagadki? Może wreszcie pokaże mi pan te zeznania?

– Ależ proszę.

Podał jej plik kartek wyjętych z akt.

– Pani niech też przeczyta – zwrócił się do mnie.

Zabrałam się do lektury i nie wierzyłam własnym oczom. Wszystko opisane ze szczegółami! Zwłaszcza role Piotra, moja i Teo. A przecież nie figurowaliśmy w żadnych dokumentach. Każdy zajmował się jedną odnogą działalności i odpowiadał za swoje słupy. Piotrek wszystko koordynował. Kurwa, to niemożliwe!

– Pan Teodor Klema będzie przesłuchiwany za chwilę. Wspominał, że jest pani też jego obrońcą. Może on okaże się bardziej rozmowny.

Prokurator podszedł do drzwi i wezwał policjantów. Wyprowadzili mnie z pokoju.

* * *

– Cześć, Marek – powiedziałem, wchodząc do hangaru. – Jest przygotowany, zatankowany?

– Pytasz, a wiesz… – Wytarł ręce w szmatę i odłożył ją na stolik. – Co się dzieje?

– Lepiej, żebyś nie wiedział… – Nie miałem teraz ochoty niczego tłumaczyć. – Muszę zniknąć, a obawiam się, że na A4 będą blokady, żeby mi to utrudnić. Papiery zrobiłeś?

– Zrobiłem. Rozumiem, że jakby kto pytał, to cię nie widziałem. Transponder wyłączysz?

– Tak. Pomóż mi go wypchnąć z hangaru – powiedziałem, wrzucając torbę i słuchawki za siedzenie.

Kiedy wypchnęliśmy SR22 przed hangar, zrobiłem obchód samolotu. Zdjąłem zaślepki z rurki dajników ciśnienia. Zerknąłem na opony, czy ciśnienie jest odpowiednie, szukałem czegoś nietypowego. Było to niezbędne, żebym głupio nie umarł. *Remove before flight*.

– No to lecę – powiedziałem do Marka.

Uśmiechnął się ponuro.

– Leć, a jak tylko będziesz mógł, to wracaj.

– Postaram się – rzuciłem i pomachałem mu na pożegnanie.

Włączyłem radio, by słyszeć, co się dzieje, ale nie zamierzałem się nigdzie zgłaszać. Wiedziałem, że pod względem inteligencji wyprzedzam prokuratora o lata świetlne, ale nie tacy jak ja wypierdalali się na szczegółach. Nie miałem zamiaru do tego dopuścić.

– Od śmigła! – wydarłem się przez okno.

Marek znał się na rzeczy. Stał w bezpiecznej odległości.

– Jest od śmigła!

Odpaliłem silnik, ustawiłem ciśnienie, trasę, sprawdziłem resztę przyrządów, założyłem słuchawki i pokołowałem do pasa. Przed jego zajęciem, tak jak zawsze, zrobiłem próbę silnika. Wszystko było OK. Nie zgłosiłem, że startuję, ale w radiu nie było słychać, by coś lądowało. Na wszelki wypadek jeszcze się rozejrzałem; było czysto. Zająłem pas, ustawiłem się w jego osi, ustawiłem klapy i dałem po garach. Podszedłem do szybkości rotacji, poczekałem, aż wzniesie mi się przednie kółko i przy pięćdziesięciu pięciu węzłach oderwałem się od ziemi. Potem podniosłem się i przymknąłem klapy. Wzniosłem się na dwa tysiące stóp. Wiedziałem dwie rzeczy: że muszę lecieć wzdłuż A4 i ominąć zamkniętą strefę w okolicy Olesna. Nie miałem zamiaru wchodzić nikomu w paradę, a tam był poligon. Chciałem tylko trzymać się trasy i szybko dostać na Śląsk, gdzie chwilowo byłem bezpieczniejszy niż we Wrocławiu.

Co mogło pójść nie tak? Musiałem dorwać kontakt do Lilki, ale byłem przekonany, że prokurator ją obserwuje. Nie mogło być inaczej, skoro broniła Olkę i Teo. Sam bym tak zrobił na jego miejscu.

Jedyną osobą, która może dotrzeć do Lilki bez skierowania podejrzeń na mnie, jest jej wspólniczka. Laska ma kancelarię w Katowicach.

Leciałem z prędkością stu osiemdziesięciu węzłów, czyli około trzystu trzydziestu kilometrów na godzinę. Transponder miałem wyłączony, by nie być widoczny na cywilnych radarach. Przestroiłem się też na częstotliwości służby informacji powietrznej, aby wiedzieć, czy ktoś mnie zauważył. Szanse na to były marne, ale byłem paranoikiem. Wolałem dmuchać na zimne. Po niecałej godzinie zobaczyłem lotnisko w Gliwicach, przestroiłem ponownie radio, tym razem na ich częstotliwość – 122,3 MHz. Cisza. Zaryzykowałem i wylądowałem z prostej, skołowałem pod hangar i zobaczyłem znajomą twarz. Bartek, kumpel Marka. Kiedyś na wspólnym wypadzie obaliliśmy parę browarów. Marek musiał uprzedzić go o moim przylocie. Wyszedłem z samolotu.

– Heja. Marek mówił, że przylecisz. Wspominał, że w kiepskim nastroju. Browarek przy migu?

Wskazał ręką na zabytkowego miga przed skwerkiem z ławeczkami. Uśmiechnąłem się szeroko na pewne wspomnienie.

– Pamiętasz, jak próbowaliśmy tam wleźć najebani, żeby sprawdzić, czy są przyrządy? Były!

– Pamiętam. Jakby co, to przygotowałem ci nocleg. O nic nie pytam. My, Ślązacy, jesteśmy gościnni i niespecjalnie ciekawscy.

Podał mi browar.

– Nie mogę – odmówiłem z żalem. – Mam milion rzeczy do załatwienia. Dzięki za nocleg. Jeśli wszystko ogarnę, to wrócę wieczorem i wtedy możemy się napić.

Wyjąłem telefon i wezwałem Ubera. Wepchnęliśmy samolot do hangaru.

– Zajmiesz się nim? – zapytałem.

– Wszystko zrobię.

– Możesz korzystać, ile chcesz. Nie wiem, jak długo zostanę.

– Tak jak powiedziałem: zostań, ile potrzebujesz.

Kiedy Bartek zaczął zajmować się samolotem, usłyszałem sygnał apki w telefonie: Uber przyjechał. Wsiadłem do samochodu i pojechaliśmy do wypożyczalni. Wynająłem auto na lewe papiery i pół godziny później zaparkowałem przed filią Błońska & Płonka w Katowicach. Wszedłem do kancelarii.

– W czym mogę panu pomóc? – zapytała młoda sekretarka.

– Do mecenas Błońskiej.

– Był pan umówiony? Pani mecenas jest teraz zajęta.

– Proszę jej powiedzieć, że przyszedł Wiktor Wektor.

Zmierzyła mnie podejrzliwym spojrzeniem. Pewnie myślała, że się z niej nabijam.

– Proszę zaczekać.

Zniknęła za wielkimi drewnianymi drzwiami. Po chwili wypadła z nich Kinga i zawisła mi na szyi.

– Piotrek! Sto lat cię nie widziałam. Źle wyglądasz.

Przyjrzała mi się uważniej. Pocałowałem ją w policzek.

– Bo źle się dzieje. Musisz mi pomóc.

– Aniu, masz już dziś wolne. Przekieruj stacjonarny kancelarii na swoją komórkę, ale nikogo do mnie nie łącz. Jakby dzwonił Łukasz, powiedz mu, że mogę wrócić późno – zwróciła się do sekretarki.

Poczekała, aż dziewczyna wyjdzie. Zamknęła za nią drzwi, wyłączyła telefon i zostawiła go w sekretariacie.

– Chodź.

Wskazała mi wejście do gabinetu. Opadłem na wygodną skórzaną kanapę i przejechałem rękami po twarzy. Kurwa, ale byłem zmęczony, przez całą noc nie zmrużyłem oka. Kinga podeszła do szafki, wyjęła whisky i nalała do szkła.

– No i co? Zesrało się? – zapytała, siadając obok i podając mi szklankę.

– Tak. Mają Olę i Teo.

– Wiem. Rano dzwoniła Lilka.

– Podpisałem pełnomocnictwo na was dwie, prawda?

– Tak. To w naszej kancelarii standardowe, ale chyba nie będzie żadnego konfliktu? – Spojrzała na mnie z niepokojem. Byłem adwokatem, wiedziałem, o co pyta: czy ktoś z nas nie zacznie sypać.

– Nie wiem. Nie sądzę. Ola na pewno nie. Dzięki niej w ogóle z tobą gadam. Przyjechali po mnie… Teo, jak go znam, też nie. Wiedział, na co się pisze. Ale, kurwa, nie wiem… Nic już nie wiem.

– Nie chcę wiedzieć, czemu Ola u ciebie spała, prawda?

– Nie mam pojęcia, co będzie się działo, więc lepiej, żebyś ty wszystko wiedziała. Sypiamy ze sobą od pół roku.

– A Andrzej?

Andrzej był mężem Oli.

– Przepierdziela pieniądze w kasynie i ma to gdzieś. Zresztą złożyła pozew o rozwód.

– A Madzia?

– Kinga, nie chcę o tym gadać. – Szybko zamknąłem kwestię mojej małżonki.

– Czyli na zachodzie bez zmian… – Kinga się zamyśliła. Po chwili powiedziała: – Piotrek, będę z tobą szczera: dobrze wiesz, że z taką kasą idzie duże ryzyko… Chcesz mojej rady jako twojego obrońcy?

– Chcę.

– Spierdalaj stąd. Jako adwokat dostaniesz za karuzelę na taką kasę dwa lata więcej niż pierwszy lepszy burek. Wiem, że masz mózg i kasa jest w większości bezpieczna, ale wszystko, co jest legalnie na ciebie, już przepadło. Zabieraj się stąd za granicę.

– Nie zostawię jej w pierdlu.

– A masz wybór?

Kinga patrzyła na mnie przenikliwie tymi swoimi niebieskimi oczami. Przypomniały mi się wspólne lata aplikacji: imprezy, sympozja, walenie do ryja… Zawsze ją lubiłem. Nie widywaliśmy się często, ale na wszystkich zjazdach Izby Wrocławskiej tworzyliśmy zgraną paczkę. Teraz nasze kontakty osłabły, bo ona przeprowadziła się na Śląsk, a ja ponad rok temu zacząłem kręcić tę pierdoloną karuzelę. Karuzelę, która zapewniła mi wyjebaną chatę, niesamowite fury, markowe ciuchy, wspaniałą kobietę… I która zabrała mi to wszystko w ciągu piętnastu minut.

– Nie wyjadę bez niej. Nie mogę też zostawić Teo. Trzeba ich z tego wyciągnąć.

– Co może nie być proste... – Kinga wstała. – Zadzwonię do Lilki i dam ją na głośnik. Tylko się, kurwa, nie odzywaj. Chuj wie, kto nas słucha.

– Okej.

Wróciła po chwili z telefonem i wybrała numer. Potem położyła aparat na stoliku obok kanapy.

– Jak ja, kurwa, nienawidzę prokuratorów... – zaczęła Lilka zamiast przywitania.

– Kto to prowadzi?

– Znamirowski.

– Karuzelę? Przecież kiedy mieszkałam we Wrocławiu, to był lebiedziem w rejonie. Robił sprawy o kradzież pościeli z kory i kiełbasy krakowskiej w melinach.

– No wiesz, dobra zmiana... Awansował do okręgowej i ta sprawa to jego oczko w głowie. Musi się wykazać, żeby uzasadnić awans.

– Co ma?

– Jebanego świadka incognito.

Kinga spojrzała na mnie. Rozłożyłem ręce w geście oznaczającym, że nie mam pojęcia, o kim mówi.

– I co ciekawego mówi ten świadek?

– Wszystko – odpowiedziała zwięźle Lilka.

– A Ola i Teo?

Lilka się roześmiała.

– Olka odmówiła wyjaśnień, a Teo jakby nie do końca.

– Jak to?

Kinga pochyliła się bardziej nad telefonem.

– Powiedział prokuratorowi, że ma spierdalać.

– Dosłownie?

– Dosłownie powiedział tak: „Panie prokuratorze, niech pan spierdala".

Mimo woli się uśmiechnąłem. To było bardzo w stylu Teo.

– Kinga, może tak się zdarzyć... – zaczęła powoli Lilka, ważąc słowa.

– Tak się zdarzyło – odpowiedziała szybko Kinga.

Domyślałem się, że ten fragment rozmowy dotyczy mojego przyjazdu.

– Zajmę się tym. Daj mi znać, co dalej.

– Będą sanki*. – Głos Lilki brzmiał bardzo pewnie.

– Te zeznania są aż takie złe?

– Tak.

Oparłem głowę o oparcie kanapy i zamknąłem oczy.

---

* Tymczasowe aresztowanie.

* * *

Konwój wjechał na dziedziniec więzienia przy Kleczkowskiej. Przywieźli mnie na „Babiniec". Kurwa mać. Od lat słyszałam niezbyt ciekawe historie na temat kobiecego oddziału, a kiedy zobaczyłam *Superwizjer TVN*, potwierdziły się moje najgorsze przypuszczenia. To co, że byłam tu wielokrotnie w roli obrońcy? Nie miałam pojęcia o układach, które dotyczą osadzonych. Byłam panią mecenas z wolności, która odwiedzała, uśmiechała się, rozmawiała, a godzinę później wychodziła, odpalając fajkę i oddychając pełną piersią, kiedy tylko zamykały się za mną ciężkie metalowe drzwi. A teraz słysząc ten dźwięk, miałam ochotę płakać... albo się śmiać. To wszystko było tak bardzo nierealne. Tak jakby od czasu, kiedy usłyszałam ryk: „Centralne Biuro Śledcze, na glebę, nogi szeroko!" – coś poprzestawiało mi się w mózgu. Wolałam nie myśleć o rodzicach i Piotrku. Rozkleiłabym się w pięć minut. A na to akurat sobie tutaj pozwolić nie mogłam. Cały czas miałam nadzieję, że zaraz obudzę się w wygodnym łóżku obok Piotrka i będziemy zaśmiewać się z tego popierdolonego snu. W głowie wciąż słyszałam słowa sędzi, u której nieraz prowadziłam sprawy: „Środek zapobiegawczy w postaci tymczasowego aresztowania na okres trzech miesięcy, a więc do dnia 13 grudnia 2018 roku".

– Rocznica stanu wojennego – mruknęłam do Lilki, przechylając się do niej z ławki dla podejrzanego.

Wcześniej do łez rozśmieszyłam konwój, bo odruchowo skierowałam kroki do ławy przeznaczonej dla adwokata. Lilka patrzyła na mnie ze współczuciem.

– Trzymaj się. Zrobię wszystko, żeby było dobrze.

Miałam ochotę ją uściskać. Była mądrzejsza. Wiedziała, żeby w to nie wchodzić. Miała rację. Nagle to wszystko, czego dorobiłam się w ciągu ostatniego roku, okazało się tak mało warte. Tak mało w świetle tego, że nie mogę iść, dokąd chcę, i robić tego, na co mam ochotę. Z drugiej strony gdyby nie ta afera, to nadal tkwiłabym nieszczęśliwa w przechujowym małżeństwie i nie byłoby ostatniego półrocza... Tego postanowiłam się trzymać. Pozytywów. Nie zwariować. Dlatego też kiedy policjant powiedział do mnie: „No to jedziemy z mecenaską do nowego apartamentu", odwróciłam się do niego i wyniośle wycedziłam: „Nie przeszliśmy na ty, baranie bez szkoły". Przy takich zarzutach, jakie mi postawiono, znieważenie funkcjonariusza było najmniejszym problemem.

Po przejściu upokarzającego przeszukania stałam przed wejściem do celi przejściowej, ściskając w rękach dwa koce, poduszkę, poszewkę, prześcieradło, miskę, talerz, kubek, sztućce. Na tym wszystkim położyłam „białko”*.

– Dzień dobry – powiedziałam, wchodząc do celi.

Uśmiechałam się, mimo że w środku czułam tylko strach. Ogromny, obezwładniający, wszechogarniający strach.

– Dobry – odezwała się jedna z trzech dziewczyn. Wszystkie patrzyły na mnie badawczo.

---

* Postanowienie o zastosowaniu tymczasowego aresztowania.

Pięć miesięcy wcześniej

Wszedłem do wyjebanego w kosmos domu. Ołtaszyn, jedna z bardziej wypasionych dzielnic. W sąsiedztwie same podobne wille i nowe osiedla, drogie jak sam skurwysyn. „Domek" Olki był jednym z największych, w dodatku umeblowany na najwyższym poziomie. Ola siedziała na skórzanej kanapie, pochylona nad szklanym stolikiem, tyłem do wejścia.

– Ładny domek – stwierdziłem ironicznie, rozglądając się po stumetrowym salonie. Dalej było pewnie równie ekskluzywnie. Drgnęła i nie odwracając się w moją stronę, powiedziała niewyraźnie:

– Wynajęłam.

Podszedłem bliżej. Beczała.

– Ogarniesz się, do cholery? – zapytałem, unosząc jej brodę.

– Nie wiem. Zajarasz?

Wskazała na blanta, którego właśnie skończyła skręcać. Usiadłem obok niej na kanapie.

– Daj.

Wyjąłem jej z palców skręta i zaciągnąłem się mocno.

– Myślisz, że pingwiny mają kolana?

– Myślę, że to „holender" – oznajmiłem, czując, jak w sekundę trzepnęła mnie bania.

– A i owszem, mecenasie.

Olka zaciągnęła się i opadła na oparcie kanapy.

– Co się znowu stało?

– Nie chce mi się o tym gadać... – Położyła nogi na stole. – Masz jakieś plany na weekend? – zapytała.

Nie miałem. Od co najmniej kilku lat. Kiedy postanowiłem sobie, że już nigdy nie będę snuć jakichkolwiek planów. Prócz tych, które miały mi zapewnić dostatnie, nieskomplikowane życie.

– Nie.

– Nie zabrałbyś mnie gdzieś? Wezmę dużo „holendra", ty ogarniesz wódkę.

– No jasne. A twój mąż? – zapytałem, bardziej żeby jej przypomnieć, że go ma, niż żeby obchodziło mnie, co on sobie pomyśli.

– A twoja żona? – odpaliła Olka, ale błyskawicznie się opamiętała. – Przepraszam. A co do mojego męża, to pies go jebał.

Na taką odpowiedź liczyłem.

– No to chodź, piękna. Mam pewien pomysł…

– Czekaj, tylko się spakuję.

– Nie. Albo idziemy, jak stoimy, albo spierdalam, a ty baw się dalej sama.

– Dobra.

Wiedziałem, że kiedy zacznie się zastanawiać, to nic z tego nie będzie. W jej przypadku spontan działał najlepiej.

***

Nie wiedziałam, skąd ten pomysł przyszedł mi do głowy, ale skoro Piotrek go załapał, to czemu nie? Wpakowałam się do nowego mercedesa CLS.

– Nie za bardzo się wozisz? – zapytałam, zapinając pasy.

– Przecież nie będę wszystkiego kitrał w materacu jak Teo. Trzeba liznąć trochę życia.

– „Tylko do tego lizania się za bardzo nie przyzwyczaj”*.

---

* Sokół i Marysia Starosta, *Reset*.

– Powiedziała mieszkanka dwustumetrowej willi. – Puścił do mnie oko. – Zresztą to nie moje. Pożyczyłem od klienta.

– Jasne... To dokąd mnie zabierasz w tym oto stroju?

Miałam na sobie sprane dżinsy i bluzę z nadrukiem młodego Slasha palącego fajkę.

– Nie wierzysz we mnie?

Uśmiechnął się w taki sposób, że poczułam mrowienie w brzuchu.

* * *

Zaparkowałem auto przed apartamentami na Czarnej Górze i potrząsnąłem ramieniem Olki.

– Wstawaj. Jesteśmy na miejscu.

– Czyli gdzie?

Rozejrzała się zaspanymi oczami. Boże, miałem taką ochotę, żeby... STOP. To moja przyjaciółka i współpracowniczka. Jedna z niewielu osób, na których mi zależy... I którym zależy na mnie.

– Zobaczysz.

Roześmiałem się.

Wyszliśmy z samochodu i od razu usłyszałem, że całe najwyższe piętro napieprza basem. Już się zaczęło.

– Czy to jest piosenka Gangu Albanii? – zapytała Olka sceptycznie.

– „Kocham cię, żabciu, mój mały pączusiu, kiedy wracam do domu najebany jak szpadel”– zaśpiewałem na cały głos, łapiąc Olkę za rękę.

– Pamiętasz, jak ci mówiłam, że zazdroszczę ci fotograficznej pamięci? Jeśli jej elementem jest też zapamiętywanie takich tekstów, to chyba mogę bez tego żyć.

– Nie marudź. Muszę tu szybko coś załatwić. Chyba że ci się spodoba, to zostaniemy.

– Obawiam się, że nie jestem odpowiednio ubrana.

Popatrzyła na balkon, na którym tańczyły jakieś laski w ekstremalnie krótkich sukienkach.

– Nigdy bym cię tu nie wziął imprezowo ubranej.

– Czemu? Może znalazłabym nowego męża?

– Prędzej zaliczyłabyś gang bang z opcją obejrzenia go potem na xvideos.

– To twoi koledzy?

– Twoi też. Ciężko harują na twój nowy dom.

***

– MECENASIE!

Ponownie uniosłam głowę. Jakiś spasiony koleś szczerzył zęby na balkonie. U jego boku wyginała się prawie goła małolata. Nagle wychylił się przez barierkę. Z ręki wypadła mu szklanka i rozbiła się na podjeździe.

Piotrek roześmiał się i uniósł rękę w geście pozdrowienia. Zaraz potem pociągnął mnie w stronę wejścia do budynku.

– Jak to możliwe, że nie ma tu jeszcze psów? – zapytałam, przekrzykując muzykę rozbrzmiewającą także na parterze.

– Wynajęli całość. Dobrze płacą. Dużo niszczą, ale wszystko uregulują z nawiązką.

– Nie boisz się, że ktoś cię tu zobaczy?

– Nie. Tylko jedna osoba wie, że ja tym kręcę. Reszta myśli, że po prostu ich reprezentuję. Mam upoważnienia do obrony od wszystkich. Tajemnica adwokacka, Oleńko.

– Moje rozwiązanie jest lepsze – stwierdziłam z przekonaniem.

– No nie wiem. Za bardzo wierzysz w tego swojego Jarka.

– Jarek nie pęka.

– Każdy pęka, jeśli go odpowiednio podejdziesz.

Spojrzałam na niego prowokująco.

– Ty też?

– Ja też – powiedział, omijając parę migdalącą się na schodach.

– Czy on jej właśnie…? – zapytałam, patrząc na nich z ciekawością.

– Tak. Ostrzegałem cię.

Piotrek się roześmiał. Ja też wybuchnęłam śmiechem.

– No więc, mecenasie Orłowski, kogo trzeba przycisnąć, żebyś pękł?

– Ciebie – powiedział i otworzył drzwi do penthouse'a.

* * *

Olka umilkła, najwyraźniej analizując moje słowa. Nie miałem zamiaru ich cofać. Trafiał mnie szlag, kiedy widziałem, co wyrabia. Jak się wykańcza. W świetle mrugających wszędzie stroboskopów starałem się zlokalizować Igora. Zamiast niego podszedł do mnie Dawid.

– Dzień dobry. Pan mecenas wpadł się pobawić?

– Gdzie Igor? – odpowiedziałem pytaniem na pytanie.

– W jacuzzi.

Pociągnąłem Olkę w kierunku łazienki.

– To może być widok nie dla dam.

Dawid się roześmiał.

Rzeczywiście. Wskazałem ręką na barek pełen alkoholi.

– Zostaniesz tu?

– Nie ma problemu.

Olka usiadła na wysokim krześle. Dawid zajął sąsiednie miejsce.

– Na co ma pani ochotę? – zapytał.

– Na coś w zamkniętej butelce. Z nienaruszonym kapslem – odpowiedziała Ola.

Obydwoje wybuchnęli śmiechem. Mądra dziewczyna – pomyślałem z dumą, kierując się w stronę ogromnej łazienki.

* * *

Dawid podał mi „małego Heńka". Zgodnie z moją sugestią – zamkniętego. Odkręciłam kapsel i pociągnęłam solidny łyk.

– Skąd panią znam?

– Broniłam pana pięć lat temu. Byłam jeszcze aplikantką. Rozbój z niebezpiecznym narzędziem.

– Rzeczywiście! – Dawid klepnął się w czoło. Wyjął z kieszeni worek i ustawił na barze cztery kreski: – Poczęstuje się pani?

– Nie walę ścierwa – odpowiedziałam, myśląc że to amfetamina.

– Nawet nie ośmieliłbym się zaproponować pani ścierwa. W końcu dostałem tylko cztery lata, a powiedzmy uczciwie, należało mi się sześć. To kolumbijski koks. Niebo w nosie.

Zwinął sto złotych i strzelił sobie w obie dziurki.

Nigdy w życiu nie wciągałam kokainy. Z drugiej strony czułam, że z moim życiem wszystko jest dokumentnie nie tak jak trzeba. Chyba nie miałam wiele do stracenia…

– W sumie czemu nie…

Wzięłam od niego banknot i zrobiłam to samo co on.

* * *

Wszedłem do łazienki, gdzie Igor leżał w jacuzzi, obejmując obiema rękami sztuczne cycki jakiejś blondyny. Druga starała się zrobić mu loda pod wodą.

– Utopi się.

Wskazałem ręką na wynurzającą się laskę. Była jakby trochę sina na twarzy i łapała powietrze jak wigilijny karp.

– Nic jej nie będzie. Ma pojemne płuca. Wyjazd stąd.

Igor odepchnął od siebie dziewczyny, które wyskoczyły z chichotem z wody i wybiegły z łazienki. Zmieniłem ton na służbowy.

– Rozumiem, że skoro masz czas na zajebistą imprezkę, to ogarnąłeś temat słupa, który chciał się wycofać?

To nie były potulne baranki, tylko zgraja popierdolonych skurwysynów. Trzeba było trzymać ich mocno za ryje. Igor wiedział, kto za mną stoi, ale mimo to wielokrotnie musiałem udowadniać, że nie mam żadnych zahamowań, by temperować ich pomysły. Podwinąłem rękawy białej koszuli.

– Załatwione.

– Ja myślę. Nie chcę więcej słyszeć o takich przypałach, rozumiesz?

– Weź, kurwa, nie przesadzaj...

Igor ułożył się wygodniej w marmurowym brodziku. Błyskawicznie doskoczyłem do niego i wsadziłem mu głowę pod wodę. Zaczął się szamotać, ale trzymałem tak mocno, że nie miał szans. Po kilkudziesięciu sekundach pozwoliłem mu wynurzyć się i nabrać w płuca powietrza.

– Rozumiesz? – zapytałem jeszcze raz, dla odmiany głosem słodkim jak miód.

– Rozumiem. – Rozpaczliwie łapał powietrze. – Nie unoś się.

– Jeszcze nawet nie zacząłem.

Podszedłem do lustra i poprawiłem włosy oraz koszulę. Igor wyszedł z jacuzzi.

– Kiedyś podchodziłeś do tego na większym luzie. Chcesz, to pożyczę ci na chwilę te blondyny. Od razu się zrelaksujesz.

– Mam dość kurew. Pilnuj biznesu, bo zaraz z kim innym będziesz gadał!

Wyszedłem z łazienki i trzasnąłem drzwiami. Ruszyłem prosto do baru, gdzie zostawiłem Olkę. Zdziwił mnie zgromadzony przy nim tłumek chłopaków. Zacisnąłem szczęki. Olka ściągnęła bluzę i prezentowała im się właśnie w czarnym obcisłym podkoszulku. Połowa gapiła się na jej cycki tak, że miałem ochotę zrobić tu prawdziwy rozpierdol. Opowiadała o czymś z przejęciem, a oni co chwila wybuchali śmiechem. Kółko pierdolonej adoracji. Stanąłem bliżej i usłyszałem, że jej głos brzmi nienaturalnie. Mówiła za szybko, za głośno się śmiała. Czy ja przed chwilą pomyślałem, że jest mądra? Ta pierdolona kretynka wciągnęła z bandziorami kokainę.

***

Jezu. Co za uczucie. Miałam ochotę tańczyć, śpiewać i skakać. Czułam się wszechpotężna, seksowna, zabawna, kurewsko inteligentna. Mogłam zdobyć świat. Opowiadałam chłopakom o zachowaniu Dawida na sali rozpraw. Zresztą z jego pełnym błogosławieństwem.

– I wtedy ta prokurator, jak ona się nazywała?

– Marta Klerowicz – podpowiedział Dawid.

– No i ta Marta Klerowicz mówi do pana Dawida, że powinien mnie za ten wyrok ucałować, bo walczyłam o niego jak lwica. A pan Dawid: „Martuś, nie bądź zazdrosna. W przeciwieństwie do pani Oli nie jesteś w moim typie, ale każda potwora znajdzie swego amatora”.

Chłopaki ryknęły śmiechem, ja też zaczęłam się śmiać, gdy przypomniałam sobie minę złośliwej prokurator.

– I wtedy...

Chciałam kontynuować, ale poczułam, jak na moim łokciu zaciska się czyjaś dłoń. Odwróciłam się i zobaczyłam wściekłego jak cholera Piotrka. Miał prawie tak samo silnie zaciśnięte szczęki jak ja. Tylko że u mnie wynikało to z zażycia kokainy, a u niego raczej ze złości. Na jego szyi pulsowała żyłka. „Fascynujące” – pomyślałam, wpatrując się w tę żyłkę niczym wampir.

– Idziemy – wycedził przez zęby.

Moje spojrzenie powędrowało z jego szyi na zajebiście niebieskie oczy. Zawsze mi się podobały: taki lodowaty błękit. Przy czarnych włosach wydawały się prawie białe. Jezu, jaki on jest boski – uświadomiłam sobie nagle. Piotrek pochylił się nade mną i powiedział mi prosto do ucha:

– Przestań się tak na mnie patrzeć. Zawijaj się.

– Przepraszam panów. Dokończę kiedy indziej.

Wstałam z krzesła, sięgnęłam po leżącą na barze bluzę.

– Nie sądzę – rzucił Piotrek.

Popchnął mnie w stronę drzwi. Zdążyłam się jeszcze odwrócić i pomachać do roześmianych chłopaków.

***

– Popierdoliło cię do reszty? – zapytałem, schodząc szybko po schodach.

– Nie wiem, o co ci chodzi, Piotruś. Mieliśmy się zabawić... Widziałeś to? Jak zajebiście się ta woda rozbryzguje? Zanurzę tylko rękę, dobrze?

Gapiła się na fontannę na parterze. Kiedy spojrzała na mnie, zobaczyłem, że jej źrenice są wielkości pięciozłotówek.

– Kurwa, Olka!

– Co, smutasie?

Uśmiechnęła się, znów wpatrując się we mnie tak, że miałem ochotę zerżnąć ją tu i teraz. Nie najlepszy pomysł. Podniosłem ją, przerzuciłem przez bark i wyniosłem z budynku. Wisiała głową w dół, a jej długie czarne włosy zamiatały posadzkę.

– Ale fajnie.

Chichotała. Uśmiechnąłem się, trochę wbrew sobie. Jedną ręką podtrzymywałem jej tyłek, a drugą pomachałem do Dawida, który stał na balkonie i płakał ze śmiechu. Podszedłem do auta, otworzyłem tylne drzwi i rzuciłem ją na skórzaną kanapę. Oparła stopy w tenisówkach na bocznej szybie.

– Weź te nogi, bo ci złoję dupę.

Usiadłem w fotelu kierowcy i ruszyłem z piskiem opon.

– Podobno jestem osobą, przez którą można sprawić, żebyś pękł... – powiedziała. Najwyraźniej ta myśl mocno utkwiła jej w głowie. – A mercedes jest ode mnie ważniejszy? – zapytała.

Spojrzałem w lusterko. Ściągnęła nogi i usiadła za fotelem kierowcy. Jej ręka powędrowała na mój kark. Lekko przejechała po nim paznokciami.

– Mercedes nie wciąga koki z bandą recydywistów, kiedy spuszczę go z oka na pięć minut. – Nasze spojrzenia spotkały się w lusterku.

– Riki tiki, narkotyki! – zaśpiewała mi prosto w ucho.

Parsknąłem śmiechem.

– Widzę, że muzyka podbiła twoje serce.

– To nie jest muzyka. Nie wiem, co to jest, ale nazwanie tego muzyką to spore nadużycie.

Rozłożyła szeroko ręce i krzyknęła:

– Zrobisz tak jeszcze raz?

Nie zapięła pasów, a ja właśnie wjechałem na serpentyny prowadzące na Czarną Górę.

– Zapnij pasy!

Widziałem w lusterku, jak rzuca nią po tylnej kanapie. Znów się śmiała.

– Nie ma mowy.

Zredukowałem bieg i wjechałem wyżej, po czym skręciłem w polną drogę.

– Jedziemy tam, gdzie myślę?

– Tam, gdzie od początku chciałem cię zabrać, tylko nie wiedziałem, że przywiozę cię tu naćpaną kokainą. Mieliśmy siedzieć na ganku, jarać zioło i rozmawiać. Może obejrzelibyśmy jakieś filmy. Jak normalni kumple. Co mam zrobić z tobą teraz? – zapytałem z wściekłością, zatrzymując samochód.

– Mam pewien pomysł…

Ściągnęła podkoszulek przez głowę.

***

– Zakładaj to. Natychmiast! – warknął Piotrek.

– Ale mi jest ciepło.

Wysiadłam z auta w samym staniku. Piotr też wysiadł.

– Ola, ubierz się.

– Bo co?

– Bo przestanę pamiętać, że jesteś naćpana jak nieszczęście.

– To nie pamiętaj.

Podeszłam bliżej. Popatrzył na mnie, pokręcił z dezaprobatą głową i poszedł w stronę domku. Rozwaliłam się w jednym z foteli na ganku i wyjęłam z kieszeni telefon. Odpaliłam Tindera. Dobrze wiedziałam, że też go ma… Byłam pewna, że tutaj, pośrodku niczego, mam marne szanse na wyhaczenie jakiegokolwiek innego kontaktu. Zaczęłam śmiać się jak wariatka, kiedy w propozycjach wyskoczył mi najpierw Dawid. Zdjęcie przed lustrem, w samych bokserkach. Boże, co za matoł. Dałam mu serduszko, płacząc ze śmiechu. Szybko przewinęłam kilku facetów. Jest! Piotrek. Stał oparty o parkometr i patrzył w bok. Prawie nie było widać jego twarzy. Rozpoznałam go tylko dlatego, że to ja robiłam to zdjęcie. Pamiętałam ten dzień, wracaliśmy z jakiegoś koncertu. Otworzyłam opis: 194 cm. Tylko tyle. Cwaniak. Dałam mu serduszko. Po sekundzie dostałam „matcha" ale od… Dawida. Po czterech sekundach link do chmury. Otworzyłam go i zobaczyłam zdjęcie jego fiuta. Zaczęłam zwijać się ze śmiechu. Piotrek wyszedł na taras, trzymając w ręku dwa piwa i koc. Otulił mnie nim, postawił piwa na stole i bez słowa zabrał mi telefon.

– Szału nie ma – powiedział, siadając na krześle. – Kto to?

– Dawid.

Cały czas się śmiałam, dlatego w pierwszej chwili nie zauważyłam jego miny. Zobaczyłam ją dopiero, kiedy doskoczył do mnie i brutalnie popchnął mnie na stół.

***

– Oluś, wychodzi na to, że po kokainie lubisz bandytów? Pokazać ci, jak to wygląda w ich świecie?

Złapałem ją mocno za ręce i wykręciłem za plecy. Syknęła i podniosła się, mimo woli podstawiając mi, niemal pod sam nos, piersi okryte tylko cienką koronką. Przestałem nad sobą panować. Ostatnio robiła same głupoty, ale to była zdecydowana przesada. Nie w mojej grupie i nie z którymś z tych pierdolonych idiotów!

– A skąd wiesz, mecenasie?

Patrzyła na mnie bez strachu. Duży błąd. Nie wzięła pod uwagę, jak bardzo wkurwiało mnie to, co ostatnio wyprawiała. Imprezy do odcięcia. Tinder na potęgę. Olewanie wszystkiego i wszystkich. Ćpanie, picie i dążenie do autodestrukcji. Złapałem ją za twarz wolną ręką, drugą nadal ściskając jej nadgarstki.

– Wiesz, że szybko się uczę. Mam niejasną pewność, że wypadnę lepiej niż te twoje pizdy z Tindera.

– Przynajmniej dla odmiany zrobiłabyś to z kimś, komu na tobie zależy i kto nie chce cię tylko wydymać.

– Fakt. Ty jesteś tak uczciwy, że Tinder swata cię tylko z Temidą.

Szydziła święcie przekonana, że nic jej nie zrobię. Czułem, że tracę nad sobą kontrolę. Popchnąłem ją na stół i stanąłem między jej rozchylonymi udami.

– Chcesz sprawdzić?

– Dawaj.

Wiedziałem, że jest naćpana, ale mój mózg po prostu się wyłączył. Myślałem kompletnie inną częścią ciała.

– Nie lubisz miłych, prawda? A wiesz, co to oznacza?

– Nie wiem, wujaszku! Pokażesz mi?

Nie umiała się pohamować. Zazwyczaj za to ją uwielbiałem, ale dziś miałem ochotę ją zabić, albo… zerżnąć. I to w taki sposób, że z pewnością zapisałbym się złotymi zgłoskami na jej liście jednonocnych przygód. Rozpiąłem jej spodnie i ściągnąłem razem z majtkami.

– Mówisz i masz.

Jednym ruchem zerwałem jej stanik, odsłoniłem piersi. Zawsze się zastanawiałem, jakie są. Teraz już wiedziałem – wspaniałe. Zacząłem lizać lewy sutek, jednocześnie wykręcając prawy. Po chwili zacisnąłem zęby. Jęknęła głośno, wplotła dłonie w moje włosy i przycisnęła mocno.

– Podoba ci się, prawda? Lubisz być traktowana jak pierwsza z brzegu suka.

Odwróciłem ją plecami do siebie.

***

– Piotrek...

Mój głos już nie brzmiał pewnie. Wiedziałam, że nie zrobi mi krzywdy, ale i tak zaczęłam się zastanawiać, czy aby nie przegięłam. Od jakiegoś czasu często mi się to zdarzało.

– Jaki Piotrek? Przecież ostatnio gustujesz w innym typie. Zamknij oczy i wyobrażaj sobie, że to Dawid – wysyczał mi do ucha i uderzył otwartą dłonią w pośladek.

– Piotrek, przepraszam. Przegięłam...

Starałam się jakoś go otrzeźwić, ale wydawało się, że dla odmiany to do niego przestało docierać, co mówię.

– Niebywałe – wyszeptał mi do ucha.

Usłyszałam odgłos rozpinanego rozporka. Po chwili przesuwał nabrzmiałym kutasem po moich pośladkach. W przeciwieństwie do mnie nadal był kompletnie ubrany. Jezu, co tu się dzieje? Próbowałam wyswobodzić się spod jego ciężaru.

– No co? Teraz zmądrzałaś? Obawiam się, że już trochę za późno…

Zaśmiał się złośliwie.

– Piotr, proszę cię.

Zdawałam sobie sprawę, że zupełnie straciłam kontrolę nad sytuacją. Zaczęłam panikować.

– O co mnie prosisz?

Złapał mnie z całej siły za włosy i odgiął mi głowę do tyłu.

– Cały dzień dajesz mi do zrozumienia, że mam cię zerżnąć. No więc nareszcie osiągnęłaś cel. Wyjebię cię. Tak, że długo o tym nie zapomnisz!

Jego ręka wylądowała na drugim pośladku. Poczułam, że zaczyna we mnie wchodzić. Mimo iż przez narkotyki byłam podniecona jak nigdy w życiu, wiedziałam, że coś się dokumentnie spierdoliło… Nie tak! Nie z nim!

– Piotrek… Nie chcę…

Zachłysnęłam się płaczem.

– Oczywiście, że chcesz. Pokazać ci jak bardzo?

Wycofał się i zanurzył we mnie palce, a potem wepchnął mi je do ust.

– Tak jak lubisz. Tak jak lubią kurwy z półświatka, takie którym Dawid wysyła zdjęcia swojego fiuta. Wpisałaś się na tę listę, więc nie zgrywaj teraz niewiniątka!

Uzmysłowiłam sobie, że jeśli zrobię to z nim w taki sposób, teraz, kiedy mną gardzi, nigdy się nie otrząsnę. Nie był winny temu, że spierdoliło mi się życie. Nie był winny temu, jak daleko odleciałam, ale nie chciałam, by się w to włączył. Nie on. Jedna z nielicznych osób, na której nadal mi zależało.

– „Orzeł"! – celowo użyłam jego starej ksywki. – Odpierdol się! Rozumiesz?

Sama się zdziwiłam, że mogę tak głośno i rzeczowo przemawiać. Zwłaszcza w tej sytuacji… To była ostatnia szansa. Jeśli to nie zadziała, to już nic nie pomoże.

Piotrek zamarł. Po chwili odsunął się ode mnie.

– Zawsze miałaś więcej odwagi niż rozumu – powiedział, zapiął rozporek, odwrócił się na pięcie i zniknął w domku.

***

Kurwa, straciłem nad sobą panowanie. To mi się raczej nie zdarzało. Wszedłem do domku i skierowałem się prosto do barku. Nalałem sobie pełną szklankę whisky. Nie zawracałem sobie głowy szukaniem lodu. Usiadłem w fotelu. Gdyby nie znała mnie tak dobrze... Gdyby nie wpadła na to, by użyć mojego pseudonimu ze studiów... Z czasów, kiedy razem pisaliśmy egzaminy, kiedy nieraz ratowała mi dupę, kiedy Madzia była jeszcze normalna... Pewnie bym się nie powstrzymał. Ją też bym stracił. Ostatnią osobę, która znała mnie wtedy i teraz... Jasne, że przegięła, ale nigdy nie powinienem traktować jej w taki sposób. Usłyszałem, że weszła do środka, ale nie podniosłem wzroku. Wpatrywałem się w szklankę pełną bursztynowego płynu. Podeszła do mnie i usiadła na oparciu fotela. Wzięła moją twarz w dłonie.

– Nie chcę robić tego z tobą w taki sposób. Przynajmniej nie za pierwszy razem. – Uśmiechnęła się. – Chcę zrobić to z tobą, bo jesteś fantastycznym, wspaniałym facetem, zależy ci na mnie, mogę na tobie polegać i to, że cię wkurwiam, tego nie zmieni.

Bardzo delikatnie dotknęła wargami moich ust. Nie ruszałem się i nic nie mówiłem. Nie miałem pojęcia, do czego zmierza. Usiadła na mnie okrakiem.

– Przepraszam cię. Nigdy w życiu nie przespałabym się z Dawidem. Chyba znasz mnie na tyle...

– Ostatnio mam wrażenie, że w ogóle cię nie znam.

Skapitulowałem i chwyciłem dłońmi jej tyłek.

– Znasz – powiedziała pewnym tonem. – Jeśli ty mnie nie znasz, to nikt nie zna.

Przesunęła ustami po mojej szyi i zaczęła się o mnie ocierać.

– Olka…

– Zachowałam się jak kretynka. Jak idiotka. Głupia dziunia. Nie powinnam walić koksu z twoimi słupami. To przez Andrzeja. Dlatego dziś tak się posypałam. Nie umiem go zmusić do podpisania rozdzielności majątkowej, a ma na mnie tyle kwitów, że muszę załatwić to polubownie. Nie powinno mnie tu być, ale skoro jestem i skoro już doprowadziłam cię do szewskiej pasji, to… pozwól to sobie jakoś wynagrodzić…

***

Wpatrywał się we mnie z uwagą. Pewnie zastanawiał się, co mi znów odbiło. A mnie po prostu opadły łuski z oczu. Nikt nie zna mnie lepiej niż on. Fakt, że swego czasu połączyła nas tragedia, spowodował, że zaczęłam inaczej go postrzegać. Pewnie dlatego dopiero naćpana uświadomiłam sobie, że to, czego wiecznie szukam, mam na wyciągnięcie ręki… Przywarłam do niego całym ciałem i zaczęłam rozpinać guziki białej koszuli, cały czas go całując. W końcu zareagował i odwzajemnił mój pocałunek, a po chwili przejął nade mną całkowitą kontrolę. Jedną ręką obejmował mój tyłek, drugą wplótł we włosy. Czułam, że zaraz się rozpłynę.

– Nie myślałam, że jesteś taki w łóżku.

Oderwałam się od niego, aby zaczerpnąć tchu.

– Jaki?

Objął rękami moje piersi i ważył je w dłoniach. Potem polizał zagłębienie przy obojczyku. Odchyliłam się do tyłu, dreszcze przebiegły mi po plecach. Zdecydowanie za dużo o mnie wiedział...

– Taki, jaki jesteś... – wyjęczałam.

– Precyzyjniej, pani mecenas. Pani wypowiedź jest niekoherentna.

Jego język powędrował na moją szyję, po chwili ugryzł mnie w ucho.

– Dobry – powiedziałam pierwsze, co przyszło mi do głowy.

– Dzięki, piękna, ale muszę ci przypomnieć, że na razie nie bardzo możesz się wypowiedzieć w tej kwestii.

Uśmiechnął się i wstał z fotela razem ze mną. Zaniósł mnie do sypialni, ale nie położył na łóżku, tylko posadził na komodzie przy ścianie. Włączył lampę. W lustrzanych drzwiach szafy widziałam jego szerokie plecy, idealny tyłek.

– Tak to sobie wyobrażałem.

Wszedł we mnie jednym pewnym ruchem. O Jezu!

– Wyobrażałeś to sobie? – zapytałam, zaciskając na nim mięśnie i mocniej oplatając go nogami. Było mi tak dobrze. Nie wiedziałam, czy patrzeć na niego, czy w lustro.

– Codziennie, od pół roku.

Uśmiechnął się, a potem zaczął poruszać się szybciej. Było mi cudownie. Jęczałam, gadałam coś bezładnie, patrzyłam mu w oczy, spoglądałam w lustro, gdzie doskonale było widać, jak pracują mięśnie jego pleców. Po chwili krzyknęłam głośno i oparłam głowę o ścianę.

Popatrzył na mnie z namysłem.

– Jeszcze raz! – zdecydował.

– Zwariowałeś? – roześmiałam się. Nadal nie uspokoiłam oddechu.

– Dawaj, Olka. Nie zawiedź mnie.

Podniósł mnie i położył na łóżku. Potem założył sobie moje nogi na barki i wszedł we mnie jeszcze raz…

***

Leżałem w łóżku i przesuwałem dłonią po jej głowie opartej o moją klatę. Czułem się zajebiście. Jakby wszystko wskoczyło na właściwe miejsce.

– Cofam to – powiedziała, podnosząc na mnie wzrok.

– Co cofasz?

– Nie użyłabym słowa „dobry".

– Czyżby?

Patrzyłem na jej rumieńce. W uszach wciąż miałem jej jęki. Nie wydawało mi się, by chciała zgłosić zastrzeżenia do mojej techniki.

– A jakiego byś użyła?

– Wykurwisty.

– Słownictwo z rynsztoka – sparodiowałem głos opiekuna naszego rocznika na studiach.

– „Miniaturek" – zgadła bez pudła.

– Owszem. Muszę ci powiedzieć, że ty też nie byłaś najgorsza, ale to akurat ani trochę mnie nie zaskoczyło.

Potargałem jej włosy.

Przerwał nam dźwięk dzwoniącego telefonu. Jej telefonu. Tkwił w kieszeni mojej koszuli. Nawet nie odnotowałem, że go tam włożyłem, tak bardzo byłem wściekły, kiedy zobaczyłem tamto zdjęcie.

– Kurwa – zaklęła Olka, patrząc na wyświetlacz.

Spojrzałem przez jej ramię i zabrałem jej aparat.

– „Andrzej Tredel" – odczytałem. – Masz go wpisanego w telefonie z imienia i nazwiska?

– A jak mam mieć go wpisanego? „Kochany mężuś"?

Olka próbowała wyrwać mi telefon.

– Zostaw. Ja z nim pogadam – powiedziałem. Długo już nosiłem się z takim zamiarem, ale Olka prosiła, żebym się nie wtrącał. Po dzisiejszym wieczorze jednak sytuacja nieco się zmieniła i nie miałem zamiaru dłużej się powstrzymywać. Nacisnąłem zieloną słuchawkę i nie powiedziałem ani słowa.

– Gdzie ty się podziewasz? Podobno nie ma cię w domu. Wysłałem tam kolegę po pieniądze, ale powiedział, że nikt nie otwiera. Mogę, kurwa, wiedzieć, gdzie jesteś? – bełkotał po pijanemu.

– W dupie – odpowiedziałem może niezbyt lotnie, ale adekwatnie do jego poziomu.

– Ooo, Orłowski. Daj mi ją do telefonu.

– Nie.

– Jak to nie?

– Śpi.

– Jak śpi?

Najwyraźniej kojarzenie mocno u niego szwankowało.

– Normalnie, wiesz… Ma zamknięte oczy, oddycha równo.

Nagle do niego dotarło.

– Z tobą śpi?

– No tak. Dlatego odbieram. Czego chcesz?

Na chwilę go zatkało, ale najwyraźniej kasa była w tym momencie ważniejsza.

– Powiedz tej szmacie, że...

– W którym kasynie jesteś? – przerwałem mu szybko.

– Co?

– Kurwa, niewyraźnie mówię? Czy może ogłuchłeś od tej jebanej ruletki? W Hicie? W Plazie? Za dwie godziny mogę być we Wrocławiu i wyniosę cię stamtąd na butach. Zresztą jeśli do końca przyszłego tygodnia nie podpiszesz rozdzielności, o którą dzisiaj się pokłóciliście, to i tak to zrobię. I nie dzwoń do nas w ten weekend. Będziemy zajęci.

Nacisnąłem „zakończ" i uśmiechnąłem się do Olki.

– Fajnie? – zapytałem, kładąc ją na plecach.

Oparłem się nad nią na łokciach. Uśmiechnęła się.

– Fajnie, ale już zaczynasz się rządzić. Po jednym numerku?

– Ktoś musi tobą rządzić, bo jeśli nikt tego nie robi, to pakujesz się w kłopoty. Zresztą zaraz będzie drugi numerek.

– Aż boję się pytać, co zrobisz po drugim… – wyjęczała, kiedy w nią wszedłem.

– Po drugim… usuwasz… Tindera! – wysapałem w rytm coraz silniejszych pchnięć.

– To musiałby być naprawdę dobry numerek…

Zaczęła się śmiać, ale po chwili jej śmiech zamienił się w jęk.

***

Piotrek zasnął, a ja nadal się wierciłam. To przez tę cholerną kokainę. Po co mi to było? Energia opuściła mnie już dawno, ale dalej nie było mowy o śnie. Poszłam pod prysznic. Umyłam się żelem Piotrka, który znalazłam na marmurowej półce. Zupełnie mi to nie przeszkadzało, i tak cała nim pachniałam. Przeciągnęłam się pod strumieniem ciepłej wody. Byłam pewna, że na twarzy mam kretyński uśmiech. Nie pamiętam, kiedy ostatnio było mi tak dobrze i tak… naturalnie. Choć na początku miałam pietra. Uświadomiłam sobie, że Piotrek ma dwie twarze. Znałam tylko tę dobrą, ale nie byłam naiwna. Dobrze wiedziałam, co robiliśmy. Doskonale zdawałam sobie też sprawę, że zorganizowaną grupą przestępczą nie kieruje się przez coaching i motywowanie. Niby o tym wiedziałam, ale dopiero jego dzisiejsze zachowanie uświadomiło mi, że pewnie nie mam pojęcia o połowie rzeczy, które robi na co dzień. Ja miałam to z głowy. Wszystkie nieprzyjemne obowiązki związane z moim „pozalekcyjnym" zajęciem wypełniał za mnie Jarek. Fakt faktem, kosztowało mnie to lwią część zysków, ale nigdy nie byłam specjalnie pazerna. Włączałam się tylko wtedy, kiedy było to absolutnie niezbędne. Zupełnie inaczej niż Teo i Piotr.

Owinęłam się ręcznikiem i wróciłam do łóżka. O śnie mogłam tylko pomarzyć. Wyjęłam telefon i odruchowo weszłam na Tindera. Nie po to, żeby kogoś wyrwać. Po prostu nie mogłam spać, a ostatnio był to mój codzienny sposób na spędzenie wieczoru. Przejechałam kilka zdjęć, cały czas zrzucając w lewo. Po tym, co ze mną dziś zrobił Piotrek, jakoś nikt nie wydawał się zasługiwać na plusa. W końcu bardziej z nudów niż z fascynacji dałam serce jakiemuś miłemu chłopakowi z blond włosami.

– Wygląda jak Johnny Bravo – powiedział Piotrek.

Podskoczyłam. Nie zauważyłam, że się obudził. „Ding" – bzyknął mój telefon, potwierdzając, że blondyn też mnie zalajkował.

– Oleńko, czy chcesz wiedzieć, dlaczego ostatnio latasz na randki z facetami, którzy normalnie nie mogliby ci czyścić butów?

– Dlaczego, doktorze Freudzie?

Usiadłam na nim okrakiem.

– Słuchaj uważnie. Myślałem o tym ostatnio...

– Jestem zaszczycona, że poświęcił pan sekundę swego cennego czasu na rozmyślanie o mojej skromnej osobie.

Zatrzepotałam rzęsami i odłożyłam telefon na szafkę. Oparłam ręce na jego barkach i zbliżyłam usta do jego piersi.

– Pamiętasz, gdzie się poznaliśmy? – zapytał, ignorując moje usta, które sunęły w dół po jego klacie.

– Na studiach – odpowiedziałam niewyraźnie, bo usta nadal przyciskałam do jego ciała.

– Pamiętasz dokładnie ten moment?

– Nie.

Nie wiedziałam, o co mu chodzi.

– Podszedłem do ciebie przed zajęciami i chciałem zagadać. Byłaś czerwona jak burak. Spaliłaś się w solarium. Zapytałem...

Parsknęłam śmiechem.

– Pamiętam! Zapytałeś, czy byłam w solarium.

– Odpowiedziałaś z kamienną twarzą: „Nie. Całą noc napierdalałam się paletką do ping-ponga po twarzy".

– Byłam pyskatym gnojkiem.

Moje usta dotarły już do jego brzucha. Głośno wciągnął powietrze przez zęby.

– Byłaś. Od razu ustawiłaś mnie na pozycji kumpla. Raczej trudno zarywać do laski, która tak ci dopierdala. Zwłaszcza jak ma się dwadzieścia lat.

– Czy to, co zrobiłeś godzinę temu językiem, nazywasz zarywaniem czy kumpelstwem? – zapytałam, starając się zbić go z tropu. Nie wiedziałam, co znów uknuł w tym swoim megamózgu i chyba bałam się końcowych wniosków dyskusji.

– Nazywam to wrodzonym talentem – odpowiedział cwaniacko.

Starał się ignorować moje wędrujące coraz niżej usta, ale po napięciu mięśni brzucha i nie tylko po tym wiedziałam, że nie do końca mu się to udaje.

– W każdym razie zauważyłem, że zawsze to robisz. Masz mnóstwo kolegów. Klienci cię ubóstwiają, masz z nimi wspólny język. Ze wszystkimi się kumplujesz. Kiedy jakikolwiek facet do ciebie zarywa, od razu starasz się mu udowodnić, jaki zajebisty z ciebie towarzysz. Nie dajesz nikomu szansy. Dlatego wyszłaś za tego barana. Od zawsze był twoim kolegą.

– Sugerujesz mi, że jestem chłopczycą? Coś w tym złego? – zapytałam, biorąc go do ust.

Wplótł obie ręce w moje włosy i mocniej przycisnął do siebie.

– Nie. Nie o to chodzi, czy jesteś chłopczycą. Sugeruję, że umawiasz się z tymi baranami z Tindera, bo wiesz, że lecą tylko na twój wygląd. Nie muszą cię lubić. Nie starasz się im zaimponować ani udowodnić, jaka z ciebie wspaniała towarzyszka: wyrozumiała i normalna. Połowy już nigdy nie spotkasz i masz wyjebane na to, co o tobie pomyślą. Tinder jest „do jebania", a nie do głębszych relacji, prawda? Tych, których tak kurewsko się boisz.

***

Wypuściła mojego fiuta z ust i spojrzała na mnie, mrużąc oczy.

– A ty się nie boisz? Z tego co pamiętam, „Orzeł"...

Złapałem ją mocno za włosy.

– Nie przeginaj, Olka.

Dzisiaj już drugi raz wypowiedziała moją ksywkę, a ja nie chciałem do tego wracać.

– No właśnie, każdy z nas ma tematy, na które nie chce gadać. Nie kłopocz się moją psychiką, a ja nie będę zgłębiać twojej. Za to bardzo zależy mi na tym, żeby zrobić ci dobrego loda. Mogę?

Uśmiechnęła się. Wiedziałem, że ucieka od tematu, ale mnie też odechciało się o tym gadać. Chętnie rozkminiałem jej zachowanie, ale nad moim nie chciało mi się już zastanawiać. Rzeczywiście byłem egocentrycznym dupkiem.

– A umiesz?

Spojrzałem na nią z wyzwaniem, podejmując jej grę. Uśmiechnęła się.

– *Read my lips.*

* * *

Wstałem rano i wyszedłem na balkon. Odpaliłem papierosa, a potem wyjąłem z kieszeni telefon. Ponuro popatrzyłem na dziesięć nieodebranych połączeń od mojej żony. Muszę oddzwonić.

– Dzień dobry, Piotrusiu. Byłam dziś z Alusią w sklepie i oglądałam takie śliczne śpioszki… – zaczęła w swoim stylu.

Z całej siły zacisnąłem palce na barierce, a następnie powoli je rozprostowałem.

– No i jak było?

– Cudownie, najukochańszy, cudownie. Mam nadzieję, że kiedy wrócisz, to nareszcie pomyślimy o powiększeniu naszej rodziny… Ostatnio przeglądałam wielką księgę imion polskich i znalazłam kilka idealnych. Chciałabym to z tobą omówić.

– Oczywiście, Madziu – powiedziałem automatycznie, zerkając przez okno na Olkę.

Nadal spała. To dobrze. Zabiłaby mnie, gdyby dowiedziała się, że wciąż bawię się w tę szopkę.

– Muszę już kończyć. Dasz mi do telefonu panią Alę?

– Oczywiście, Piotrusiu.

Po chwili usłyszałem w słuchawce spokojny głos Ali:

– Tak?

– Jak tam? – zapytałem najprościej, jak się dało.

– Bez zmian. Lekarz zmienił leki, ale nadal... No cóż... Rozwojowo jest na poziomie trzynastolatki. Nie jest w stanie tego przeskoczyć. Wie pan, że pana obecność mogłaby pomóc. Zawsze kiedy pan jest, wydaje się bardziej spójna psychicznie.

– Oczywiście, wiem – wycedziłem przez zęby. – Wrócę w poniedziałek i będę do piątku.

– Dobrze to słyszeć – powiedziała z ulgą. – Przepraszam, muszę kończyć. Wybieramy się z panią Magdą do parku, chciała powąchać konwalie. Ten zapach kojarzy jej się z panem...

– Kocham cię, Piotrusiu – wyszczebiotała Magda do telefonu, wyrywając go pani Ali.

– Ja ciebie też, Madziu.

Stuknąłem w czerwoną słuchawkę i odwróciłem się do drzwi balkonowych. Stała w nich Olka w samej bieliźnie i patrzyła na mnie z politowaniem.

– Od roku mówię, że poprowadzę ten rozwód. Przecież tego, kurwa, nie da się słuchać. Gadasz z nią jak z upośledzoną, a wszyscy wiemy, że to wredna bladź, która robiła wszystko, żeby cię wykończyć. Kiedy jej się to nie udało, załamała się psychicznie.

– Nie mów tak o niej.

Zrobiłem krok w jej stronę. Olka nadal nonszalancko opierała się o futrynę.

– A jak mam mówić? Tak jak ty? „Oczywiście, Madziu", „Jak sobie życzysz, Madziu"... – Doskonale sparodiowała mój ton.

– Strasznie bezduszna z ciebie suka, wiesz? – wysyczałem, podchodząc bliżej.

– Gówno, a nie bezduszna. Gdybym miała cię w dupie, tak jak cała reszta twoich koleżanek, przyjaciółek, fuck-friendek i dup, tobym ci potakiwała. Ale nie mam. Wymiksuj się z tego, bo to nie jest normalne.

– Myślisz, że jak raz się pieprzyliśmy, to możesz mi mówić, co mam robić?

Język zadziałał u mnie szybciej niż głowa. Pewnie dlatego, że wiedziałem, że ma rację, i doprowadzało mnie to do szału. Olka nie dała łatwo zbić się z tropu.

– Pieprzyliśmy się dwa razy, a ja nie mam zamiaru mówić ci, jak masz żyć. Tym bardziej że sama tkwię w chorej sytuacji. Sam do tego dojdziesz, ale jak na takie IQ to czasem wolno chwytasz. A ta pinda to wykorzystuje.

***

Wiedziałam, że kiedyś nie wytrzymam i to powiem. Miałam dość cackania się z Madzią. Nie trawiłam tej sztucznej idiotki. Nawet to, że była chora, nie zatarło pierwszego chujowego wrażenia. Dupna księżniczka, wyniosła i egzaltowana. Nie miałam pojęcia, skąd brało się jej przekonanie o własnej zajebistości, ale zazdrościłam jej pewności siebie. Nie mogłam tylko zrozumieć, czemu Piotrek dał się na to nabrać. Teraz patrzył na mnie ze złośliwym uśmieszkiem.

– Ooo, to dobrze, że raczyłaś zauważyć, że od kilku lat utrzymujesz darmozjada i nie jesteś w stanie nic z tym zrobić. I nie mam pojęcia, czemu żeś się uczepiła mojej żony. Ostatecznie to ja w tym związku jestem zdradzającym skurwysynem. Jest chora, kiedy wyzdrowieje, to się rozwiodę. Jest wrażliwa i ładna, na pewno sobie kogoś znajdzie.

– Ichaaa! – zarżałam szyderczo. Piotrek popatrzył na mnie jak na UFO.

– O co ci chodzi?

– Ma końską szczękę – stwierdziłam ze złośliwą satysfakcją.

– Wcale nie.

Spojrzał na mnie niepewnie, ale w jego oczach zobaczyłam błysk. Oczywiście, że to widział. Przynajmniej w tym temacie nie był ślepy.

– Ma. Jak Hatatitla – ciągnęłam.

– Co to jest Hatatitla?

Śmiał się już na całego. Uwielbiałam go takiego: zrelaksowanego i rozbawionego. Mrugnęłam porozumiewawczo.

– Koń Winnetou.

– Oż ty, małpo! – Doskoczył do mnie i przyparł do barierki. – Zagadujesz? Chcesz jechać w teren?

– Przecież ty już masz dupę na koniach. Tę starą mężatkę, która jest tak niewiarygodnie brzydka, że zawsze chciałam ci zasugerować, abyś nakładał jej na łeb papierową torbę. A drugą kotu, żeby nie patrzył na ciebie z wyrzutem. Jak ona miała na imię? Sabina?

Roześmiał się.

– Sabrina.

– Jak nastoletnia czarownica? Widzisz? Nawet rodzice jej nie lubili – trajkotałam między pocałunkami.

– Gdybym cię nie znał, to pomyślałbym, że jesteś zazdrosna.

Złapał mnie za rękę i skierował ją do swoich spodni. Nie przestawał mówić:

– I wcale nie jest brzydka. A gdybyś widziała, jak jeździ konno! Ma coś w sobie.

– Słyszałam, że niejedno ma w sobie. Pruje się jak…

– Te, Tinderówa, zamknij się wreszcie – powiedział ze śmiechem, a potem włożył mi do ust dwa palce.

Mmm… Momentalnie zapomniałam o koniach. Odruchowo zaczęłam bardzo powoli i bardzo lubieżnie ssać.

– Następnym razem.

Czytał w moich myślach. Odwrócił mnie tyłem i oparł o barierkę balkonu, a potem odsunął na bok pasek czerwonych stringów. Nie chciało mi się już z nim kłócić. Byłam ekstremalnie podjarana, ekstremalnie mokra i myślałam tylko o tym, żeby nareszcie to zrobił. Ale on specjalnie się nie śpieszył.

– Masz na coś ochotę? – wyszeptał prosto do mojego ucha.

– Kawy bym się napiła – odpowiedziałam przez zęby, czując, jak jego kutas ociera się o moje pośladki.

– Aha – usłyszałam i poczułam strzał, po którym tyłek zapiekł mnie żywym ogniem.

– Piotrek, kurwa! – jęknęłam o pół tonu za głośno.

– Ciii, przepłoszysz ptactwo leśne. Słyszałem, że żyją tu makolągwy. Powtórzę, bo najwyraźniej nie słyszałaś pytania. Najpierw pewność przekazu, potem środki perswazji. Masz na coś ochotę? – powtórzył, po czym przejechał językiem po moim uchu.

– Zerżnij mnie! – wysyczałam z wściekłością.

Nie cierpiałam odpuszczać, ale chyba nie było sensu kopać się z koniem. To znaczy z jeźdźcem.

– Mówisz i masz.

Wszedł we mnie jednym pewnym ruchem. Jedną rękę oparł na barierce, a drugą położył na moim biodrze i zaczął się rytmicznie poruszać.

* * *

Odsunąłem na bok jej włosy i powoli zacząłem jeździć językiem po jej karku. Jęczała coraz głośniej. Celowo zwolniłem tempo.

– Pioootr... – miauknęła wściekle.

– Hm? – Dobijałem wolno i do końca. – Co tam? – wyszeptałem prosto do jej ucha.

– Mógłbyś…?

Jęknęła głośniej, kiedy wplotłem rękę w jej włosy i pociągnąłem.

– Co mógłbym?

– Mógłbyś ruszyć dupę? – wysyczała złośliwie.

Uśmiechnąłem się pod nosem i całkiem się z niej wycofałem. Zanim zdążyła zareagować, jedną ręką docisnąłem ją do barierki, a drugą strzeliłem w tyłek.

– To silniejsze ode mnie. – Roześmiałem się, rozmasowując czerwony ślad. – Dobrze, że tak bardzo ci się to podoba, bo mielibyśmy poważny problem.

– Nie podoba mi się – wyjęczała, kiedy odwróciłem ją w moją stronę.

– Myślę, że jednak tak.

Pocałowałem ją mocno i pociągnąłem za sobą na stojący na balkonie fotel. Nabiła się na mnie i zaczęła mnie powoli ujeżdżać, cały czas patrząc mi w oczy. Dawno nie widziałem czegoś tak podniecającego. Jej oczy z brązowych zmieniły kolor na prawie czarne. Złapałem ją z całej siły za biodra i zacząłem nadawać jej ruchom szybsze tempo…

I wanna do bad things with you – odezwał się dzwonek mojego telefonu.

– Kurwa, muszę to odebrać.

Popatrzyłem na Olkę ponuro. Widząc moją minę, bez protestu zeszła mi z kolan. Wychyliłem się po telefon, który leżał na stoliku.

* * *

– Jestem. Mhmmm... Mhmmm...

Widziałam jego poważną minę i czułam, że to coś pilnego. Nie chciało mi się tego słuchać. Weszłam do domku. Po trzech minutach dołączył do mnie.

– Muszę wyjść. Wrócę za godzinę, to dokończymy – powiedział i pocałował mnie w policzek.

Zabrał z blatu klucze do samochodu i po chwili już go nie było. Nastawiłam wodę na kawę, usiadłam w kuchni. Oparłam głowę o stół. No to się porobiło. Z zamyślenia wyrwało mnie walenie w drzwi. Podeszłam do nich powoli, na palcach. Jednak nie bez przyczyny Piotrek nazywał mnie często „królową zgrabności" – kiedy byłam tuż przy nich, potrąciłam wieszak, który wyrąbał się z łomotem. Kurwa mać.

– Piotrek!!! Wiem, że tam jesteś! Słyszę cię – darła się jakaś laska za drzwiami. – Bardzo cię przepraszam za tę akcję. Nigdy nie powiedziałabym o nas twojej żonie! Po prostu chciałam, żebyś jakoś zdefiniował naszą znajomość! Piotrek, chcę się tylko przytulić! – skamlała.

Nie wytrzymałam.

– No to chodź, się przytul – rzuciłam, otwierając drzwi, tak jak stałam, w samej bieliźnie.

Zamarła z otwartą buzią i wywalonymi gałami. Jezu, następna naiwna. Nie wiem, jak to możliwe, że nie wiedziały, z iloma dupami on się spotyka. Zostawiał wszędzie milion śladów, a jednak każda z tych idiotek była przekonana, że jest tą jedyną.

– Kim jesteś? – wykrztusiła wreszcie, ale nie zamknęła ust. Zaraz połknie muchę – pomyślałam i uśmiechnęłam się jeszcze szerzej.

– Czerwonym Kapturkiem – błyskotliwie nawiązałam do koloru swojej bielizny. – A ty jesteś Sabrina, nastoletnia czarownica, prawda?

***

Biegłem po schodach do penthouse'u. Dom przypominał pobojowisko. Najwyraźniej po naszym wyjściu impreza wymknęła się spod kontroli. Na szczycie schodów zobaczyłem bladego jak ściana Dawida. Jego mina świadczyła o tym, że sytuacja jest poważna. Starałem się zachować spokój, ale dłonie same zacisnęły mi się w pięści.

– Coście, kurwa, narobili?

– Piotrek... Nie mam pojęcia, jak do tego doszło. Skuliśmy się strasznie, ale byliśmy tylko we własnym gronie. Oczywiście nikt go nie kontrolował, no bo jak i po co. Dopiero kiedy wstałem, to zobaczyłem, co się stało...

– A powiesz mi wreszcie, co się stało? Wyglądam na jakąś pierdoloną wróżkę?

– Sam zobacz.

Otworzył drzwi. Ruszyłem za nim. Szedł na balkon. Tam na ogromnym fotelu leżał Igor. Bez wątpienia martwy.

– Kurwa mać!

Podszedłem bliżej, niczego nie dotykając. Zaćpał się? Zapił? Nie było widać jakichkolwiek śladów przemocy. Tak czy inaczej, będą problemy. Nagle mój wzrok przykuła leżąca obok niego kartka. Podniosłem ją ostrożnie.

– Właśnie to jest problem – usłyszałem za sobą cichy głos Dawida.

Starałem się patrzeć uważnie, ale litery rozmazywały mi się przed oczami. Muszę to ogarnąć, muszę się z tym przespać, muszę to przemyśleć – krzyczało coś w mojej głowie, ale literki nie chciały zmienić szyku. Jakkolwiek bym patrzył, układały się w krótkie zdanie: *To dopiero początek, Orzeł.*

***

Sabrina wreszcie odzyskała rezon.

– Chcę porozmawiać z Piotrkiem.

– Nie ma go. Przekazać mu coś? – zapytałam z najbardziej fałszywym uśmiechem, na jaki było mnie stać.

Nie trawiłam tej laski, chociaż pierwszy raz w życiu widziałam ją na oczy. Same opowieści wystarczyły.

– To nie twój interes, jesteś tu tymczasowo. Nie wiem, co tu robisz, ale ja spotykam się z Piotrem regularnie. Szaleje na moim punkcie – oświadczyła z dumą.

Prawie zeszłam ze śmiechu. „Źle trafiłaś" – pomyślałam.

– Tak? – zapytałam niewinnie. – No popatrz, jaki pech. A mnie mówił, że nigdy się z tobą nie przespał. Bał się, że coś załapie. Wiesz, wenery trudno się leczy – wypaliłam.

Zastanawiałam się, skąd u mnie takie skurwysyństwo. Chyba byłam troszkę zazdrosna, choć zdecydowanie nie miałam o co. Tak naprawdę Piotrek nie opowiadał mi wiele o ich relacjach, oprócz tego, że niesamowicie się do niego dojebała i że nie mógł jej spławić. Faktem jest, że z nią nie spał. To akurat poprawiało mi humor. Po jej minie widziałam, że nie kłamał.

– Nic o nas nie wiesz, lafiryndo, ale skoro on tak się bawi, to nie będę mu dłużna – powiedziała, wyjmując z kieszeni telefon. – Chętnie pokażę Madzi, jak Piotruś się weekenduje. – Skierowała w moją stronę obiektyw aparatu. A jeszcze przed sekundą twierdziła, że nie chce mu narobić kłopotów. Z miejsca trafiła mnie kurwica. Oparłam się o futrynę w wyzywającej pozie i czekałam, aż zrobi zdjęcie. A potem doskoczyłam do niej, wyrwałam telefon i wyjebałam do oczka wodnego przed domem.

– Co ty? Co ty zrobiłaś???

Welcome to my world, baby.

– Nie będziesz mnie wykorzystywać w swoich wojenkach z jego chorą żoną. Jak o was słucham, to mi się chce rzygać. Nie mam pojęcia, skąd się wyrwałyście. To sprawa Piotrka, że toleruje takie kretynki, ale ode mnie się odpierdol, bo źle się to dla ciebie skończy. Pojmujesz?

Patrzyła na mnie z miną jednoznacznie świadczącą o tym, że niczego nie pojmowała.

– Zawiadomię policję, zniszczyłaś mój telefon... – zaczęła.

– Śmiało, a na razie zawijaj się stąd. W te pędy.

Zrobiłam krok do przodu. Cofnęła się, odwróciła i pobiegła do zaparkowanego na podjeździe samochodu. Podeszłam do oczka wodnego, zanurzyłam rękę po łokieć i wyciągnęłam telefon. Wiedziałam, że znów przegięłam. Musiałam jeszcze powiedzieć o tym Piotrkowi.

* * *

Wjechałem na serpentyny. Nie powinienem prowadzić. Drżały mi ręce, pociłem się, w głowie miałem kompletną pustkę. Niemożliwe, żeby ktokolwiek powiązał te dwie sprawy. To kompletnie irracjonalne. Doskonale o tym wiedziałem, ale leżąca obok kartka przypominała mi, że jednak, kurwa, tak się stało. Musiałem pogadać z Olką, może ona na coś wpadnie. Tak się zamyśliłem, że wypadając z zakrętu, o mały włos przywaliłbym w jadącą z naprzeciwka szarą astrę. Minęliśmy się na milimetry i wtedy zauważyłem, że prowadziła ją… Sabrina. Kurwa jego mać. Jakbym miał mało problemów. Zatrzymałem samochód i wrzuciłem wsteczny. Ona też mnie poznała, zahamowała, wysiadła z auta i przybiegła do mnie. Uchyliłem okno.

– Co ty tu…?

Nie zdążyłem dokończyć.

– Ty egocentryczny dupku! Świnio bez serca! Ty chamski…

Nie słuchałem dalej. Zamknąłem okno i ruszyłem. Aha. Czyli się poznały. Z miny Sabriny i steku bluzgów wywnioskowałem, że Olka zaprezentowała się jej z najgorszej strony. Zaparkowałem na podjeździe i wyjąłem z kieszeni komórkę. „Odezwij się, jak ochłoniesz" – napisałem do Sabriny i wyłączyłem telefon. Sam nie wiedziałem, czemu to zrobiłem. Przecież pojawiła się szansa, że nareszcie będę miał ją z głowy. Muszę się nad tym zastanowić, ale to potem. Najpierw rzeczy poważne. Wysiadłem z auta i ruszyłem w stronę aniołka siedzącego na tarasie. Aniołek miał minę pod tytułem: wcielenie niewinności, ubrany był w moją dwa razy za dużą koszulę, którą związał sobie w pasie, odsłaniając brzuch. Popatrzył na mnie ze skruchą.

– Orlątko… – zaczęła niepewnie Olka.

– No?

Widziała moją minę i zdawała sobie sprawę, że nie jestem w nastroju do żartów.

– Narozrabiałam.

Wskazała na leżący na stole telefon. Mokry. Obudowa ze zdjęciem koni…

– Co konkretnie zrobiłaś? – wycedziłem.

– Zrobiła mi zdjęcie i powiedziała, że pokaże Madzi. Ręka mi zadziałała szybciej niż głowa. Wyjebałam ten jej telefon do oczka.

Spuściła wzrok, ale dobrze ją znałem. Wcale nie było jej wstyd, miała z tego zajebistą satysfakcję, po prostu chciała mnie ugłaskać. Usiadłem.

– Kurwa, nie wierzę. I co ona na to?

– Miała taką minę jak ty i powiedziała, że zawiadomi psy.

– Nie zawiadomi. Wysyłała mi nagie fotki. Jak będzie podskakiwać, to prześlę jej mężowi. Mamy ważniejsze sprawy na głowie, Ola. Potem ci powiem, co myślę o twoich szczeniackich zagrywkach. – Wyjąłem z kieszeni kartkę i podałem Olce. – Leżała przy zwłokach Igora – powiedziałem.

***

Wybałuszyłam oczy.

– To niemożliwe.

– Wiem. A jednak…

– Potrzebujemy profesjonalnej pomocy. Kogoś z organów wymiaru sprawiedliwości. Wiesz o tym.

– Nie ma mowy.

Od razu wyczuł, do czego zmierzam.

– Obaj jesteście pojebani. Dość czasu upłynęło, tak nie można.

Piotrek sięgnął po ostateczną wymówkę.

– Nawet nie wiem, gdzie go szukać.

Byłam na to przygotowana.

– Dobrze, że ja wiem.

Zaskoczyłam go. Nie miał pojęcia, że mieliśmy kontakt. Wyjęłam z kieszeni telefon i wybrałam numer, pod który nie dzwoniłam bardzo, bardzo długo:

– Michał? – zapytałam, łapiąc wściekłe spojrzenie Piotrka. – Cześć. Potrzebuję twojej pomocy w arcyważnej sprawie. Jestem w domku Piotra koło Czarnej Góry. Pamiętasz gdzie? Super, dzięki.

* * *

Olka weszła do domku. Dała mi czas, bym ochłonął. Obawiałem się jednak, że nie wystarczy mi na to nawet półtora roku. Jak ona, kurwa, mogła? Paliłem fajkę za fajką, wpatrując się w drzwi. W końcu po godzinie w nich stanęła. Chyba myślała, że tyle mi wystarczy. Wręcz przeciwnie, moja kurwica rosła proporcjonalnie do upływu czasu.

– Już? – zapytała, zachodząc mnie od tyłu.

Oparła ręce o moje barki.

– Jakim, kurwa, cudem nic o tym nie wiem? – mówiłem przez zęby, ignorując to, że próbuje mnie uspokoić.

– O czym?

Kurwa, cierpliwości!

– Że masz z nim kontakt! – ryknąłem, waląc ręką o stół.

– Nie drzyj ryja. Nie pytałeś o to nigdy, a ja nie odczuwałam potrzeby, żeby się z tego spowiadać – oznajmiła ze spokojem.

Podniosłem się tak szybko, że fotel wyrąbał się na podłogę. Pchnąłem ją na ścianę.

– Słyszałaś kiedyś o takim pojęciu jak lojalność? – wycedziłem, zbliżając się do niej.

Patrzyła na mnie hardo.

– Słyszałam. Nie wiem tylko, czemu uważasz, że należy się tylko tobie. Stanęłam po twojej stronie. Jak zawsze. Ale od razu ci mówiłam, że nie masz racji. Co więcej, widziałam się parę razy z Michałem i jestem pewna, że ta jebana bladź, twoja żona, to wymyśliła.

Po mojej minie zorientowała się, że nie powinna była tego mówić.

– Nie dorastasz mojej żonie do pięt – wysyczałem, choć wcale tak nie myślałem. Po jej minie widziałem, że zabolało. I dobrze. Taki był mój cel.

– Pozwolę sobie się nie zgodzić – usłyszałem za plecami znudzony głos mojego byłego najlepszego przyjaciela.

* * *

– Michaaaał! – Olka wydarła się, jakby zobaczyła gwiazdkę z nieba i wyrwała mi się z objęć.

Po sekundzie wisiała mu na szyi. Zacisnąłem pięści. Nie miałem zamiaru nigdy więcej go oglądać. Odłożył motocyklowy kask na stolik, przytulił ją i spojrzał mi w oczy nad jej ramieniem.

– Dotarło coś do ciebie? – zapytał.

– Nie. Dla mnie nie istniejesz – odpowiedziałem twardo. – Pewnych rzeczy się nie wybacza. Olka uparła się, żeby do ciebie zadzwonić, a to tak samo twoja sprawa, jak i nasza.

Rzuciłem na stół pomiętą kartkę. Michał uwolnił się z objęć Olki, podszedł do stołu, wziął do ręki świstek i usiadł na krześle.

– To samo powiedział na pierwszym przesłuchaniu. „Powiedzcie Orłowi, że to dopiero początek".

– Zawsze byłeś bystrzachą – stwierdziłem ironicznie.

Michał nie dał się wyprowadzić z równowagi.

– Skupcie się. Sprawa jest prosta. Wiemy o tym tylko my. I twoja żona, która, jak wiadomo, przeszła załamanie psychiczne. Cholera wie, komu o tym opowiadała…

Uśmiechnął się pod nosem. Wyjebałbym mu w ryj, ale między nami zapobiegawczo stała Olka.

– Nie powiedziała nikomu – zaprzeczyłem stanowczo.

– No to kto?

– Myślę, że dobrze wiecie kto. – Olka powiedziała na głos to, o czym wolałem nawet nie myśleć…

***

Michał wyjął telefon z kieszeni motocyklowej kurtki i wybrał jakiś numer.

– Jacek Fretka. Sprawdź mi, co się z nim dzieje. Nie, kurwa, na przyszłą Gwiazdkę. Pewnie, że na teraz!

Włączył głośnik i położył telefon na stoliku. Piotrek nie wytrzymał:

– CBŚ nadal bawi się, jak chce, i sprawdza, co chce.

Michał pokazał mu środkowy palec i nadal wpatrywał się w aparat.

– Wyszedł trzy lata temu ze szpitala psychiatrycznego – rozległ się wreszcie głos z telefonu. – Ponoć już zdrowy.

– Dzięki.

Michał zakończył połączenie.

– Mamy przejebane – powiedziałam w przestrzeń.

– Skąd masz tę kartkę? – Michał zapytał Piotrka.

– Nie twój jebany interes.

– Słuchaj... – Michał podniósł się z miejsca. – Nie pytam ze względu na ciebie, ale Olka też w tym siedzi, więc jeśli mam cokolwiek zrobić, to przestań zachowywać się jak kutas.

– Nie mam zamiaru cię słuchać. – Piotrek dalej patrzył na niego wilkiem, ale chyba powoli docierało do niego, że Michał był naszą najlepszą szansą. – Znalazłem przy zwłokach mojego klienta.

– W dupie mam, w co się bawisz, ale widzę, że mało ostrożnie... – Michał podszedł do schodów. – Nie chcę o niczym wiedzieć, ale lepiej się pilnuj. I jej pilnuj. – Pokazał na mnie głową. – I nie drzyj na nią ryja, bo ci wyjebię kły.

– Spróbuj!

Piotrek też wstał. Szybko podeszłam do Michała. Bałam się, że to źle się skończy. Przytuliłam go na do widzenia.

– Uważaj na siebie i informuj co i jak, dobra? – poprosiłam, patrząc w jego ciemnozielone oczy.

– Dobra, kociaku. Pamiętaj, że jeszcze jedziemy razem na moto, obiecałem ci.

Pocałował mnie w policzek i poszedł do motocykla. Spokojnie włożył kask, rękawice i odpalił maszynę...

– Z tobą zawsze.

Uśmiechnęłam się do jego pleców.

– Mogłaś mu jeszcze obciągnąć! – usłyszałam za sobą wściekły syk.

***

Jezu, jaki ja byłem wściekły. Jak to możliwe, że zaledwie w czterdzieści osiem godzin wszystko wyjebało się do góry nogami?

– Mogłam. Niestety mam chujowy gust do facetów i to do ciebie mam słabość, a nie do niego. Choć z racjonalnego punktu widzenia to rzeczywiście kompletnie niezrozumiałe – powiedziała i poszła się w stronę domu.

Okej, przegiąłem. Za dużo tego na jeden raz. Lubiłem jasne i poukładane sytuacje. A to, co się działo, kompletnie wymknęło mi się spod kontroli. Nienawidziłem tracić kontroli.

– Przepraszam, Ola, po prostu tego nie pojmuję. Jak mogłaś? – zapytałem, wchodząc do kuchni. Odwróciła się do mnie z taką miną, jakby miała zamiar przywalić mi patelnią.

– Co jak mogłam? – syknęła.

– Mieć z nim kontakt – wyjaśniłem.

– Szczerze?

Patrzyła na mnie tak, że wiedziałem, że to, co powie, będzie wredne. Ale chyba wolałem zgarnąć całą pulę za jednym zamachem.

– Tak – powiedziałem i usiadłem na krześle.

– Pamiętasz tamtą sytuację? Bo ja doskonale! Powiedziałeś Madzi, że chcesz rozwodu. Ona niby się z tym pogodziła, a tydzień później zdarzyła się ta sytuacja! W dodatku z Michałem, który zawsze mi mówił, że twoja żona to wredny, sztuczny plastik i nie dotknąłby jej szczotką na długim kiju.

– Wiem, co widziałem – zripostowałem cicho.

Zaczynałem się łamać. Zły znak. Powinienem się trzymać swoich postanowień.

– A co widziałeś? – drążyła Olka.

– Widziałem, jak leżał w jej łóżku!

– A ja z nim piłam! – wydarła się na całą chatkę. – Był najebany jak messerschmitt. Natomiast ona wcześniej miała wąty, że dalej pijemy, bo ona chce iść spać. Jestem święcie przekonana, że sama wlazła mu do wyra. I jak się to skończyło? Tuliłeś ją, pocieszałeś... straciłeś jedyny racjonalny głos, czyli Michała. On zawsze ci powtarzał, że powinieneś się z nią rozwieść!

– Ty też tam byłaś! A wtedy mi tego nie mówiłaś!

– Przecież ty mnie, kurwa, nigdy nie słuchasz! Zakładasz, że jak coś mówię, to mam w tym interes. Bardziej słuchasz tych tinderowych tępych strzał. I innych, kurwa, dup od koni... Masz problem, wiesz?

Posądzasz o złe rzeczy tylko tych, których masz za inteligentnych.

– Nie pierdol głupot. Wiele razy uratowało mi to życie.

– Wiem. Dlatego to toleruję, ale to jest kurewsko niesprawiedliwe.

***

Oczywiście, że miała rację, jednak nie zamierzałem jej tego przyznać. Chciałem ją ugłaskać. Dobrze wiedziałem, że dopóki nie załatwimy tematu Jacka, będziemy się kłócić co chwilę. Za wiele mieliśmy do stracenia. Przeze mnie, choć doskonale wiem, że postąpiłem wtedy słusznie. Mimo że konsekwencje były nieprawdopodobnie koszmarne. Podszedłem do Olki i objąłem ją, choć była sztywna jak kłoda drewna. Chciała mnie ukarać.

– Wiesz, dlaczego faceci tak bardzo lubią, kiedy kobieta robi im loda? – wyszeptałem wprost do jej ucha.

Drgnęła oburzona, ale zanim nabrała powietrza, by mnie zbluzgać, dodałem:

– Bo wtedy nie gada.

Olka wbrew sobie wybuchnęła śmiechem. To był na nią najlepszy sposób. Rozbawić i jednocześnie ugłaskać.

– Długo nie będziesz miał okazji przekonać się o tym – powiedziała, ale czułem, że mi odpuściła.
– Co my zrobimy?

– Poczekamy, co wymyśli gwiazda Centralnego Biura Śledczego. Muszę jutro wrócić do Wrocławia. Za tydzień muszę być w Warszawie, żeby pogadać z „górą". Przed chwilą dostałem maila. Jedziesz ze mną?

– Nie zasługujesz na to, ale znaj moje dobre serce. Pojadę.

***

Zbierałam się, aby wysiąść z auta.

– Fajnie było – powiedziałam, całując go w policzek.

– Wypad się skończył i znów dostaję całusy tylko w policzek?

Złapał mnie za rękę i namiętnie pocałował. Długo, tak jak lubiłam.

– Jeśli myślisz, że wracamy do starych nawyków, to chyba ci gorzej – wyszeptał, patrząc na mnie zamglonymi oczami.

To było nieprawdopodobne, jak zmieniało się jego spojrzenie, kiedy był podniecony.

– A nie wracamy? Skąd ty weźmiesz czas na jeszcze jedną dupę? – zapytałam złośliwie.

Znałam go na wylot, a nie byłam dziewczyną, która mogłaby się dzielić. Nie mój styl, nie moje klimaty.

– Wtorki mam zwykle wolne – powiedział, bezczelnie szczerząc zęby.

– Taaa…? To będę ustawiała kolegów z Tindera na wszystkie dni, oprócz wtorku.

Pocałowałam go jeszcze raz.

– Dobra, idę. Sąsiad z domu obok zaraz sobie utnie stopę tą kosiarką, patrząc na nas, zamiast pod nogi – powiedziałam na odchodnym.

Kiedy wysiadałam z auta, klepnął mnie w tyłek. Odwróciłam się i popatrzyłam na niego z oburzeniem.

– Wiem, co lubisz. A Tindera masz usunąć. Ja się nie dzielę.

Nie zdawał sobie sprawy, że czyta w moich myślach. Roześmiał się, kiedy puknęłam się w czoło i ruszył z piskiem opon, machnąwszy ręką zbaraniałemu sąsiadowi.

– Dzień dobry – rzuciłam jakby nigdy nic panu Stolarskiemu i ruszyłam w stronę drzwi.

Otworzyłam je po cichu, ale Andrzej chyba przy nich warował, bo od razu na mnie naskoczył.

– Możesz mi wytłumaczyć, co tu się dzieje?

– Nie krzycz, jeśli łaska.

Tylko spokój mógł mnie uratować.

– Nie masz zamiaru się nawet ukrywać? – dopytywał się, idąc za mną do kuchni.

– Andrzej, nasze małżeństwo nie istnieje. Od kilku lat. Przestań się ciskać i daj mi rozwód.

– Zapomnij o tym.

– No to przywyknij do tego, co jest.

Założyłam słuchawki i włączyłam hip-hop listę na Spotify. Miałam na punkcie tej muzyki prawdziwego świra. Dzieliłam hip-hop na dobry i zły. Złego nie słuchałam. Dobry powinien być – moim zdaniem – przerabiany w szkole zamiast wierszy. Wsłuchiwałam się w mocny i zdecydowany głos Sokoła, ignorując przeszywającego mnie wściekłym spojrzeniem Andrzeja. Coś do mnie mówił. Zamknęłam oczy i wyobrażałam sobie, że mnie tu nie ma.

***

Zostawiłem Olkę przed domem, zawróciłem i pojechałem w stronę centrum. Jechałem wąską drogą, omijając zaparkowane samochody, skutery i ludzi spacerujących pod posadzonymi przy drodze brzozami. Była tu nawet ulica Diamentowa, żeby było skromniej. Kompletnie nie wiem, co ją tu przywiało. Skręciłem w lewo obok Atalu i przyśpieszyłem. Po zaledwie czterech minutach byłem na Ołtaszyńskiej i minąłem dom Sabriny. To było dość niezwykłe zrządzenie losu, że mieszkały tak blisko siebie. Przemknęło mi przez głowę, żeby wpaść do niej na kawę, ale zwalczyłem pokusę. Zdawałem sobie sprawę, że zawsze kiedy jakaś dziewczyna za bardzo mi się podobała, natychmiast umawiałem się z trzema innymi. Robiłem to po to, żeby szybko odnaleźć w nich jakieś fajniejsze cechy i, broń Boże, nie zaangażować się w tę pierwszą. Ale tym razem to nie była pierwsza z brzegu dupa, tylko Olka. Kto niby mógłby ją przebić? Zbyt długo się znaliśmy, za bardzo ją lubiłem, zbyt wiele o mnie wiedziała. W zasadzie wszystko. W przeciwieństwie do innych dziewczyn, przed którymi pozowałem na superhero, widywała mnie w różnych sytuacjach. Także załamanego, wystraszonego i smutnego. Zacząłem się zastanawiać, czy aby przez seks nie spierdoliłem wspaniałej przyjaźni i w związku z tym nawet nie zauważyłem, kiedy znalazłem się na Dyrekcyjnej. Jeśli nie skończą szybko remontu tej ulicy, to kompletnie mnie popierdoli. Dobra, dość! Musiałem ogarnąć kancelarię, dopilnować, żeby nie było żadnego kwasu ze śmiercią Igora, a nade wszystko musiałem spędzać czas z moją wspaniałą małżonką. Na myśl o tym natychmiast rozbolała mnie głowa. Magda zachorowała sześć lat temu. Zaczęło się od depresji, kiedy chciałem się z nią rozwieść. A potem problem mocno się pogłębił. Po jej próbie samobójczej pięć lat temu porzuciłem wszelkie myśli o rozwodzie. Nie byłbym w stanie sobie poradzić z tą sytuacją. Uznałem, że bawię się, jak chcę, ale Madzia ma to, czego ona chce – spokojne ognisko domowe. Rzadko wpadałem do domu, ale jej chyba to nie przeszkadzało. Dbałem, by miała wszystko: fachową opiekę, wszelkie luksusy. Mniej więcej od dwóch lat zaczęła całkiem na poważnie poruszać temat dzieci. Oczywiście w sposób, w jaki mogła to robić osoba o jej kondycji psychicznej. Nie sypiałem z nią od dwóch lat, więc raczej problem mnie nie dotyczył, ale nie wiedziałem już, jakie kity jej cisnąć, aby nie powiedzieć wprost: „Dziecko nie może mieć nienormalnej matki".

Zaparkowałem przed moją kamienicą na Wybrzeżu Wyspiańskiego i oparłem głowę na kierownicy. Kurwa, dam radę. Muszę iść do domu, choć najchętniej poszedłbym do Formy i najebał się jak zwierzę. Wyjąłem telefon, wszedłem na stronę PKP i kupiłem bilety. Nie chciałem jechać do Wawy autem – imprezy były tam grube, a ja nie lubiłem bez sensu ryzykować. Potem wystukałem SMS do Olki: „Wtorek za tydzień, 7.30 na dworcu. Jak będziesz grzeczna, to przelecę Cię w pociągu :P". Odpisała błyskiem. Uśmiechnąłem się szeroko: „Nie podpuszczam Pana, mecenasie Orłowski, ale… nie wierzę :P Będę!".

Tydzień później

Patrzyłam na niego i zastanawiałam się, jak można być tak mądrym i jednocześnie tak głupim.

– Chyba nie mówisz poważnie!

– Czy ty aby nie przesadzasz? Madzia jest…

– Jebnięta – wtrąciłam.

– Chora – poprawił mnie ze spokojem.

– I dlatego jedziesz z nią na tydzień w góry, żeby, kurwa, zbierać pieczarki na Hali Gąsienicowej?

– Ola, do kurwy nędzy, nie będę zbierał żadnych pieczarek! Chyba mogę tyle dla niej zrobić?

– Nie wiem, co ta pinda kombinuje, ale…

– Jak możesz twierdzić, że ona coś planuje? – Uniósł głos. – To tak, jakbyś podejrzewała o to trzynastoletnią dziewczynkę!

– Byłeś kiedyś trzynastoletnią dziewczynką? Bo ja tak! Nastolatki to potwory, uwierz mi. Nie jesteś w stanie sobie wyobrazić, co w tym wieku dzieje się w ich głowach.

– Zawsze czepiałaś się Madzi, zwykle bezpodstawnie.

– Bezpodstawnie? Jasne. Piooootrek... – parodiowałam wysublimowany i niewinny głos Madzi. – Jest mi gorąco, chodźmy do domu. Piooootrek, komary mnie gryzą. Zrób coś. Piotreeek! W ogóle nie poświęcasz mi czasu – pastwiłam się dalej. – Mam pomysł! Weź jeszcze Sabrinę! Wygląda, jakby chciała do trójkąta.

– Mówię pas – zaśpiewał głosem Maleńczuka. Udawał luzaka, ale wiedziałam, ile nerwów kosztuje go ta wariatka.

– Rozwód ci poprowadzę. Za darmo. Będzie to dla mnie czysta przyjemność. Pozwól sobie pomóc.

– Nikt mi nie da rozwodu. Gdybym nie był z tobą na roku, pomyślałbym, że kończyłaś prawo korespondencyjnie. Zasady współżycia społecznego się temu sprzeciwiają.

– Tylko w twojej głowie!

– Nieczuła...

– ...suka. Tak, wiem. Dobrze, że żonę masz słodką, to ci to wynagrodzi. Bukietem stokrotek – powiedziałam i wyszłam na korytarz.

Po dziesięciu minutach ochłonęłam na tyle, by wrócić na miejsce. Usiadłam i gapiłam się w okno, ignorując Piotrka, który cały czas intensywnie się we mnie wpatrywał.

– Co takiego interesującego jest w tym oknie? – zapytał, przechylając głowę. Nie miałam zamiaru znów dać się urobić.

– Nic. Po prostu nie muszę patrzeć na ciebie – odpyskněłam, nadal wpatrując się w las, przez który jechaliśmy.

– Aaa. To rzeczywiście ciekawe.

Wstał i podszedł do drzwi. Przez chwilę coś przy nich majstrował. Chyba je zablokował! Udawałam, że nadal interesuje mnie stopień zalesienia ziemi mazowieckiej. Wrócił na miejsce. Pochylił się nade mną i szybkim ruchem rozchylił moje nogi.

– Jaki to las? – zapytał bardzo seksownym tonem.

Nie złamię się. Jestem twarda.

– Sosnowy.

– Mhm. Co o nim pamiętasz z geografii?

Uklęknął na podłodze, podciągnął mi spódnicę i odsunął na bok majtki.

Kuuurwa.

– Widny, wysokopienny z domieszką...

Umilkłam, kiedy poczułam jego język. Jak to możliwe, że tak doskonale wiedział, gdzie i jak mnie dotknąć, żebym z miejsca straciła rozum?

– Z domieszką czego? – dopytywał ze śmiechem, zanurzając we mnie dwa palce.

Potem wrócił do tego, co robił językiem.

Wytrzymam. Nie poddam się tak łatwo.

– Brzóz – wycedziłam przez zęby.

Jedną ręką złapał mnie za tyłek, drugą skierował do mojej piersi. Minę nadal miałam niewzruszoną. Do czasu, kiedy przez niezasunięty fragment zasłonki zobaczyłam konduktora. Rozmawiał o czymś przez telefon i uśmiechnął się do mnie. Dopiero po paru sekundach uświadomiłam sobie, że widzi tylko moją twarz. Nie miał szans zobaczyć, co robi Piotrek.

– Właśnie patrzę na kontrolera biletów – powiedziałam spokojnym tonem, takim jak moja ciocia, kiedy zdradza mi przepis na szarlotkę. Tylko palce wbite w podłokietnik miałam aż białe.

Oderwał ode mnie usta i spojrzał na mnie.

– Ja bilet mam. Mnie nie wysadzi – powiedział i znów pochylił się nade mną.

– Piotreeek! – jęknęłam głośno i odruchowo skierowałam wzrok na konduktora. Zmarszczył brwi na widok mojej miny, więc szybko przywołałam na twarz uspokajający uśmiech. Również się uśmiechnął i nadal rozmawiał przez telefon.

– On mnie widzi! – syknęłam, czując, jak język Piotrka powoli zatacza kółka wokół mojej łechtaczki.

Nie odpowiedział, tylko wzmocnił ruchy palcami. Oparłam głowę o oparcie i zamknęłam oczy. Odpływałam, ignorując to, co pomyśli sobie o mnie pracownik PKP.

* * *

Uwielbiałem droczyć się z nią, ale nie mogłem pozwolić, żeby jakiś koleś trzepał sobie konia z myślą o jej minie podczas orgazmu. Kiedy tylko zobaczyłem, że odpuściła, wstałem. Popatrzyła na mnie zdezorientowana. Pociągnąłem ją za ręce. Usiadłem na swoim miejscu i posadziłem ją sobie na kolanach. Tyłem do mnie. Zerknąłem w stronę drzwi – tu nie miał szans nas zauważyć.

– A teraz cii... – szepnąłem jej do ucha i rozpiąłem rozporek.

Uniosła się i nabiła na mnie. Zaczęła się rytmicznie poruszać, jęczała coraz głośniej.

– Oleńko – wyszeptałem, łapiąc ją za biodra i nadając ruchom mocniejsze tempo. – Naprawdę bardzo chcesz, żeby usłyszał cię cały pociąg?

– Mam na to wyjebane! – wyjęczała jeszcze głośniej.

– Chyba że tak.

Złapałem ją za szyję i lekko ścisnąłem. Wyprężyła się. Doszedłem chwilę po niej. Nie zdążyłem jeszcze uspokoić oddechu, kiedy usłyszałem walenie do drzwi.

* * *

Gorączkowo doprowadzałam się do porządku. Piotrek wstał, poprawił ciuchy i ruszył do drzwi.

– Ciekawa jestem, jak z tego wybrniesz.

– Choćbym szedł ciemną doliną, zła się nie ulęknę.

– Bo jesteś najgorszym skurwysynem w dolinie – skomentowałam, szukając w torebce lusterka.

– Gdybym nie wiedział, że w twoich ustach to komplement, to śmiertelnie bym się obraził. – Otworzył drzwi.

– Czym mogę panu służyć? – zapytał konduktora, który spoglądał ponad jego ramieniem.

– Bilety proszę.

Piotrek podał mu nasze bilety. Konduktor najwyraźniej starał się wejść do środka.

– Czy wy tu palicie?

– Tak, ja radomskie, a koleżanka camele.

– Bardzo śmieszne.

– Też tak uważam – skomentował Piotrek, zamykając mu drzwi przed nosem.

***

Wysiedliśmy na Centralnym i szybkim krokiem poszliśmy do Novotelu. Przypomniało mi się, jak pewnego razu, kiedy tam nocowałem i miałem sporo czasu, umówiłem się ze znajomymi z Warszawy na piwo. Kazali mi stawić się w hotelu Forum. Mieli niezłą bekę, bo zwariowałem. Nie miałem pojęcia, że Novotel nazywał się kiedyś Forum. Tyle z sentymentalnych wspomnień. Zaczynałem rozgrywać w głowie, jak poprowadzić to spotkanie… Spojrzałem na Olkę, która raźno przemierzała park obok Pałacu Kultury, w mini, bluzce na ramiączkach i tenisówkach. Nic sobie nie robiła z gapiących się na nią lumpów.

– Wzięłaś coś seksownego?

– Dla kogo niby? – zapytała prowokująco.

– Dla Misia Gogo. Poważnie pytam.

– Mam tego trochę. – Puściła do mnie oko. – A dlaczego pytasz?

Zeszliśmy do przejścia podziemnego pod Marszałkowską.

– Słuchaj, najpierw nie chciałem cię tam w ogóle zabierać…

Uznałem, że lepiej będzie, jak poczeka na mnie w hotelu, ale po tej hecy z Igorem… Sam nie wiem. Z jednej strony nie chciałem jej narażać, z drugiej wiedziałem, że nie mamy miejsca na żadne obsuwy. Zresztą to Olka. Narażałem ją od początku, proponując jej biznes. To, że ze sobą sypiamy, nie powinno mieć na to wpływu. Tymczasem miało, czego kompletnie nie rozumiałem.

– Jasne. Ty pójdziesz, a ja co mam niby robić? Jak chciałeś kogoś, kto siedziałby w pokoju i grzał ci kapcie termoforem, to mogłeś zabrać Madzię. Idę. Temat zamknięty.

– A czy miałabyś coś przeciwko temu, żeby udawać moją... Hmm... Panią do towarzystwa?

– Z dziką rozkoszą. Myślisz, że jestem dostatecznie ładna?

Uśmiechnęła się, wchodząc przez obrotowe drzwi, i zatrzepotała rzęsami. Wariatka.

– Są ładniejsze od ciebie, są również bardziej bystre, ale taki ładunek ironii, cynizmu, bystrości i perwersji trudno znaleźć u innej kobiety.

Całkiem niechcący powiedziałem szczerą prawdę. Zatrzymała się i zmierzyła mnie uważnym spojrzeniem.

– Wkurwiasz mnie tym.

Zbaraniałem.

– Czym?

– Że umiesz walić takie komplementy, że mam ochotę zrobić ci loda, zanim kiwniesz palcem – odpowiedziała.

Oczywiście nie ściszyła głosu i stojący obok recepcji bagażowy wszystko słyszał. Zaczerwienił się i zerknął na mnie z ukosa. Uśmiechnąłem się do niego. Olka usiadła na kanapie, a ja poszedłem nas zameldować. Po załatwieniu formalności wjechaliśmy na ostatnie, trzydzieste pierwsze piętro i poszliśmy korytarzem w kierunku pokoju. Ostatni po prawej. Przejechałem kartą po czytniku, otworzyłem drzwi i rzuciłem torbę na szafkę. Olka zdjęła buty, położyła się na plecach na łóżku i podparła na łokciach.

– Dobra, a teraz gadaj. Czemu śpimy w Novotelu, skoro spotkanie jest w Radissonie? Czemu mam udawać kurwę? O co w tym wszystkim chodzi?

Usiadłem w fotelu. Nie chciałem się rozpraszać.

– Sprawa wygląda tak: Nikt nie ma pojęcia, kim jesteś. Dlatego mieszkamy tu, a nie gdzie indziej. Przychodzimy z zewnątrz, nikt nie wie, że razem śpimy ani w którym pokoju. Minimalizuję ryzyko. Jakby ktoś cię o coś pytał, to nie wiem, wymyśl coś wymijającego.

– Może powiem, że mnie wyrwałeś na Tinderze? – zaproponowała ze śmiechem.

– Możesz choć przez chwilę nie zachowywać się tak, jakbyś miała siedemnaście lat? – zapytałem, ale też się śmiałem. – Jak wiesz, nie lubię się zwierzać, zwłaszcza w takim towarzystwie. Nie wiem, kto wie o Igorze i ile naprawdę wie. To moja grupa. Teoretycznie nikt nie powinien mieć z tym nic wspólnego, ale wiesz, jak to wygląda... Rób z siebie kompletną idiotkę i bądź czujna. Miej oczy i uszy szeroko otwarte. Zwracaj uwagę na wszystko, co wyda ci się podejrzane.

– Da się zrobić. – Olka wydmuchała wielki balon z gumy, którą żuła: – Mam chichotać?

– Możesz. A potrafisz? Przy mnie zwykle rżysz jak koń.

– Bo wiem, co lubisz. Dobra, Piotruś, idę się ubrać. Powiesz mi, w czym najlepiej wyglądam.

***

Wyskoczyłam z łazienki w pierwszym stroju. Czarna sukienka do kolan. Kobieca i zwiewna. Piotrek głośno ziewnął.

– Nie zapłaciłbym ci nawet pięćdziesięciu złotych. Wyglądasz, jakbyś szła na roraty.

Pokazałam mu środkowy palec i wróciłam do łazienki. Pięć minut później wyszłam w obcisłej czerwonej kiecce.

– Lepiej, ale nadal grzecznie i porządnie. Maksymalnie sto złotych, a i to pod warunkiem, że byłoby wiele dodatkowych usług.

– Na kurwach znasz się jak mało kto – rzuciłam, wchodząc do łazienki jeszcze raz. – Okej. Skoro tak chcesz się bawić, to mam coś jeszcze.

Wbiłam się w czarną skórzaną spódnicę Guessa, która ledwie zasłaniała mi tyłek, i top, który ledwie zasłaniał cycki. Fajne ciuchy, ale noszone osobno. Kiedy się je połączyło, efekt był piorunujący. Aż za bardzo. Szczyt bezguścia. Oko ozdobiłam grubą czarną krechą i roztrzepałam włosy w artystyczny nieład. Wyszłam z łazienki i oparłam się o futrynę w prostackim geście. Piotrek nareszcie wyglądał na zadowolonego.

– O to, to!!! Nigdy bym nie pomyślał, że masz więcej niż trzy szare komórki!

– A kto powiedział, że mam?

Podeszłam do niego. Zdążył się przebrać w garnitur. Usiadłam mu na kolanach i pociągnęłam za krawat. Chciał mnie pocałować, ale wyrwałam mu się ze śmiechem.

– Będzie pan zadowolony – zagwarantowałam. – Nie w usta – dodałam bezczelnie.

– *Pretty Woman* – odgadł bez pudła.

– Dooopsze. Zdał pan. To co, idziemy? Myślisz, że sobie poradzę? – zapytałam z nagłym zwątpieniem, poprawiając włosy przed lustrem.

– Klnę się na twoje cycki, że jak zawsze będziesz wspaniała – odparł, całując mnie w szyję. Ruszył do drzwi i jak prawdziwy dżentelmen otworzył je przede mną.

***

Poszliśmy piechotą. Chciałem jeszcze co nieco obgadać.

– Najpierw pokażę ci szefa, potem najważniejszych z innych regionów, żebyś wiedziała, na czym się skupić. To nie jest impreza oficjalna, nie będzie żon, tylko dziewczyny, więc gówno wiedzą. Laski sobie odpuść.

– Na chuj faceci są w związkach, skoro żaden nie potrafi być wierny? – zapytała, patrząc na mnie z ukosa.

– Sypiasz z żonatym i jakoś ci to nie przeszkadza. A czy ty przypadkiem nie masz męża? – zapytałem złośliwie.

Zmarkotniała. Kurwa, niepotrzebne to było. Kto jak kto, ale ona akurat dobrze robiła, odpuszczając sobie tego barana. Nie chciałem, żeby była smutna, więc zacząłem ją prowokować.

– Faceci nie są stworzeni do monogamii. Potwierdzają to badania. Po prostu. Każda laska się znudzi, najdalej po dwóch latach. Nie przeskoczysz tego i już.

– Chyba że kogoś kochasz. Wtedy ci się nie znudzi, a nawet jeśli, to po dwóch latach powinna być też twoim najlepszym przyjacielem.

– Błagam cię, Olka. Co wspólnego ma z tym miłość? Patrzysz na to po babsku, a dla nas seks to sport. To wam po orgazmie przywiązanie się produkuje jak mleko u matki karmiącej. U nas to tak nie działa.

Popatrzyła na mnie wkurwiona, ale już nie smutna. Cel osiągnięty.

– Hmm, dobrze. Dam ci przykład, który powinieneś zrozumieć, mimo swego żenującego poziomu emocjonalnego: Idziesz w sobotę wieczorem do sklepu i spotykasz kotka. Kotek jest kochany, słodko mruczy i klei się do ciebie. Zabierasz kotka spod sklepu i maszerujesz z nim do chaty. A w domu... ZONK. Za chuja wafla kotek nie umie porozumieć się ze Zdziśkiem. Nie ma szans, cały czas awantura. I co robisz? Oddajesz komuś Zdziśka, którego masz od studiów, czy oddajesz nowego kotka, który jest od Zdziśka ładniejszy, młodszy i słodszy?

Zawiesiła wzrok, mierząc mnie triumfującym spojrzeniem.

– Na tym, drogie „Orlątko", polega wierność w związku. Sztuka wyboru. I żadne badania naukowe tu nic nie pomogą. Po prostu Zdziśka kochasz, a nowego kotka nie.

– Wiesz, co wtedy bym zrobił? Wybudował domek dla małego kotka, niedaleko swojego domu, i powiedział mu, żeby wpadał na głaskanie. Oczywiście, jak Zdzisiek pójdzie w teren. – Wybuchnąłem śmiechem.

– Świnia – powiedziała, ale też zaczęła się śmiać. – Jesteście, kurwa, nienormalni. Tylko po co potem gadać, że laski są takie, śmakie czy owakie? A jak któryś kotek się wkurwi i pójdzie do sąsiada? Co wtedy? Że wredny i zdradziecki! A wkurwi się na pewno, prędzej czy później, i wtedy dopiero będzie płacz i zgrzytanie zębów.

– Oj tam, oj tam. Nie ciskaj się... kotku – powiedziałem, przepuszczając ją w drzwiach do Radissona.

Chciałbym wierzyć, że przypadkiem nadepnęła mi obcasem na stopę.

***

– Jest prawie komplet – szepnął mi do ucha Piotrek, podając kieliszek szampana. Umoczyłam usta i skrzywiłam się.

– Kwaśne!

– To Moet. Nadaje się tylko do wylewania na cycki.

– Zlizywanie go z piersi sprawi, że będzie mniej kwaśny?

– Nie. Jestem efekciarzem. Dobrze mi się to wyobraża. Poza tym taka perspektywa wynagrodzi mi smak. Patrz uważnie. Facet po prawej. Szary garnitur. Szef wszystkich szefów.

Strzeliłam oczami w stronę gościa około sześćdziesiątki. Wyglądał poważnie i inteligentnie. Jeśli czegoś się nauczyłam w swoim zawodzie, to tego, że nie ma nic gorszego niż bandzior i psychopata, który na dodatek jest inteligentny. Tacy zwykle nie mają żadnych skrupułów.

– Dobra, widzę. Przedstawisz mnie? Będzie łatwiej.

– Za chwilę. Patrz dalej. Łysy kark, czarny garnitur, z blondyną z ustami jak glonojad.

– Widzę. Wygląda, jakby całe życie piła z konewki.

Piotrek parsknął śmiechem, prawie dławiąc się szampanem.

– Jesteś wybitna. To Adam, z Pomorza. A ten, z którym gada, to jakiś nowy, ze Śląska. Nie znam go. Jeszcze jednego nie ma, ale od razu go rozpoznasz, kiedy wejdzie: Mateusz ze stolicy. Ma tatuaż jak Mike Tyson, trudno go z kimś pomylić.

– Powaga? Naoglądał się *Kac Vegas*?

– Nie. To po prostu pojeb.

– Czym się martwisz? Jesteś pospinany jak plandeka na żuku.

– Tym, że tu jesteś. Tu nie ma nikogo normalnego.

– Oprócz ciebie. Nie martw się, Piotrusiu. Jestem dużą dziewczynką i świetnie dam sobie radę.

***

Stary podszedł do nas ze sztucznym uśmiechem na ustach.

– Witam serdecznie, mecenasie Orłowski. Cóż to za piękna kobieta u twego boku?

– Aleksandro, poznaj proszę naszego gospodarza, pana Jerzego.

Olka przywołała na twarz uśmiech tępej kretynki i podała staremu rękę, którą ten ucałował.

– Dla pani chętnie będę Jurkiem.

– Hi hi, dobrze, Jurku! Dla ciebie chętnie będę Oleńką. Jak dla Kmicica.

Patrzyłem na nią z podziwem. Wszystko wskazywało na to, że naprawdę da sobie radę. Przed sekundą miała bystre spojrzenie, a teraz zachowywała się tak, jakby zamiast mózgu miała rozgotowany brokuł. Stary rozpływał się jak karmel.

– To wspaniale. Rezerwuję następny taniec, a czy teraz mogę na chwilę porwać twojego mężczyznę?

– Oczywiście! Pójdę przypudrować nosek.

Olka uśmiechnęła się i poszła w stronę toalety. Szef wrócił na stare tory.

– Co to za lafirynda?

– Znajoma. Daleka. Nic wartego uwagi. Po co ten spęd? – zapytałem, częstując się kolejnym kieliszkiem moeta. Chyba miałem w sobie coś z masochisty.

– Musimy parę rzeczy przedyskutować. Niektórzy zaczęli się za mocno wozić, a dobrze wiesz, jak to wygląda w karuzelach. Po nitce do kłębka... Do ciebie nie mam zastrzeżeń poza jedną drobnostką... Dlaczego, kurwa, twoi chłopcy giną w niewyjaśnionych okolicznościach?

– Bo za dużo ćpają. Wypadek przy pracy – odpowiedziałem z kamienną twarzą.

– Ja ci, Piotrze, wierzę, ale docierają do mnie głosy, że sprawa może nie być tak czysta, jak się wydaje... Podobno to ma jakiś związek z tobą. Szczerze mówiąc, gówno mnie to obchodzi, ale tobie powinno dać do myślenia. Ktoś cię nie lubi.

– Mnóstwo osób mnie nie lubi.

W tym momencie podszedł do nas nowy. Jerzy kiwnął głową w jego stronę.

– Artur Piła, Piotr Orłowski, poznajcie się.

Artur uśmiechnął się jak Miss Polonia podczas koronacji i podał mi rękę.

– Mecenasie Orłowski, słyszałem o panu wiele dobrego.

Odwzajemniłem uścisk dłoni.

– Naprawdę? To dziwne, bo jestem chujem. Trzeba od razu ustawić odpowiednią hierarchię. Nie jesteśmy tu po to, żeby się dzióbeczkować.

Stary wybuchnął śmiechem.

– A może właśnie dlatego, Piotrusiu?

* * *

Weszłam do toalety i zamknęłam się w kabinie. Oparłam czoło o drzwi. Zgrywałam cwaniarę, ale nie czułam się najlepiej w tym towarzystwie. Starałam się nie pamiętać, z kim Piotrek się zadawał i na czym zarabialiśmy. Tak było najprościej. Gdybym zaczęła o tym rozmyślać, musiałabym przyjąć do wiadomości, że prędzej czy później coś jebnie. Zamkną nas albo zabiją. Wiedziałam, jaki był plan Piotrka. Wiedziałam, że założył, że kończymy po osiągnięciu założonego celu. Wiedziałam, że przekalkulował ryzyko i stwierdził, że jest do przyjęcia w imię takich zysków. Ja nie kalkulowałam, jak zawsze szłam *all in*, nie myśląc za wiele o konsekwencjach. Zostawiałam to jemu.

Rozważania przerwał mi odgłos otwieranych drzwi i chichot.

– Jaki on jest czaderski, mówię ci! Kupił mi iPhone'a i zabrał na zakupy. Powiedział, żebym się nie ograniczała, rozumiesz. No to się nie ograniczałam. Co za facet!

– Ta impreza też jest niezła. Ten starszy gość to dopiero ma kasę. Żeby tak udało się koło niego zakręcić…

– Ten cały Jerzy? Adam kiedyś mi wspominał po pijaku, że to kompletny szajbus. Podobno kogoś spalił żywcem, bo próbował go wydymać na grubszą kasę.

– Ale tak spalił na śmierć? – zapytał drugi lachon z autentycznym przerażeniem w głosie.

– No a jak, kretynko? Pewnie, że na śmierć. Ale to trochę fajne, nie? Lubię facetów, z którymi lepiej nie zadzierać – zachichotała.

Ja pierdolę, co za tępe pindy.

– Mi się podoba jeszcze ten z Wrocławia, ten wysoki brunet.

Zastrzygłam uszami.

– Odpuść sobie. Adam twierdzi, że to ulubieniec szefa, ale podobno też niezły z niego psychol. Chłopaki mówiły, że kiedy się wkurwi, to lepiej nie wchodzić mu w drogę. Słyszałam też, że na jakimś zjeździe, pół roku temu, podobno zaliczył trzy kurwy. Naraz. Wyobrażasz sobie?

– Nie bardzo.

Znowu śmichy-chichy, potem odgłos wciągania ścieżki. Poprawiły makijaż i wreszcie wyszły. Odczekałam chwilę i też się ulotniłam. DJ zaczął się rozgrzewać. Na parkiecie kiwał się spory tłumek.

– *I just died in your arms tonight.* Mogę cię prosić?

Piotrek pociągnął mnie za rękę na parkiet.

– Możesz prosić, o co tylko chcesz.

Uśmiechnęłam się uroczo. Nawet nie podejrzewał, co go za chwilę czeka. Niby taki kochatek, a taka menda.

– O, jest i Mateusz. Zaraz będziemy zaczynać – powiedział Piotrek i przytulił mnie mocno.

Odwróciłam głowę i zobaczyłam ogromnego kafara stojącego w drzwiach. Na twarzy miał tatuaż, aby nikt nie miał wątpliwości, że nie para się normalną pracą. Zawsze kiedy już wydaje mi się, że widziałam dno ludzkiej głupoty, spotykam kogoś, kto puka w nie od spodu. Nie wytrzymałam.

– Kurczak, ryż i kreatyna zrobią z ciebie skurwysyna?

– Klata, plecy, nogi, barki, woli to od swej kochanki.

Piotrek przesunął rękę na mój tyłek.

– Jest jakaś pieprzona piosenka, której nie znasz?

– Obawiam się, że nie.

– Kiedy byłam w łazience, podsłuchałam rozmowę dwóch tytanek intelektu spod znaku silikonu, sztucznych rzęs i koksu w nosie. Mocno cię zachwalały.

Piotrek spojrzał mi w oczy i uśmiechnął się cwaniacko.

– Na tej sali jest tylko jedna dziewczyna, z którą się pieprzyłem.

– Nie może być? – zdziwiłam się teatralnie. – A ja słyszałam, że na podobnych zjazdach zdarzało ci się zaliczać po trzy kurwy.

Piotrek roześmiał się tak głośno, że inni zaczęli się na nas gapić.

– Zaliczyłem jedną. Druga spała w tym samym pokoju, najebana jak nieszczęście, a trzecia wpadła po tę drugą. Po prostu wyszły razem i ktoś je musiał wtedy widzieć. Właśnie tak rodzą się plotki, Oleńko.

– I reputacja. Jakoś nie widzę, żeby te oszczerstwa zbytnio cię uwierały.

– Gorsze rzeczy się robiło, no nie? Zazdrośnica.

Pocałował mnie w policzek. Rozwalał mnie tą mieszanką czułości i zdecydowania.

***

Odprowadziłem Olkę do baru. Po chwili podszedł jeden z goryli Jerzego i zaprosił mnie do prywatnej salki.

– Uważaj na siebie. I żadnych numerów! – syknąłem Olce do ucha.

Ruszyłem za ochroniarzem. Dałem się sprawdzić urządzeniem do wykrywania podsłuchów i wszedłem do sali. Pozostali siedzieli już przy stole. Artur zmierzył mnie niechętnym spojrzeniem, Adam i Mateusz podali mi ręce. Usiadłem na ostatnim wolnym krześle. Jerzy skinął głową kelnerowi, który rozlał do szklanek bardzo dobrego single malta i wyszedł. Czekając na wieści, zapaliłem marlboro i spróbowałem whisky.

– Chłopcy, mężczyzna w pewnym wieku powinien już mieć swojego kelnera – zaczął Jurek w swoim stylu. – Jak będziecie mieć tyle lat co ja, to zrozumiecie, o co chodzi. Jesteście trochę takimi moimi kelnerami, ale na poziomie zawodowym. Każdy z was kieruje swoją grupą i jest za nią odpowiedzialny, ale też każdy z was jest związany ze mną. Jak naczynia połączone. A ja nie chcę, by jakiekolwiek gówno płynęło w tym naczyniu w moją stronę. Niektóre wasze działania zaczynają wskazywać, że tak może się zdarzyć. Powiedz mi, mój drogi Adamie, jak to możliwe, że złapali twojego słupa na jakiejś pospolitej dziesionie? Czy to są, kurwa, lata dziewięćdziesiąte, żeby ludziom portfele kroić? Jak ty im, kurwa, płacisz, że mają takie pomysły? Wiem, że siedzi cicho, ale przecież mógłby powiedzieć prokuratorowi, że jeśli nie postawi mu zarzutów, to opowie mu coś znacznie ciekawszego…

Adam poprawił się na krześle.

– Przecież nie jest samobójcą – powiedział zdecydowanie, ale mowa ciała wskazywała na to, że wcale nie jest tak pewny siebie, na jakiego chciałby wyglądać.

– A skąd ja mam o tym wiedzieć? Może, kurwa, jest! Jeśli tak, to wpadasz i ty. Wówczas ja zaczynam się zastanawiać, czy nie zaczniesz rozmyślać, czy nie ładniej by ci było w koronie…

– Jerzy, nigdy! Wiesz, że ja nie z tych! Nie nadawałbym się na świadka koronnego.

– Ależ oczywiście, że wiem. Tylko że każdy tak mówi. Wolałbym tego nie sprawdzać. Nie odbieraj tego osobiście, bo obecny tu Mateusz, dla odmiany, wozi się po jakichś, kurwa, ustawkach. Czy tobie, Tysonie, coś padło na mózg? Mało masz roboty?

– To była jednorazowa akcja. Wkurwili mnie, pajace.

Mateusz uśmiechnął się jak debil, którym w sumie był, i rozsiadł jeszcze wygodniej. Czuł się pewnie. Sterydy rzeczywiście ryły mózg, a on pewnie i tak nigdy nie miał go w nadmiarze.

– Wkurwiać to cię pajace mogły, zanim zacząłeś pracować dla mnie.

Jerzy uniósł głos tylko o pół tonu, ale i tak poczułem, jak jeżą mi się włosy na karku. Z kamienną twarzą powoli sączyłem whisky. Na szczęście umiałem się kontrolować. Tymczasem Jerzy się rozkręcał:

– Rozumiem, że Legia Warszawa to twoja duma i sława, ale, kurwa, jak zwiną cię przez napierdalanki z jakimiś matołami, to odpierdolę cię choćby dla przykładu.

Mateusz nie powiedział już ani słowa, skinął tylko potulnie głową i gapił się na swoje wielkie łapy.

– Artur to nasz nowy nabytek. Ciężką pracą dochrapał się, aby przejąć moje interesy na Śląsku. Nie mam, na razie, jakichkolwiek zastrzeżeń, ale chciałbym, żebyście dograli parę interesów na styku Górnego i Dolnego Śląska. W tym celu przedstawiłem cię Piotrowi.

Artur uśmiechnął się sztucznie. Pewnie już się domyślił, że dogrywać wszystko będę ja, a on może się ewentualnie dostosować.

– Piotrze... – zaczął Jerzy.

– Pupil na koniec – powiedział cicho Mateusz. Najwyraźniej zjeba mocno go zabolała. Uśmiechnąłem się pod nosem.

– Mówiłeś coś? – Jerzy zareagował błyskawicznie. – A pomyślałeś, że może dlatego jest pupilem, bo nie wystawia mnie na żadne niebezpieczeństwo? Bierz przykład, to może zajmiesz jego miejsce.

***

Siedziałam przy barze, sącząc wino. Przywdziałam na twarz maskę znudzonej i obrażonej księżniczki, bawiłam się kieliszkiem i od niechcenia rozglądałam po pomieszczeniu. Jednocześnie strzelałam oczami w stronę facetów, którzy pozostali na sali. Trudno było ocenić, którzy byli na „III Forum Biznesu" przypadkiem, a którzy naprawdę wiedzieli, o co chodzi. Wyłowiłam spośród nich szatyna, który wpatrywał się we mnie już wtedy, kiedy tańczyłam z Piotrkiem. Przystojny typ. Ani specjalnie przypakowany, ani superszczupły, dobry garnitur, przenikliwe spojrzenie. Uśmiechnęłam się do niego i uniosłam kieliszek. Jakby tylko na to czekał. Błyskawicznie ruszył w moją stronę. Przysiadł się i postawił swój kieliszek na blacie.

– Nie wydaje mi się, żeby się tu pani jakoś szczególnie podobało.

– Nudno – poskarżyłam się jak gówniara.

– Słyszałem, że nudę często powoduje zły dobór towarzystwa.

Miał miły uśmiech i ciepłe brązowe oczy wzbudzające zaufanie. Wydawały mi się znajome, patrzył na mnie, jakby wiedział o mnie wszystko. Spojrzenie charakterystyczne dla sekciarzy, hipnotyzerów, coachów i sprzedawców w telezakupach. Ani trochę nie ufałam takim typom. Udałam bardziej pijaną, niż naprawdę byłam.

– Ach, pije pan do mojej pary. Zaproponował mi to wyjście na Tinderze, a że miałam wolny wieczór, to myślę: czemu nie? Zawsze można się troszkę zabawić i napić za friko dobrych drinków. Dlatego tak bardzo lubię szarmanckich mężczyzn i dobre towarzystwo.

Roześmiałam się i skinęłam głową barmanowi, by uzupełnił mi kieliszek.

– Patryk – przedstawił się szatyn i delikatnie stuknął kieliszkiem w mój.

– Ola.

– No więc, Olu, nie będzie ci chyba przykro, jeśli opuścisz tę imprezę ze mną, a nie ze swoim kolegą?

– Tego jeszcze nie wiem – odpowiedziałam, udając, że głęboko się zastanawiam. – Nie wiem, jak tańczysz. Nie wiem, czym się zajmujesz. Nie wiem, czym jeździsz…

Naprawdę dobrze się bawiłam. Prawdopodobnie mogłam go kupić tak jak stał, wraz z całą bliższą i dalszą rodziną, zanim poważnie nadszarpnęłabym oszczędności natrzepane na naszej karuzeli, ale wiedziałam, że do facetów to przemawia. Większość patrzy na laski pod kątem tego, jak bardzo są interesowne. Bawiło mnie to także u mojego kochanego męża Andrzeja, który w tym momencie pewnie przepierdalał w kasynie pieniądze, głównie zarobione przeze mnie, jednocześnie pomstując, jak wredną jestem suką. Prawdopodobnie nie znalazłby zrozumienia swojej sytuacji u większości mężczyzn. Uznałam, że jestem zwolniona z przysięgi małżeńskiej, kiedy najebany rozpieprzył audi, które kupiłam mu za jedne sto pięćdziesiąt tysięcy złotych, i stwierdził, że to moja wina, bo go nie powstrzymałam, kiedy siadał za kierownicą. To była kropla, która przepełniła czarę goryczy.

Wyjął z kieszeni kluczyki i położył na barze. Też audi. Wiedziałam. Uśmiechnęłam się szeroko.

– A8? – zapytałam z miną kaflary tysiąclecia.

– TT RS.

– Ooo, jeszcze lepiej – zachichotałam i bawiłam się dalej: – To chodź, sprawdzę jeszcze, jak tańczysz.

Myślał, że już wie, z jakiego typu laską ma do czynienia. Oj, chłopaczku, zaboli – pomyślałam, śmiejąc się w duchu. Jednak na fasadzie wciąż miałam przygłupawą minę zachwyconej idiotki.

* * *

Wyszedłem z VIP roomu uspokojony. Najwyraźniej nikt nie miał tu pojęcia o Jacku. Stary także nie zwołał tego spędu ze względu na mnie. Wiedziałem, że jestem paranoikiem do kwadratu. Taka praca. Podszedłem do baru, usiadłem na krześle i odwróciłem się w stronę parkietu. Kurwa mać – to jedyne, co przyszło mi do głowy, kiedy zobaczyłem roześmianą Olkę w ramionach jakiegoś leszcza. Artur usiadł obok mnie.

– Problemy w związku? Dwa razy whisky – wydał polecenie barmanowi. Takim tonem, jakby mówił do służby. Nie cierpiałem tego. Miałem ochotę poradzić młodemu chłopakowi za barem, żeby wylał mu tego whiskacza na łeb, ale dawno już przestałem walczyć z wiatrakami.

Artur z cierpiętniczą miną poczekał, aż barman naleje trunek i przesunął jedną szklankę w moją stronę.

– Skoro mamy razem pracować…

Wziąłem do ręki szklankę. Wiedziałem, że muszę się z nim porozumieć, wkurwiał mnie od startu, ale biznes to biznes. Chuj z nim.

– W jakim związku? Znam ją sześć godzin. Niech się dziewczyna pobawi – powiedziałem z udawaną obojętnością, spoglądając na parkiet, gdzie Olka wiła się jak jakaś pierdolona larwa.

– Niezła dupa.

– Miewałem lepsze.

Artur wybuchnął śmiechem.

– To dobrze, bo bawi się z moim najbliższym współpracownikiem. A jeśli chodzi o biznes, to…

***

– No więc… – Celowo zaczęłam zdanie od „no", właśnie dlatego że wiedziałam, że nie powinno się tego robić. – Skąd jesteś i czym się zajmujesz?

DJ zmienił jakąś szybką piosenkę na *Ćmę* Clock Machine. Patryk przytulił mnie mocniej.

– „Dobrze wiedziałem już, że nie robi tego pierwszy raz" – zaśpiewał po cichu, patrząc na mnie przenikliwym wzrokiem.

– To nie była odpowiedź – skomentowałam z uśmiechem.

– Jestem z Opola. Pracuję na Śląsku. Mój kumpel prowadzi tam firmę. Import–export. Nic, czym powinnaś zaprzątać swoją śliczną główkę.

Aha. Pomyślałam. Jednak jest z branży. Po to tu byłam, miałam dowiedzieć się czegoś istotnego. No więc spróbujmy.

– Jesteś kimś ważnym czy tylko towarzystwem? – walnęłam z grubej rury.

Fajnie było udawać idiotkę. Mogłabym się do tego przyzwyczaić – pomyślałam samokrytycznie.

– Kimś ważnym? – powtórzył ze śmiechem. – Zależy dla kogo. W firmie odpowiadam za bezpieczeństwo. Zarówno inwestycji, jak i jego.

Skinął głową w stronę baru. Popatrzyłam na kolesia, który ze spokojnym uśmiechem sączył drinka. Siedział obok Piotra, którego mina wyraźnie wskazywała na to, że z rozkoszą by mnie zabił. Narwany baran. Znów zapomniał, że to był jego pomysł.

– Aha, czyli jednak kimś ważnym – zawyrokowałam z taką miną, jakbym odkryła Amerykę. – Chodźmy na papierosa.

Pociągnęłam go za rękę w stronę tylnego wyjścia z hotelu. Kiedy stanęliśmy na obszernym tarasie, poczęstował mnie papierosem i podał ogień. Zbliżył się.

– To co, spadamy stąd?

– Nie wiem, czy Piotrek nie będzie zły – wymyśliłam pierwszy z brzegu tekst. Nie miałam pojęcia, jak coś ugrać w sytuacji, kiedy tak bardzo naciskał, byśmy się stąd zmyli.

– „Orzeł" nie zawsze musi mieć wszystko, czego chce – powiedział Patryk.

Nie zdołałam ukryć zaskoczenia, więc natychmiast zrozumiał, jak wielką pierdolnął bzdurę.

– Muszę iść – powiedziałam i cofnęłam się o krok.

– Nadal twierdzisz, że dzisiaj go poznałaś?

Złapał mnie za łokieć. Jego oczy już nie wydawały się takie miłe. Kurwa, o co tu chodzi?

***

Omówiliśmy z Arturem zasady naszej współpracy. Nie uśmiechało mi się to specjalnie, ale nikt nie mówił, że będzie łatwo. Dopiłem whisky i skierowałem się w stronę wyjścia. Co ta wariatka odpieprza? Przynajmniej tutaj mogłaby mi oszczędzić głupich numerów. Przez szklane drzwi zobaczyłem, że facet chwyta ją za łokieć. Przyśpieszyłem kroku, otworzyłem drzwi i usłyszałem, jak mówi:

– Zostaw mnie w spokoju.

Jego mina wskazywała, że wcale nie miał takiego zamiaru, ale na mój widok cofnął rękę.

– Wydawało mi się, że ma ochotę – powiedział do mnie.

– Źle ci się wydawało.

Stałem nieruchomo. Nie miałem pojęcia, co tu się odpierdala, więc wolałem nie reagować. Jeśli bym interweniował, to wylądowałby na OIOM-ie, a nie byłby to najlepszy sposób na rozpoczęcie współpracy z Arturem.

– A to soraweczka.

Poszedł w kierunku drzwi, a kiedy tylko zamknęły się za nim, doskoczyłem do Olki. Miałem ochotę zdrowo ją opierdolić, ale odpuściłem, kiedy zobaczyłem jej minę. Nie wyglądała na pijaną, wyglądała na śmiertelnie przerażoną.

– Co tu się dzieje? – zapytałem najspokojniej, jak umiałem.

– Coś jest nie tak. Znasz go?

– Pierwszy raz w życiu widzę na oczy.

– Powiedział o tobie „Orzeł".

***

Piotrek odwrócił się na pięcie.

– Pogadam z nim.

– Jesteś pewien? – Stopniowo odzyskiwałam zdolność logicznego myślenia. – Powie, że skojarzyło mu się z nazwiskiem. Ja bym tak zrobiła.

Narobisz tu gnoju, stary dowie się, że wcale nie jest u nas tak różowo, a niczego nie osiągniemy. A tak przynajmniej wiemy, gdzie szukać.

Piotrek zastanowił się chwilę i przytaknął. Wiedział, że mam rację.

– Muszę ochłonąć. Chodź stąd.

Pociągnął mnie za rękę w stronę wyjścia. Szybko szliśmy wyludnionymi uliczkami.

– Enklawa? – zapytał

Nie zgłaszałam zastrzeżeń. Dobrze wiedziałam, co teraz dzieje się w jego głowie. Z pewnością znowu rozmyślał o tej popierdolonej sytuacji sprzed dziewięciu lat. Czasem dziwiłam się, ile czasu już upłynęło. Kiedy tylko zamykałam oczy, nadal wydawało mi się, jakby to było wczoraj. Jeśli dudnienie basu i drinki pozwolą mu o tym zapomnieć, a raczej trochę stłumić wspomnienia, to nie widziałam przeciwwskazań. Kiwnęłam głową i przyśpieszyłam, dostosowując się do jego kroku. Po chwili byliśmy na Mazowieckiej.

Piotrek podszedł do ochroniarzy i coś im powiedział. Widać znali się nie od dziś. Wpuścili nas do środka. Wyjął telefon, uśmiechnął się i pokazał mi SMS-a od Teo: „Miałeś kurwa dać znać. Jak nie będę miał informacji za pięć minut, to za piętnaście minut zadzwonię i uwierz mi, że nie chcesz odebrać tego telefonu". Cały Teo. Piotrek odpisał mu krótko: „Jest ok", a potem poprowadził mnie do loży. Wrócił po chwili z mojito dla mnie i whisky dla siebie. Usiadł i patrzył w szklankę.

– Dobra. Jakie pomysły?

– Tylko jeden. Za to dobry. Skoro nie kojarzymy go ze studiów, to jedyną opcją jest, że to jakiś znajomy Jacusia. Mówił, że jest z Opola.

– To by się zgadzało, Jacek był z okolic.

Piotrek nadal wpatrywał się w szklankę.

– Przestań, słyszysz? – poprosiłam. Nie chciałam, żeby znów do tego wracał. – Napiszę Michałowi co i jak. Może on na coś wpadnie.

– Musimy mieszać go do tego?

Spojrzał na mnie z wściekłością. To dobrze, lepiej kiedy się wkurwiał, niż pogrążał w ponurych myślach.

– Nie musimy – odpowiedziałam, ale wyjęłam telefon i szybko wysmarowałam wiadomość na Signalu. – Ale powinien wiedzieć. Jest po naszej stronie.

– Po twojej. Ciekawe, kiedy się tak zbliżyliście?

– Wtedy, kiedy ty byłeś zajęty dźwiganiem swojej popierdolonej żony z urojonej depresji – powiedziałam szybciej, niż pomyślałam.

* * *

– I to wtedy się z nim przespałaś? – zapytałem bez zastanowienia. Głównie po to, żeby jej dopiec.

– Ależ oczywiście. Z kim ja nie spałam?

Odstawiła na stół pustą szklankę po drinku z takim impetem, że dziwiłem się, że blat ocalał.

– Olka ... – zacząłem pojednawczo, ale już ruszyła na parkiet.

Z loży świetnie było go widać. Zaczęła tańczyć. Wiedziałem, że minie niewiele czasu, zanim przyplącze się do niej jakiś gach. Miała tak bardzo wyjebane na to, co inni o niej myślą, że nie krępowała się w tańcu. O tej porze, w takim miejscu... Kwestią minut było, kiedy będę musiał do niej dołączyć. Popatrzyłem na komórkę, którą zostawiła na stole. Zawibrowała. Wziąłem ją do ręki i odczytałem wiadomość od Michała: „Czekam w waszym pokoju. Ruszcie dupy".

– A to kutas – mruknąłem pod nosem i ruszyłem w stronę Olki.

Aby uniknąć awantury, od razu podsunąłem jej pod nos telefon i pokazałem wiadomość. Bez słowa zeszła z parkietu i poszła za mną do wyjścia. Cała droga upłynęła nam w ciszy. Nie chciało mi się tłumaczyć z tego, co pieprznąłem pod wpływem chwili i wkurwienia, a ona nie zamierzała udawać, że tego nie powiedziałem. Bez słowa weszliśmy do hotelu, wsiedliśmy do windy, weszliśmy do pokoju. Michał siedział przy stoliku kawowym i raczył się browarem. Z uznaniem gapił się na czarny, seksowny stanik, który zostawiła na krześle.

– Co ty tu robisz? – zapytałem najbardziej służbowym z tonów.

– Zastanawiam się, co to znaczy E70 – odpysknął, uśmiechając się do Olki.

– To znaczy: w twoim typie.

Olka puściła do niego oko, rzuciła torebkę na łóżko i złapała za telefon:

– Dobry wieczór. Proszę butelkę ginu i tonic. Do pokoju trzy tysiące sto dwadzieścia sześć. Dziękuję.

* * *

Nie wiem, co się ze mną działo. Uwielbiałam swoją złą reputację, choć była więcej niż przesadzona. Sama o to dbałam, kolorując wiele historii na swoją niekorzyść i zdecydowanie przesadzając w niektórych z nich. Im większą skorupą się otoczysz, tym trudniej cię zranić, ale słowa Piotrka zabolały. I wkurwiły. Zwłaszcza że obiektywnie Michał był o niebo lepszym kandydatem, a jednak nigdy nawet się z nim nie całowałam. Łączył nas zupełnie inny stopień relacji. Świńskie żarty – owszem, ale przede wszystkim koleżeństwo. Kiedy weszłam do pokoju i zobaczyłam, jak pije browar, wiedziałam, że szybko nie będzie drugiej takiej okazji, by ich pogodzić. Błyskawicznie zamówiłam nam flaszkę, raczej nie było opcji, by któryś w tej sytuacji uciekł. Zobaczyłam wściekły wzrok Piotrka, ale nie miałam zamiaru się nim dziś przejmować. Usiadłam na łóżku i zdjęłam szpilki

– Dobra, co robisz w Warszawie? O to, jak tu wlazłeś, nawet nie pytam.

– Mądra. Mniej wiesz, lepiej śpisz – odpowiedział Michał między jednym a drugim łykiem piwa. – Mam tu sprawę zawodową, a przy okazji dowiedziałem się nieco więcej o naszym koledze Jacusiu... Postanowiłem się tym z wami podzielić, skoro udało nam się trafić w stolicy.

Usłyszałam pukanie do drzwi: miła blondynka z obsługi przyniosła alkohol i postawiła go na stoliku. Kiedy wyszła, zrobiłam nam po drinku. Michał podniósł szklankę w geście toastu i skierował ją w stronę Piotrka.

– No więc Jacek Fretka został wypuszczony ze szpitala psychiatrycznego trzy lata temu. Podobno zdrowy jak rydz, co kompletnie mnie nie dziwi. Jak dobrze wiemy, nigdy nie był chory. Przejrzałem akta wykonawcze. Opinia biegłych wskazywała, że nic mu nie jest i nie stanowi dla nikogo zagrożenia.

Piotrek chwilowo zapomniał o fochach i też napił się drinka.

– Czyli znów zadziałał tatuś... Opinia dwóch biegłych psychiatrów z postępowania dziewięć lat temu wskazywała, że nie ma dla niego żadnej nadziei i że jest największym psycholem, jaki chodzi po świecie.

– Albo nie zadziałał. Ta opinia, oprócz fragmentu o braku zagrożenia, wydaje się rzetelna. Pojebany to on był zawsze, ale dobrze wiemy, że powinien wtedy odpowiadać przed sądem – dodałam, kładąc się na łóżku.

– Powinien, ale zamiast tego wczasował się sześć lat w psychiatryku. Też niewesoło. Z pewnością mu się tam nie poprawiło. – Michał zrobił pauzę. – A teraz najlepsze. Wyszedł trzy lata temu i zapadł się pod ziemię.

– Nie wrócił do tatusia? – Piotrek nie krył zaskoczenia.

– Nie. Nie było go od tego czasu w policyjnych kartotekach. Nie korzystał z kart leczenia. Nie okazywał dowodu. Sprawdziłem wszystko. Nikt go, kurwa, nie widział.

– Zgłoszono zaginięcie? – zapytałam.

– Nie.

– Czyli stary wie, gdzie jest. – Piotrek błyskawicznie podchwycił mój tok myślenia.

– Nawet jeśli wie, to nam nie powie – zawyrokował Michał, siadając wygodniej w fotelu.

– Mam swoje sposoby. – Piotrek uśmiechnął się zimno. Wolałam nie myśleć o tym jakie.

– Ja też mam. – Michał nadal zachował kamienną twarz. – Byłem nawet na cmentarzu i starałem się go podpytać, ale nie był specjalnie rozmowny.

– Nie żyje? – zdziwiłam się.

– Został zamordowany razem z żoną. Napad rabunkowy.

– Kiedy? – Piotrek błyskawicznie łączył fakty.

– Też o tym pomyślałem, ale nie. Tydzień przed opuszczeniem przez Jacusia szpitala psychiatrycznego.

– Czyli są dwie opcje: albo Jacuś coś wiedział i zniknął, albo ktoś czyścił całą rodzinkę i go dorwał zaraz po wyjściu – kombinowałam na głos.

Piotrek był w rozmyślaniach już nieco dalej.

– Kto dziedziczy? – zapytał Michała.

– Cholera wie. Nikt się tym specjalnie nie interesował, nadal nie ma stwierdzenia nabycia spadku. Wszystko stoi, jak stało, część ograbiona. Firmy pozamiatał komornik.

– Czyli wracamy do punktu wyjścia? – Zrobiłam nam kolejne drinki.

***

– Zastanówmy się, co mamy. – Wstałem, zacząłem chodzić po pokoju, analizując: – Mamy kogoś, kto cały czas używa mojego starego pseudonimu. Ma to związek z moimi interesami.

– Niespecjalnie legalnymi – wtrącił Michał, czym błyskawicznie wzbudził moją czujność. Automatycznie spojrzałem na Olkę.

– Nie. Nie powiedziała mi. – Michał naprawdę dobrze mnie znał. – Po prostu nie jestem idiotą. To nie moja sprawa, ale prędzej czy później ci się ten biznes wypierdoli. Chyba masz tego świadomość?

– Zdążę się do tego czasu z niego wymiksować – powiedziałem pewnie.

– Aaa. – Michał uśmiechnął się sarkastycznie. – Wszyscy tak mówią.

– Ja nie jestem wszyscy!

Byłem bardzo pewny swego. Dobrze to zaplanowałem i ryzyko, że coś pójdzie nie tak, było naprawdę znikome.

– To też mówią wszyscy – skomentował Michał, uśmiechając się szeroko. – Wiem, z kim współpracujesz, wiem, że walisz wałki na Vacie. Mam to w dupie, nie mój referat. Wiem, że wciągnąłeś w to Olkę, co jest kurewstwem, ale tego też się po tobie spodziewałem. Martwi mnie tylko fakt, że jestem w to wmieszany przez naszą wspólną przeszłość. A konkretnie jeden telefon.

– Też tam byłeś – syknąłem. – Gdybyś go powstrzymał, nie musiałbym dzwonić.

– Gdybyś nie był zajęty pieprzeniem Madzi, to mógłbyś go sam powstrzymać.

– Zawsze byłeś o nią zazdrosny, no nie? – zapytałem złośliwie.

Michał wybuchnął tak szczerym śmiechem, że zrobiło mi się nieswojo.

– Nikt, ale to, kurwa, absolutnie nikt oprócz ciebie nie widział w niej nic nadzwyczajnego. Nie dotknąłbym jej zardzewiałym prętem. – Brzmiał przekonująco. Spojrzałem w kierunku Olki, a ta błyskawicznie wstała.

– Zaraz wracam, idę na fajkę, będę za piętnaście minut. Skończcie tę dyskusję do tego czasu i na spokojnie wrócimy do meritum.

Zanim zdążyłem się odezwać, już była za drzwiami.

– A jednak dotknąłeś.

Postanowiłem wyjaśnić to raz na zawsze. Wtedy niewiele byłem w stanie zrobić oprócz tego, że dałem mu po mordzie. Był jednak tak najebany i zaspany, że kompletnie nie ogarniał. Olka odciągnęła mnie od niego i załatwiła to tak, że chwilę potem Michała już nie było. Od tego czasu nie mieliśmy kontaktu.

– Nie wiem. Kompletnie tego nie pamiętam. Jestem przekonany, że to nie przyszłoby mi do głowy. Olka ma na ten temat swoją teorię, ale przysiąc ci nie mogę, bo nie mam pojęcia, co się działo. Za dużo wypiłem.

Madzia wyłkała mi swoją wersję, Olka opowiedziała, co ona widziała... Stwierdziłem, że wyjątkowo mogę też wysłuchać jego. W końcu niewiele miałem do stracenia.

– Opowiadaj – rzuciłem, robiąc sobie jeszcze jednego drinka.

– Pamiętasz ten wypad? Do twojego domku. Prawie dwa lata od popieprzonej sytuacji z Jackiem. Mieliśmy być tam wszyscy, ale wiesz, co się wtedy działo. Ty byłeś zarobiony, a Madzia dostawała pierdolca. Przyjechałem na miejsce z Olką i Andrzejem. Madzia już tam była. Pamiętam, że byliśmy zdziwieni, że ciebie nie ma. Olka zapytała, kiedy będziesz, a ona powiedziała, że chyba wcale. Niespecjalnie mieliśmy ochotę z nią gadać, tolerowaliśmy ją tylko ze względu na ciebie, ale usiedliśmy przy stole. Najpierw pokazywała nam zdjęcia ze ślubu, prawie zasnęliśmy. Potem zaczęliśmy pić. Madzia z nami, ale co trzecią kolejkę.

Najpierw zaczęła na ciebie narzekać, że w ogóle jej nie doceniasz, że nie chcesz mieć dzieci... Jakieś takie smęty. Olka strasznie ją wyśmiała. Powiedziała jej coś w stylu, że od czasu studiów pierdoli jak potrzaskana i powinna się zastanowić, czy nie ma w życiu jakiejś innej misji niż bycie perfekcyjną panią domu. I że jest żałosna. Madzia zajebała focha, powiedziała, że lepiej byłoby, gdybyśmy pojechali do domu, ale nie było opcji, żeby prowadzić. Olka jej powiedziała, żeby się odjebała i szła spać. Pamiętam, jak Madzia się wydarła: „Uważaj, co mówisz, jesteś w moim domu". Olka nie zniosła tego, i powiedziała jej, że to twój dom i że miałeś go na długo przed ślubem, a ona w nim bywała, zanim Madzia była w planach. Twoja żona rozbeczała się i poszła na górę. Nam też humory opadły. Skończyliśmy flaszkę i też poszliśmy do sypialni. Razem, do tej drugiej. To ostatnie, co pamiętam.

– Olka twierdzi to samo. Mówi, że położyli się z Andrzejem na kanapie, a ty na polowym łóżku. Ponoć chrapałeś jak koń, kiedy zasypiała.

– To by się zgadzało.

Michał uśmiechnął się, a ja czułem, że zaczynam mu wierzyć. Boże, tyle lat razem... Znaliśmy się od podstawówki. To przecież niemożliwe, żebym się tak pomylił...

– No to słuchaj, co ja zastałem. Żarliśmy się jak psy, o czym doskonale wiesz. Powiedziałem jej, że chcę się rozwieść. Zgodziła się. Ale ten wyjazd już dawno był zaplanowany, mieliśmy jeszcze jechać razem. Musiałem dłużej zostać w kancelarii, pamiętasz, gdzie byłem na aplikacji. Nie było wyjścia. Kiedy wróciłem do domu, jej już nie było, zostawiła mi kartkę, że pojechała i mam dojechać. Gdy dotarłem, było grubo po północy. Wszedłem do środka i usłyszałem jakiś wrzask. Na szczycie schodów stała Madzia w poszarpanych ciuchach i zanosiła się płaczem. Powiedziała, że się do niej dobierałeś. Kiedy wszedłem do sypialni, siedziałeś na naszym łóżku, fakt faktem, że niewiele kumałeś, ale jednak. Co byś sobie pomyślał?

– Pewnie to co ty, ale Piotrek, kurwa… Gdybyśmy jeszcze siedzieli, flirtowali, ale jedyne, co zrobiła, to jak zawsze nas wkurwiła. Pamiętam, jak Olka parodiowała jej miny, tarzaliśmy się z Andrzejem ze śmiechu. Nie wierzę, że to zrobiłem. Jeśli tak, to chyba też należy uznać, że jesteśmy kwita. Dałeś mi po mordzie, straciłem kontakt ze wszystkimi…

– Oprócz Olki. – Nie mogłem się powstrzymać.

– Olka odezwała się, kiedy Madzia zachorowała na depresję. Stwierdziła, że mi wierzy, bo z rozwodu nici, a wszystko układa się po myśli Madzi. Potem wspominała, że było tylko gorzej. Załamanie nerwowe, próba samobójcza.

Popatrzyłem na niego i podjąłem jedną z najważniejszych decyzji w swoim życiu. Pierwszy raz dawałem komukolwiek drugą szansę. Obym tego nie żałował.

– Wierzę, że nie pamiętasz. Nie wierzę, że tego nie zrobiłeś, ale puśćmy to w zapomnienie. Nigdy już nie będzie, jak było, ale dla dobra tej sprawy uznajmy, że nie mam żalu.

***

Wyszłam przed hotel i wypaliłam fajkę w półtorej minuty. To był tylko jeden z moich licznych talentów. Całe dziewięćdziesiąt sekund zastanawiałam się, czy dobrze zrobiłam. Obstawiałam zakłady, jaka jest szansa, że się nie zabiją. A potem błyskawicznie wjechałam na trzydzieste pierwsze piętro i bezczelnie przytknęłam ucho do drzwi. Nie, nie byłam z siebie dumna. Tak, musiałam wiedzieć. Słuchałam ich rozmowy i coraz bardziej utwierdzałam się w przekonaniu, że „Koń" zwany Madzią maczał paluchy w tej intrydze. Nie posiadałam na to jakichkolwiek dowodów, ale miałam niesamowitą intuicję i nawet wyzywanie samej siebie od paranoiczek nie było w stanie wybić mi tego pomysłu z głowy. Weszłam do środka, kiedy usłyszałam, co mówi Piotrek. Byłam z niego dumna, ale celowo minę miałam obojętną.

– Chłopaki, a co z tym całym Patrykiem? Im dłużej o tym myślę, tym bardziej nie wierzę, żeby próbował mnie stamtąd wyciągnąć, bo tak mu się spodobała moja buźka.

– Obstawiałbym nogi. Po buźce widać, jaka z ciebie cholera. – Michał puścił do mnie oczko. – Jakieś namiary? Sprawdzę co i jak.

– Podam ci, ale w żaden sposób nie mieszasz się w mój biznes – powiedział Piotrek całkiem poważnie.

– Oczywista sprawa. Jak wspominałem, nie mój referat. Ale też nie licz na żadne ulgowe potraktowanie, kiedy cię zawinie referat właściwy.

– Mam tego pełną świadomość.

Piotrek umościł się wygodniej na krześle. Lubiłam tę jego spokojną pewność siebie. Łatwo udzielała się innym.

– Mówił, że jest szefem ochrony w jakiejś firmie ze Śląska – chciałam podać jak najwięcej informacji.

– Pewnie taki z niego szef ochrony, jak ze mnie krawężnik. Zorientuję się w kwestii tamtejszej przestępczości, ale tu to akurat Piotrek powinien dowiedzieć się więcej.

Michał skończył drinka.

– W przyszłym tygodniu jestem umówiony z Arturem. Przyjedzie do Wrocka albo ja pojadę do Katowic. Dowiem się więcej.

– No to do zaś.

Michał wstał i podał Piotrkowi rękę, potem pochylił się nade mną, lekko pocałował mnie w… usta i już go nie było.

***

Piotrek patrzył na mnie krzywo.

– Tylko się kumplujecie?

– Tylko i wyłącznie – zachowałam spokój. – Nie widzisz, że on to robi tobie na złość?

– Nie. – Piotrek wyjął z kieszeni telefon. Jak zawsze w czasie spotkań miał wyłączony dźwięk: – O, nie wierzę.

Obrócił ekran w moją stronę. Zobaczyłam kontakt opisany jako Sabrinka–Konie i SMS: „Żyjesz? Bardzo chciałabym się z Tobą zobaczyć! Potrzebujemy poważnej rozmowy!".

– Dawno nikt jej telefonu nie wyjebał do stawu – skomentowałam.

Usiadłam w fotelu naprzeciw niego i oparłam stopy na jego udach. Powoli wędrowałam nimi w górę.

– Zresztą czy nie wspominałeś aby, że wydzierała się, abyś więcej się do niej nie odzywał? Dziewczyna jest niesamowicie uparta. Może weź ją w końcu przeleć, to da ci spokój.

– Kiedy ja wcale nie chcę. Jakbym chciał, tobym ją przeleciał.

– No to po co się w to bawisz, nie rozumiem tego.

– Jeżdżę z nią w jednej stajni, jest dobra technicznie, nie potrzebuję robić sobie tam kwasu.

– Poza tym odczuwasz naturalną niechęć, aby mówić dziewczynom, że mają się od ciebie odjebać. – Uśmiechnęłam się szeroko.

– Ona jest jakaś niekompatybilna. Już dawno bym to skończył, ale kiedyś niepotrzebnie opowiedziałem jej o Madzi. Jestem pewien, że byłaby w stanie narobić mi syfu. Poza tym, nie jesteś ciekawa, czy ci nie założy sprawy? Poczekaj, wypytamy ją nieco.

Westchnęłam głośno.

– Spytaj ją, co u męża. Ty, a czemu ten facet w ogóle ją toleruje?

– Nie wiem, nigdy go nie ma, haruje jak wół, pewnie w ogóle nie wie, co ona w tym czasie odwala.

A może tak: „Cieszę się, że już Ci przeszło. Co u Ciebie?”.

Ziewnęłam głośno. Po chwili Piotrek pokazał mi telefon, rechocząc głośno. Napisała:

„Uznam, że nie widziałam tej agresywnej pizdy w Twoim domku. Nie będę wnosiła skargi. Powiedz mi tylko, że nigdy więcej jej z Tobą nie zobaczę!”.

– Jakbym była agresywna, tobym ją wytargała za kłaki i nie skończyłoby się tylko na telefonie. Dobrze, że jestem jak lilia na tafli spokojnego jeziora… – Nadal delikatnie przesuwałam stopą po jego udzie. Złapał mnie za nią.

– Spokój! Zgadzam się. Jesteś wyważona jak wagon medytujących tybetańskich mnichów – powiedział złośliwie – Odpiszę jej, że porozmawiamy o tym na żywo, bo to za poważny temat na telefon.

– A potem się z nią nie spotkasz na żywo. Szach i mat. – Olka wybuchnęła śmiechem.

– Coś w ten deseń.

– Pójdziesz do piekła za te wszystkie dupy.

Błyskawicznie znalazłem się przy niej.

– Zjedzą mnie robaki. Tak jak i ciebie, ale najpierw mam zamiar zająć się „dupą”, która chwilowo najbardziej mnie interesuje.

– Może wymodlę ci chociaż czyściec – pisnęłam, kiedy złapał mnie w talii i rzucił na łóżko.

A potem dotarło do mnie, co powiedział: „Chwilowo”!? Oburzyłam się i wypaliłam:

– Jebnij się w łeb, jeśli myślisz, że po takim tekście ci dam.

– Dasz, dasz. – Uśmiechnął się i pochylił nade mną.

* * *

Nie miałem pojęcia, co się dzieje. Coś strasznie napierdalało. Na pewno moja głowa, ale zdecydowanie coś jeszcze. Telefon. Na oślep wyciągnąłem rękę w stronę nocnego stolika.

– Ktokolwiek to jest, powiedz mu, żeby spadał – usłyszałem w ciemności zaspany głos Olki.

Wziąłem do ręki smartfona i popatrzyłem na ekran: 4:23. Połączenie prywatne.

– Czego?

– Śpisz?

Usłyszałem głos jednego z chłopaków z ekipy. Jak mu było? Nie pamiętam, chyba wołali go „Młody”. Coś było nie tak, po Igorze tylko Dawid miał się ze mną kontaktować.

– Nie, kurwa, szydełkuję. Co jest?

– Dawid wylądował w szpitalu. Ciężkie pobicie, obrażenia zadane nożem, nie wiadomo, czy się wyliże. Musisz pilnie wracać.

– A co ja mu pomogę?

– Kiedy znaleźliśmy Dawida, jedyne co powiedział, to to, że pilnie mamy ciebie ściągnąć.

– Jestem w Warszawie.

– Powinieneś o czymś wiedzieć... – „Młody" głośno nabrał powietrza. – Tym nożem wycięli mu na klacie słowo: „Orzeł".

***

Słyszałam każde słowo. Jezus Maria, to się nie dzieje naprawdę. Piotrek wstał, zapalił światło i z całej siły wyjebał telefonem w przeciwległą ścianę. Też wstałam i przytuliłam się do jego pleców. Był cały sztywny, ale wiedziałam, że nie zrobi mi krzywdy. Za to bałam się, że jeśli się nie uspokoi, to zrobi coś sobie, względnie dostanie zawału.

– Nie pękaj, Piotrek. Na to jest obliczona ta gra.

– No to świetnie mu idzie – powiedział przez zęby. – Ola, kurwa, nie mogłem zrobić inaczej.

– Wiem o tym. Przepracowałam tę sytuację wielokrotnie przez ostatnie dziewięć lat. Postąpiłeś słusznie.

– Co z tego? I tak jej nie uratowałem, tak jak wcześniej nie uratowałem Mariolki. A przez to rozjebałem sobie życie.

Nareszcie zaczął o tym mówić. Rychło w czas.

– Nie byłbyś taki, jaki jesteś, gdybyś tego nie przeżył. Nie możesz do końca życia się z tym gryźć. – Pocałowałam go w łopatkę.

– Założysz się? Daj mi telefon. Muszę nam kupić bilet. Wracamy samolotem. Jest taki lot o siódmej trzydzieści. Po godzinie będziemy w domu.

– I co dalej?

Podałam mu mojego samsunga.

– Jadę prosto do szpitala i usiłuję się dowiedzieć czegokolwiek od Dawida. Potem ogarnę nowy telefon. Ty zobacz, czy nikt nie miesza w twojej ekipie.

– Dobrze – westchnęłam i ruszyłam pod prysznic.

***

Olka przespała lot, potem kimała też w Uberze. Ja o śnie mogłem zapomnieć, prawdopodobnie na kilka najbliższych tygodni. To, co się działo, kompletnie nie mieściło mi się w głowie. Obudziłem ją przed jej domem, potem pojechałem do siebie.

– Dzień dobry, panie Piotrze. Coś się stało? Nie spodziewałyśmy się pana tak wcześnie – szczebiotała Ala od progu.

– Zatrzymano mi klienta, musiałem wracać.

– Co mi przywiozłeś? – Dobiegł mnie słodki chichot z salonu.

Kurwa! Kompletnie o tym zapomniałem. Rzuciłem torbę w korytarzu i poszedłem do pokoju, gdzie Madzia leżała na fotelu i oglądała swoje ulubione seriale.

– Przepraszam cię, Madziu, ale mam sytuację alarmową, musiałem wrócić wcześniej, nie zdążyłem...

Przestałem mówić, kiedy zobaczyłem jej minę. Foch, trzęsąca się broda i łzy w oczach. Nie miałem na to teraz siły.

– Wynagrodzę ci to – obiecałem.

Pocałowałem ją w czoło i zabrałem ze stołu kluczyki.

– Dokąd ty znów idziesz? – Zmieniła taktykę i zaczęła się drzeć. – Wiecznie cię nie ma, mieliśmy porozmawiać! Mam tego dość, rozumiesz?!

Wpadła w histerię. Żadna nowość. Do pokoju wparowała pani Ala, usiadła obok Madzi i przytuliła ją, patrząc na mnie oskarżycielsko. Tej starej raszpli też się już lekko porąbało w głowie.

– Muszę iść do pracy – powiedziałem najspokojniej, jak umiałem. – Po to, żebyście mogły tu siedzieć i beztrosko oglądać *Seks w wielkim mieście*. Nie wiem, o której będę. Nie czekajcie na mnie z obiadem – rzuciłem, wychodząc.

Usłyszałem za sobą bek Madzi i uspokajające słowa pani Ali. Zwariuję. To pewne. Pojechałem do salonu Playa po nowy telefon, włożyłem do niego kartę i wybrałem numer „Młodego". Powiedział mi, że Dawid leży w szpitalu przy Fieldorfa. Ruszyłem. Kiedy wysiadłem tam z auta i poszedłem do wejścia, zobaczyłem go, jak pali fajkę w towarzystwie dwóch kolegów.

– Cześć. Coś wiadomo? – zapytałem bez zbędnych wstępów.

– Nic. Jest w śpiączce farmakologicznej, przeżył operację, na razie nie ma z nim kontaktu.

– Co wy wiecie? – zapytałem, starając się wybadać teren.

– Znaleźliśmy go u niego w mieszkaniu. Był z nami umówiony, ale nie przyszedł i nie odbierał, zaczęliśmy się martwić. Był strasznie pobity, jak na nasze oko musiało ich być kilku i musieli go zaskoczyć.

– Mówił coś?

– Tylko żebyśmy ściągnęli mecenasa, potem zemdlał.

– Dajcie mi znać, jak tylko będzie z nim kontakt.

Pożegnałem się i wróciłem do samochodu.

* * *

Weszłam do domu i zajrzałam do sypialni Andrzeja. Spaliśmy oddzielnie od dobrego pół roku. Leżał w łóżku, na nocnej szafce stał niedopity browar. Norma. Rozpakowałam się, włączyłam pranie i weszłam pod prysznic. Potem poszłam do kuchni i włączyłam ekspres.

– Ooo, a kto to łaskawie wrócił do domu – usłyszałam za plecami zaspany głos mojego męża. – Dobrze się bawiłaś? Z kim? Z „Orzełkiem"?

Usiadł przy stole, a potem bezczelnie wziął mój kubek z kawą, posłodził i zaczął ją pić.

Wyjęłam nowy kubek i zrobiłam drugą kawę.

– Jak się dowie, że tak o nim mówisz, to ci ujebie łeb – powiedziałam z uśmiechem i usiadłam naprzeciw niego.

– A kiedy to wasza dozgonna przyjaźń przerodziła się w coś głębszego? – zapytał złośliwie. Jezu, jak on mnie drażnił.

– Kiedy się z nim przespałam naćpana kokainą. Niesamowity jest – powiedziałam spokojnie.

Andrzej wstał i równie spokojnie chlusnął na mnie kawą. Na szczęście zdążyła nieco wystygnąć, ale i tak poczułam gorąco na dekolcie. Szybko pobiegłam do łazienki i ściągnęłam szlafrok. Potem zaczęłam polewać się zimną wodą. Skóra była czerwona, ale istniała szansa, że nie będę miała pęcherzy. Andrzej odpłynął już całkiem. Musiałam się z tego wymiksować, i to szybko. Usłyszałam trzask drzwi wejściowych. Na szczęście sobie poszedł. Wróciłam do kuchni, ale straciłam jakoś ochotę na kawę. Otworzyłam lodówkę i wyjęłam browar.

***

Załatwiłem trochę zaległych spraw w kancelarii, porozmawiałem z aplikantami i ustaliłem, jakie rozprawy wezmą za mnie w ciągu najbliższych paru dni. Nie byłem w stanie normalnie pracować. Zresztą odkąd kręciłem karuzelę, sprawy kancelarii, prócz tych związanych z klientami z nią związanymi, spadły na drugi plan. Wiedziałem, z czego mam kasę. Co chwilę nerwowo zerkałem na telefon, ale nadal nie było jakichkolwiek wieści. Potem pomyślałem o Olce. Musiała się martwić. Napisałem do niej: „Nic nie wiem, wpadnę do ciebie wieczorem, to porozmawiamy". Po sekundzie przyszła krótka odpowiedź: „OK". Bez min, bez żartów. Kompletnie nie w jej stylu. Pojechałem do domu. Na szczęście Madzi i Ali nie było. Zostawiły mi kartkę, że pojechały do kina, a potem na zakupy. Chwała Bogu, chwila spokoju. Obejrzałem jakiś film, zjadłem kolację… Ciągnęło mnie do Olki.

Dość dziwne, przecież widzieliśmy się rano. „Mężuś w domu ;)?" – wystukałem kolejnego SMS-a. „Nie. Czekam Romeo :P" – odpisała nieco weselej.

Ruszyłem do Ołtaszyna.

***

– Dziś jest noc perseidów – oznajmił Piotrek, wchodząc bez pukania. – Czy ty możesz zamykać drzwi na klucz?

– Po co, skoro wiem, że to ty? Czego noc? – zapytałam, otwierając kolejny, czwarty już browar. Prawie udało mi się wyrzucić z głowy zajście z rana. Prawie.

– Zostaw to alko i chodź. Noc spadających gwiazd. We Wrocławiu nic nie zobaczymy, trzeba jechać za miasto.

– W sumie to bardzo dobry pomysł. A gdzie?

– Zobaczysz. Jedźmy twoim co? Mój się nie nadaje na takie drogi – rzucił z uśmiechem.

– Ależ oczywiście, milordzie. Musimy dbać o twojego mercedesa. Dobrze wiemy, że jest dla ciebie więcej wart niż wszystkie dupy razem wzięte.

Uśmiechnęłam się, rzucając mu kluczyki do mojego volvo.

– Przede wszystkim nie gada głupot – rzucił, ruszając do drzwi.

Dwadzieścia minut później jechaliśmy przez wioskę, która wcale nie wyglądała, jakby mieściła się na obrzeżach Wrocławia. Drogę otaczał szpaler bielonych drzew, wszystko wydawało się ciche i spokojne. Minęliśmy kopalnię piasku i znaleźliśmy się pośrodku pól. Piotrek jechał powoli i rozglądał się po okolicy. W końcu znalazł chyba właściwe miejsce, bo zjechał w polną drogę i wyłączył silnik.

– Masz w aucie koc?

– Mam. Opowiadałam ci historię, jak zalałam kiedyś pałę na pewnym wyjeździe pod namiot, a że w namiocie nie było miejsca, musiałam spać w aucie, pod reklamówkami z Auchan? Od tego czasu zawsze mam w bagażniku koc.

– Nie. I chyba nie chcę dalej tego słyszeć. Dawaj.

Wziął ode mnie koc i poszedł w kierunku ścieżki rowerowej. Nie wiem dlaczego, ale wiecznie opowiadałam mu swoje najgorsze historie i robiłam z siebie kompletną idiotkę. Pewnie po to, by zobaczyć, czy naprawdę mnie lubi. Czy lubi mnie tylko wtedy, kiedy jestem fajna. Rozkminiałam to, idąc kilka kroków za nim. Wpatrywałam się w jego szerokie plecy i jeszcze lepsze barki. On był fajny i miał tego pełną świadomość.

– Hmm... spadające gwiazdy mówisz? Mam parę życzeń.

Położyłam się obok niego na kocu, który rozłożył na środku łąki. Jezu, ale pięknie. Czemu nie robiłam tego częściej?

– Patrz uważnie, Mongole – głos Piotrka przerwał moje myśli. – To jest Kasjopeja. Widać nawet Drogę Mleczną. W tej okolicy powinny się pokazać.

– A to? Co to jest? Mały Wóz? – zapytałam, wskazując charakterystyczną konstelację.

– Kasjopeja, mówiłem ci – powiedział, a ja roześmiałam się w duchu, bo byłam pewna, że tylko siłą woli powstrzymał się, aby nie dodać: „debilu". – Prosto ją zlokalizować. Musisz znaleźć Gwiazdę Polarną, potem ostatnią gwiazdę z dyszla Wielkiego Wozu i przedłużyć sobie w głowię tę linię.

– Okej. A powiedz mi... – zaczęłam i przerwałam, bo przed moimi oczami dosłownie przeleciała spadająca gwiazda. Nie jakieś disneyowskie projekcje, tylko piękny, jasny meteor zapieprzający przez połowę nieba. Patrzyłam na to jak zaczarowana.

– Widziałeś?

– Yhym.

– To teraz czas na życzenie. Chciałabym, żeby Sabrina dostała opryszczki – powiedziałam, opierając głowę o jego klatę. Pewne rzeczy były silniejsze ode mnie.

***

– Jej też się uczepiłaś. Niesłusznie. Co tam u Andrzejka? – Wyzłośliwiłem się, jeżdżąc ręką po jej włosach. Uwielbiałem je. Długie, sięgające za łopatki, gładkie... Nie miałem ochoty odrywać od nich rąk.

– Szkoda gadać – zmarkotniała. – Cały czas dziwię się sobie, że miałam na jego punkcie takiego pierdolca. Już wieki temu powinnam się była domyślić, jak to będzie wyglądać – wymamrotała w moją klatę.

– Dlaczego? Mów! Widzę, że cię to gryzie.

– Boże, ale ty jesteś uparty. No dobra. Kiedyś rozmawialiśmy o równości płci. Ja mu powiedziałam, że uważam, że parytety są bez sensu, Margaret Thatcher sobie bez nich świetnie poradziła. Lubię walczyć z facetami na równych warunkach. I wygrywać.

– No, temat na dłuższą dyskusję. I co?

Dalej bawiłem się jej włosami i zastanawiałem, dlaczego facet to spierdolił. Był idiotą. Nigdy by go nie zdradziła, gdyby było dobrze. Wiedziałem o tym doskonale, bo wielokrotnie czyniłem w tym celu zabiegi, które skrzętnie ignorowała albo obracała w żart. W sumie wisiałem mu flaszkę. Całkiem dobrą.

– I użył takiego przykładu, że nie rozumie, dlaczego kobiety i dzieci są w pierwszej kolejności ewakuowane z tonącego statku...

– Żeby faceci mogli w świętym spokoju zastanowić się, co dalej robić – zgadywałem ze śmiechem. – A jakie to ma dla ciebie znaczenie? Jak cię znam i tak byś do tej szalupy nie wsiadła, tylko z uporem maniaka starała się mnie ratować. Skończyłoby się jak w *Titanicu*, gdyby Rose nie wylazła jak debil z bezpiecznej szalupy, to Jack by ocalał na tych drzwiach. Potem by ją odnalazł i żyliby długo i szczęśliwie. Aż by sobie uświadomiła, że trochę bieda, i wraca do Cala.

– Jesteś mendą, wiesz?

Poczułem, jak jej paznokcie coraz mocniej się wbijają się w mój kark. Nie przerywając tej wysublimowanej pieszczoty, dodała:

– Albo aż Jack nie zacząłby się zastanawiać, czy nie chce namalować jeszcze kilku lasek topless, a Rose może i jest fajna dupa, ale mogłaby trochę schudnąć...

– Celne – skomentowałem z uśmiechem. – No dobra, ale może tak tylko palnął, co to ma do rzeczy? Teraz robi gorsze rzeczy.

– Nie wiesz, jak działa moja wyobraźnia? Od tamtej chwili zawsze miałam z tyłu głowy, że jakbym była z nim na statku, który zaczyna tonąć, to stanąłby w kolejce do szalupy między ośmioletnim chłopcem a siedemdziesięcioletnią staruszką! Zrobiłby to, kiedy ja starałabym się ratować ludzi zaklinowanych pod pokładem, razem z normalnymi facetami.

Przejechała stopą po mojej łydce.

– Ha ha, *I need a hero?* – Idealnie sparodiowałem głos Bonnie Tyler. – Jesteś stuknięta, wiesz? Poza tym co cię dziwi? To jego dewiza. Jedna z niewielu mądrych. Przetrwałby, a nie wykazywał się bezsensowną odwagą na rzecz obcych ludzi, którzy nie kiwnęliby dla niego palcem.

– Ale ty byś tak nie zrobił!? – Bardziej stwierdziła, niż zapytała, przytulając się mocniej.

– Nie. Bo ja jestem głupi, mam ułańską fantazję i uważam, że pewne rzeczy muszę robić w imię zasad. Obawiam się, że reprezentuję tym samym najgorsze cechy naszego narodu – oznajmiłem szczerze.

– Mnie tam się to całkiem podoba – powiedziała, wtulając się we mnie mocniej i splatając swoje palce z moimi.

Nadał leżałem na plecach, spokojnie odpowiadając jej na milion dalszych pytań. Jak szybko to leci, co to jest, skąd to się wzięło. Czy to małe czerwone to samolot czy satelita. Czasem miałem wrażenie, że traktowała mnie jak żywą Wikipedię. Ale z drugiej strony, podobało mi się, że nie udaje, że zna się na czymś, o czym nie ma pojęcia. Ręka zaczęła mi drętwieć pod ciężarem jej głowy, opartej o moje ramię.

– Bierz łeb, bo drętwieje mi ręka.

– Za to cię uwielbiam. Skrajny romantyzm. – Roześmiała się i usiadła na mnie okrakiem.

– Spadające gwiazdy miałaś oglądać – powiedziałem. Wiedziałem, do czego zmierza.

– Były piękne. Widziałam dziesięć. Teraz ty patrz, a ja sprawdzę twoją słynną podzielność uwagi.

Powoli osunęła się niżej i rozpięła mi rozporek. Mimo ciemności widziałem jej zadowoloną minę. Oczy mi się przyzwyczaiły.

– Z czego się cieszysz?

– Raportuj mi o stanie nieba – powiedziała i wzięła do ust mojego kutasa.

Starałem się zachować spokój i nadal patrzyłem w górę.

– Właśnie do wrocławskiego lotniska zbliża się samolot. Tel Awiw. Ląduje chwilę po północy – powiedziałem spokojnym tonem, ale nie powstrzymałem się, by nie złapać jej prawą ręką za włosy.

– Yhym.

Zaczęła powoli przejeżdżać po mnie językiem, a potem wzięła go całego w usta i mocno ssała. Mocniej zacisnąłem palce w jej włosach i nadałem jej ruchom szybsze tempo.

Czułem jej prawą rękę wędrującą po moi brzuchu i lewą zaciskającą się na moim tyłku.

– A teraz przegapiłaś wspaniały meteor. Z lewej – powiedziałem przez zęby, słysząc swój coraz szybszy oddech.

* * *

– Ogromnie mi przykro – wyszeptałam, patrząc mu prosto w oczy.

Uwielbiałam to. To, że mimo całej swej porządności i poukładania w tej sytuacji nie do końca umiał nad sobą zapanować. Znów wzięłam go w usta i zaczęłam powoli oplatać językiem, by po sekundzie posmakować całego. Po chwili zaczęłam zabawę od początku. Pewnie bawiłabym się tak jeszcze długo, gdyby nie trafił go szlag. Złapał mnie mocno za włosy i zaczął nadawać moim ruchom właściwy rytm. Poddałam się temu. Starałam się nie krztusić i nie dławić, a po kilku minutach, przejechałam paznokciami po jego boku. Wiedziałam, że miał łaskotki.

– Ooolka... – wyjęczał, dochodząc. – Czasem nie wiem, czy cię prać, czy chwalić – dodał po chwili.

– Chwalić – wyszeptałam, patrząc mu w oczy ze złośliwym uśmiechem.

***

– Chodź tu, Torbo – pociągnąłem ją w swoją stronę i usłyszałem, że cicho syknęła.

– Co ci jest?

– Nic.

– No przecież widzę. – Włączyłem latarkę w telefonie i poświeciłem jej w dekolt. Był cały czerwony.

– Co się stało?

– Oparzyłam się.

Odwróciła głowę.

– Jakbyś się oparzyła, tobyś mi się przyznała. Olka, mów.

– Wylał na mnie kawę.

– Kto? – Przez chwilę nie nadążałem.

– Andrzej. Ale go sprowokowałam. Powiedziałam, że jesteś niesamowity w łóżku. Zresztą nic mi nie jest. Jedziemy, bo robi się zimno?

Zbagatelizowała sprawę i wstała. Patrzyłem na nią jak na kretynkę, którą najwyraźniej była.

– Czy ty, kurwa, jesteś normalna? Niebieska karta i rozwód. Natychmiast. Już masz na niego broń.

– Rozwód z pewnością, ale nie będę się bawić w jakieś durne niebieskie karty. Nie mam na to siły, chcę to skończyć bezproblemowo i ułożyć sobie życie.

Błyskawicznie wstałem.

– A może tobie to się po prostu podoba? Fatalnie cię traktuje, a ty nic z tym nie robisz.

– Odezwał się... – Olka się wkurwiła: – Jak Madzia? Leży i pachnie?

– Nie odwracaj kota ogonem. – Zwinąłem koc i poszedłem za nią w stronę auta.

– Piotrek, zawsze się o to kłócimy. Andrzej jest, jaki jest. Madzia jest, jaka jest. Czemu mnie namawiasz, żebym coś z nim zrobiła, a sam nie robisz z tym kompletnie nic?

– Bo Madzia nie robi mi, kurwa, krzywdy.

– Robi. Tylko nie fizyczną. Nie wiem, co gorsze. Chcesz, to dalej marnuj sobie życie, mam to gdzieś. Tylko nie chcę na to patrzeć.

– A ktoś cię zmusza? – Nie wytrzymałem.

– W sumie nie.

Tym razem to ona jebnęła focha.

– Odwieź mnie do domu i daj mi święty spokój.

Tak też zrobiłem. Przez całą drogę nie odezwała się ani słowem, a wychodząc z auta, trzasnęła drzwiami tak mocno, że niemal wybiła szybę. Wyskoczyłem z niego i oddałem jej kluczyki, nie mówiąc ani słowa. Z obrażoną miną poszła do domu, a ja wsiadłem do swojego samochodu. Następna wariatka – pomyślałem i pojechałem do siebie. Miałem, kurwa, dość całego damskiego rodu.

***

Weszłam do domu i poszłam prosto do łóżka. Kiedy rano wstałam, nadal miałam parszywy humor. Na ekspresie do kawy zobaczyłam kartkę: „Umów tego notariusza i złóż pozew o rozwód, kurwiszonie. To koniec". Nie wiedziałam, skąd taka zmiana stanowiska, ale dobre i to. Uśmiechnęłam się. Od dawna nie zwracałam uwagi na jego epitety, a ostatnio zaczęłam dzielnie pracować na to, żeby w sumie były prawdziwe. Wykrakał sobie. Odpaliłam komputer i zalogowałam się do FB. Mój wzrok przyciągnęła wiadomość na MSG w folderze inne. Czyli ktoś spoza znajomych. Profil nazywał się Patryk D., a zdjęcie przedstawiało palanta, który dowalał się do mnie w Wawie. Przeczytałam wiadomość, nie akceptując możliwości przesłania, tak by nie zobaczył nawet, czy ją wyświetliłam: „Gdybyś zmieniła zdanie, to wpadnij do Opola". A poniżej jego zdjęcie bez koszuli w jakiejś wielkiej rezydencji z basenem. Co za knur – pomyślałam i od razu wlazłam na jego profil. Wszystko miał na nim poblokowane, oprócz profilowego i zdjęcia w tle. Otworzyłam profilowe, prawie wcale nie było go na nim widać. Siedział w jakiejś knajpie, chyba w Hiszpanii, sądząc po wystroju, i pił margaritę. Komentarze były standardowe: „Urlopuj się", „Wczasuj". Przeleciałam je szybko i dopiero ostatni przykuł moją uwagę: „A gdzie masz żonkę"? – to mnie zaciekawiło. Opcję przeglądania znajomych też miał zablokowaną. Hmm. Otworzyłam zdjęcie w tle: Jakieś motywujące gówno z rodzaju: „Sky is the limit". Bez komentarzy. Weszłam w polubienia i zbladłam. Wśród lajkujących znalazła się Sabrina Dobrzańska. Ile lasek w tym kraju może mieć tak na imię? Otworzyłam profil i spojrzałam na zdjęcie Sabrinki. Tej Sabrinki!

– Kurwaaa mać – wysyczałam, biorąc do ręki telefon.

Zadzwoniłam do Piotrka, ale oczywiście nie odbierał. Też potrafił się wkurwić, a ja powiedziałam wczoraj za dużo. Chwyciłam torebkę i błyskawicznie wybiegłam z domu. W korku do centrum myślałam, że zwariuję. Wreszcie dojechałam. Przejechałam most Grunwaldzki, uśmiechając się na myśl o tym, jak wiele razy przebiegaliśmy go z Piotrkiem najebani, bo nie chciało nam się iść sto metrów do przejścia. Zawsze twierdził, że kiedyś przy tym zginiemy. To było wcześniej. Zanim zaczęliśmy się bawić w rzeczy, które mogły zapewnić nam o wiele boleśniejszą śmierć. Zaparkowałam zaraz za mostem, na małym parkingu, i pobiegłam w stronę jego kamienicy. Wpisałam kod do domofonu i weszłam na pierwsze piętro Zadzwoniłam. Po chwili otworzyła mi pani Ala, opiekunka Madzi.

– Dzień dobry. Piotr jest? – zapytałam bez zbędnych wstępów.

– Piotruś pojechał skakać na Szymanów – usłyszałam słodki głosik Madzi. – Ale może wejdziesz na kawkę, Oleńko? Tak długo nie plotkowałyśmy. Pani Ala upiekła babeczki.

– Nie mogę, Magda. Mam w kancelarii pożar w burdelu, muszę szybko pogadać z Piotrkiem. Trzymaj się – ryknęłam, będąc już na schodach.

Wskoczyłam do auta i ruszyłam w stronę Szymanowa. Kurwa, o tej porze najkrócej zajmie mi to czterdzieści minut. Bardzo żałowałam, że nie zapytałam Magdy, o której pojechał. Wiedziałam, że nie będzie chciał ze mną gadać, ale za bardzo nie miał wyjścia. Jechałam stanowczo za szybko, łamiąc wszystkie możliwe przepisy. Po minięciu Biedry i wjechaniu na drogę na lotnisko podskoczyłam na progu zwalniającym tak bardzo, że bałam się, że urwę koło. W końcu byłam na miejscu, podjechałam niemal pod samą płytę lotniska i wypadłam z samochodu.

Zobaczyłam go zaraz przed wejściem do hangaru, w którym mieli rozłożony sprzęt. W tym momencie dotarło do mnie, że nie są to informacje, które chcę mu przekazać przed skokiem. Musiałam go przekonać, żeby nie skakał i poświęcił mi chwilę. Wiedziałam, że łatwo nie odpuści. Kiedy usłyszy takie wieści, będzie musiał mieć czas, by je przetrawić. Jeśli coś sobie zrobi, to będzie moja wina. Zobaczył mnie, ale jego mina wskazywała, że nie jest tym specjalnie zachwycony.

– Cześć – ryknęłam, idąc szybko w jego stronę. – Potrzebuję cię na dziesięć minut.

Uśmiechnął się arogancko i pokazał ręką na zegarek, po czym wszedł do środka. A to baran. Nie tylko zodiakalny.

* * *

Olka wparowała za mną do hangaru.

– Posłuchaj mnie...

– Nie mam czasu, dociera do ciebie? Za pięć minut wylot. Chyba że skoczysz ze mną? – Uśmiechnąłem się szyderczo i zacząłem spokojnie zakładać kombinezon. Nie miałem zamiaru z nią gadać i chciałem, żeby sobie stąd poszła. Zapomniałem najwyraźniej, z kim mam do czynienia.

– Okej!

Odłożyła torebkę na bok.

– Żartowałem.

– A ja nie.

– Nie ma mowy!

– Może pani skoczyć ze mną – odezwał się ubierający się obok Marek.

– Świetny pomysł. – Podeszła do niego. Podał jej uprząż, udzielając instrukcji:

– Proszę założyć jak plecak. Zaraz zrobię pani instruktaż, ale mamy mało czasu.

– Szybko chwytam.

Uśmiechnęła się do niego. Wiedziałem, że teraz już nie odpuści.

– Chodź tu, Torbo! – Pociągnąłem ją za uprząż w moją stronę. – Skoczę z nią i uwierz, że robię to dla twojego dobra. Ona kompletnie nie umie, nawet przez sekundę, trzymać dzioba na kłódkę – oznajmiłem Markowi, który szeroko się uśmiechnął.

Jak go znałem, zrobił to tylko po to, by w samolocie była z nami jakaś laska, z której będzie się mógł ponabijać.

Poprawiłem i podciągnąłem wszystkie pasy tak, by z nich nie wypadła.

– Jest ciepło. Możesz skakać bez kombinezonu. W momencie wyskoku zginasz nogi, ręce na pasach na piersi, głowa do tyłu. Kiedy klepnę cię w ramię, to prostujesz ręce.

– Nogi, ręce, głowa. Zapamiętam.

– Tak? To chodź. Może zwalczę jakoś pokusę, by cię nie odpiąć na wysokości tysiąca metrów – powiedziałem i poszedłem za nią do samolotu.

* * *

Weszliśmy do samolotu w osiem osób. Siedmiu skoczków i ja. Piotrek jako jedyny miał skakać w tandemie. Zaczęłam zdawać sobie sprawę, w co się wpakowałam. Usiadłam grzecznie na ławeczce. Piotrek siadł za moimi plecami. Dwóch skoczków leżało na ziemi. Ledwo się mieściliśmy.

– Nie czułam się tak, odkąd na studiach spaliśmy w ośmioro w czteroosobowym namiocie – Nie powstrzymałam się, a chłopaki wybuchnęły śmiechem.

– Ciekawe, czy będziesz taka fafarafa, kiedy będziemy wysiadać – powiedział Piotrek.

Jeden z chłopaków od razu pokazał mi zegarek. Jakiś specjalny do skoków, bo miał tylko kilka cyferek.

– Jesteśmy na półtora tysiąca metrów. Skaczemy z czterech. – Marek przekrzyczał jazgot w kabinie.

Wyjrzałam przez szybę i zobaczyłam, jak małe jest wszystko na dole. O matko! Po co mi to było?

– Na kolana – usłyszałam za plecami głos Piotrka.

– Ale tu?

Zawsze w momentach stresu reagowałam głupimi żartami. Nic nie byłam w stanie na to poradzić. Nawet Piotrek zaczął się śmiać, a potem posadził mnie sobie na kolanach i zaczął mocno dociskać wszystkie paski. Założył mi na głowę gogle.

– Przeniosę cię do wyjścia. Siadasz na progu. Ja skaczę, ty nie przeszkadzasz.

– Dobrze, wujku – powiedziałam.

Po chwili nad drzwiami zapaliła się czerwona lampa, wszyscy przybiliśmy sobie piątki. Takie trochę inne: piątka, żółwik, a potem ruch palcami jak skrzydłami. No cóż. Przynajmniej nie będę mogła powiedzieć, że niewiele w życiu przeżyłam – pomyślałam, patrząc na wyskakujących kolejno chłopaków. Byliśmy ostatni. Piotrek ruszył do drzwi.

– Nie opieraj nóg – usłyszałam, a potem poczułam uderzenie powietrza.

W pierwszym momencie nie miałam pojęcia, co się ze mną dzieje. Pęd był tak wielki, że natychmiast ogarnęła mnie panika. Nie byłam w stanie oddychać, wydawało mi się, że będę tak leciała wieczność. Po około dziesięciu sekundach przypomniałam sobie, że mam jeszcze nos i zaczęłam normalnie oddychać. Jeśli można oddychać normalnie, pędząc w dół z prędkością dwustu kilometrów na godzinę. Poczułam, że Piotrek klepnął mnie w ramie i wyprostowałam ręce. To było coś niesamowitego. Nie czułam się jak ptak ani inne takie dyrdymały. Czułam zajebisty zastrzyk adrenaliny, siłę, sto odcieni różnych emocji. Wszystko oprócz strachu. Wiedziałam już, jak to jest skoczyć z wieżowca. Zawsze mnie to ciekawiło. Po około minucie lotu poczułam szarpnięcie i zmianę pozycji na pionową. Piotrek otworzył spadochron.

Poczułam, jak lekko opadam i w panice złapałam za paski.

– Nie puszczam cię, wariatko, tylko luzuję, żeby było ci wygodnie – powiedział mi prosto do ucha.

Teraz czułam się jak ptak. Szybowaliśmy spokojnie, Piotrek pokazywał mi lotnisko i okoliczne budynki. Potem podał mi do ręki dwie linki.

– Teraz ty – rzucił.

Powoli zaczęłam kierować. Niesamowite!

– Dobra, oddawaj. Przelecimy sobie przez chmurkę, chcesz?

– Romantiko! – Odwróciłam głowę, by słyszał co mówię.

– Jak romantiko, to romantiko. – Wleciał w chmurę, a potem wykonał obrót o 180 stopni.

– Aaa! – wydarłam się.

– Romantiko w moim stylu.

Usłyszałam, że się śmieje. Też się roześmiałam. Boże, jakie to było niesamowite. Czułam się naprawdę szczęśliwa. Chwilowo nie myślałam o jakichkolwiek problemach. Te zaczęły do mnie docierać, kiedy obiekty na ziemi stały się większe, bliższe i wyraźniejsze. A w zasadzie jeden. Za to podstawowy. Uświadomiłam go sobie, w panice, jakieś trzysta metrów od ziemi.

– Piotrek, jest jeszcze jedna rzecz. Ja nie wiem, jak się ląduje.

– Ale ja wiem. Wyprostuj nogi i nie waż się dotknąć nimi ziemi. Resztę zostaw mnie.

– Podałeś właśnie definicję kłody – nie powstrzymałam się, ale grzecznie wyprostowałam nogi, dodatkowo łapiąc je rękami pod kolanami.

Zobaczyłam zbliżającą się szybko ziemię. Piotrek posadził nas na niej tak delikatnie, że właściwie nawet nie zauważyłam, kiedy to się stało.

***

Olka wyglądała na zachwyconą.

– Ale to było wspaniałe!!!

– Wiem. Zdarza mi się. Tylko nie zacznij mi wygłaszać jakichś głodnych kawałków z rodzaju: jesteś mężczyzną moich marzeń.

Popatrzyłem na nią złośliwie, kiedy uporałem się już z czaszą spadochronu, która na nas opadła.

– Szczerze? Wydaje mi się, że pewnie już dawno spotkałam mężczyznę swoich marzeń, ale znając siebie, na bank powiedziałam mu, żeby się ode mnie odpierdolił.

Zostałem bez słowa, patrząc na nią w osłupieniu.

– Powtórka?

– Nie dziś. Chcę jeszcze ze dwa razy skoczyć. Sam. Mówiłaś kiedyś, że chciałabyś polecieć samolotem jako pasażer. Mój kumpel może cię przelecieć, bo za chwilę rusza.

– A twoi koledzy przelatują tak dobrze jak ty? – zapytała, uśmiechając się złośliwie.

– Nie wiem, ale za tobą stoi jego żona, to możesz się spytać.

Olka zbladła i błyskawicznie się odwróciła. Oczywiście nikt za nią nie stał. Wszyscy pozbierali rzeczy i powoli szykowali się do drugiego skoku.

– Dobre – powiedziała, pukając się jednocześnie w czoło. – Ale chyba sobie daruję. Muszę dawkować podniebne emocje. Skacz, ja pójdę na browar do namiotu. Jak skończysz, to tam wpadnij, naprawdę musimy pogadać.

Kiwnąłem głową, pomogłem jej odpiąć uprząż i patrzyłem, jak zdecydowanym krokiem idzie w stronę wielkiego namiotu z napojami i umieszczonych obok niego ławek i parasoli.

* * *

Podeszłam do baru i kupiłam sobie tymbark. Nie mieli tu piwa. Dziwne, może lotnicy nie piją. Usiadłam na ławce i wyjęłam telefon... Koszmarnie korciło mnie, by mu wszystko powiedzieć, choć na czas tego szalonego skoku kompletnie o tym zapomniałam. Jednak wolałabym, żeby skoczył spokojnie i wtedy zajął się problemami. Odpaliłam telefon, a konkretnie Facebooka. Raz jeszcze wlazłam na profil Patryka, potem Sabriny. Przejrzałam jej tablicę, udostępniała nieco więcej, on lajkował niektóre fotki. Kurwa, nie wierzę w takie zbiegi okoliczności. Przeczesałam wszystkie osoby, które lajkowały jej zdjęcia, ale nie znalazłam jakichkolwiek dalszych punktów styku. W końcu zobaczyłam, jak w moją stronę idzie Piotrek. Wziął sobie przy barze colę i usiadł obok mnie.

– Czy to będzie rozmowa z zakresu poważnych? – Podniósł okulary przeciwsłoneczne i spojrzał na mnie drwiąco. Wiedziałam, że nienawidzi, kiedy stawia się go pod ścianą.

– Tak. Kocham cię nad życie. Ożenisz się ze mną? – Nie powstrzymałam się. – Nie, baranie, ale mam coś, na co nie wpadliście ani ty, ani Michał. Jak ma na nazwisko Sabrina?

Widziałam po jego minie, że kompletnie wytrąciłam go z równowagi.

– A skąd mam wiedzieć? Pół roku mi zajęło, zanim zapamiętałem, jak ma na imię.

– Nie ściemniaj, przy twojej pamięci to niemożliwe.

– Możliwe, nauczyłem się jej nie używać, przy rzeczach mniej istotnych. To jest ten poważny temat? Sabrinka? Miałem cię za mądrzejszą.

– Taaa. Jak się poznaliście?

– Olka, proszę cię. – Widziałam, że jest wkurzony, ale byłam zdeterminowana.

– Powiedz mi.

– Nie pamiętam, chyba do mnie zagadała. Co cię to obchodzi?

Na taką odpowiedź czekałam.

– Patrz, megamózgu.

Pokazałam mu wiadomość od Patryka D., potem jego profil, a potem lajki Sabrinki. Piotrek patrzył na mnie z otwartymi ustami.

– O kurwa! Jak się do tego dogrzebałaś?

– Normalnie, nie założył, że o niej wiem. Sekcję związki ma ukrytą, sekcję znajomi też. Nie miał jak do mnie zagadać inaczej niż przez FB. A nie wiedział, że sznupię w nim jak wściekła. Kurwa, Piotrek, to jest chyba jego żona.

– Dlaczego tak myślisz?

– Ma nazwisko na tę samą literę. Ona ma męża, który często wyjeżdża. To ona do ciebie zagadała i nie potrafi się odjebać, mimo że dajesz jej cały czas do zrozumienia, że nic z tego nie będzie. Wyłącz na chwilę miłość własną i to, że każda dupa marzy tylko o tym, byś skierował na nią swój boski wzrok. Nie podpada ci to?

Niemal widziałam trybiki obracające się w jego głowie.

***

Zaczęło do mnie docierać, co mówi Olka. Wiedziałem, że ma rację. Kurwa, jak mogłem to przegapić.

– Muszę się z nią spotkać – powiedziałem szybko.

– Też tak myślę, ja umówię się z nim i zobaczę, o co mu chodzi.

– Ani mi się waż. – Wstałem tak szybko, że prawie wywróciłem colę.

– Ale dlaczego?

– Bo może chcieć zrobić ci krzywdę. Nie mogę tam być, by cię upilnować, bo wie, jak wyglądam.

– Piotrek, padło ci na mózg? Nie jestem Madzią, potrafię dać sobie radę w trudnych sytuacjach. Zobaczę, czego ten miękki fiut chce – powiedziała, patrząc na mnie drwiąco.

* * *

– NIE! – wydarł się.

– TAK! – ryknęłam równie głośno. Spojrzałam mu w oczy i wiedziałam, że nie wygram, ale w życiu nie uwierzy w moją natychmiastową kapitulację. Trzeba było użyć sposobu:

– Nie odpuszczam, ale poczekam, co mi powiesz po powrocie od Sabrinki.

– Nie rób nic za moimi plecami, bo mnie wkurwisz, Olka. Zrozum, że to nie jest jakaś gówniana sądowa rozgrywka. Wajcha idzie o nasze życie.

A on nie ma zamiaru pierdolić się z nami. Przypomnieć ci Igora i Dawida? Nie mam dwóch najbardziej zaufanych ludzi w mojej strukturze! Powiedziałaś Jarkowi, żeby uważał?

Momentalnie się wystraszyłam. Nie uprzedziłam go. Ale potem do mnie dotarło, jak bardzo był dobry w tym, co robił. W przeciwieństwie do ekipy Piotra wcześniej nie miał nic wspólnego ze światem przestępczym.

– Da sobie radę. Ma mózg. Zresztą nie wiem, czy zauważyłeś, ale ktoś próbuje dorwać ciebie. Ani ja, ani Teo nie mamy problemów.

– Wiem, ale obiecaj mi, że nie będziesz się nawet zastanawiać, czy spotkać się z tym gnojkiem bez mojej wiedzy.

– Obiecuję – powiedziałam z pełną powagą. W końcu zastanawiać się nie miałam zamiaru. Miałam zamiar działać, zanim świr przejdzie z etapu gróźb do etapu czynów i strzeli mu w ten przystojny łeb.

***

Miałem nadzieję, że dotarło do niej, że nie żartuję. Choć miałem co do tego pewne wątpliwości. Wyjąłem z kieszeni telefon i zadzwoniłem do Sabrinki.

– Cześć – powiedziałem wesołym tonem. – Dasz się dziś porwać na kolację?

– No nie wiem. Ostatnio okropnie mnie traktujesz. Tylko jeśli będą kwiaty – usłyszałem w słuchawce. Jezu, jakie to głupie.

– Oczywiście, piękna. Przyjadę po ciebie o osiemnastej, dobrze? – Pokazałem fucka w stronę Olki, która udawała, że zaraz puści pawia.

– Tak. Możesz przed sam dom. Mojego męża nie ma, ma jakiś służbowy wyjazd do stolicy. Nie wróci przed weekendem, więc jeśli masz ochotę, to może być z noclegiem – powiedziała tonem, który najwyraźniej uważała za seksowny.

– Kuszące, przemyślę – rzuciłem do słuchawki i rozłączyłem się.

– I co? Będziesz spał? – zapytała Olka złośliwie.

– Wolałbym być przypiekany przez czterdzieści minut na wolnym ogniu niż spędzić z nią dłużej niż dwie godziny. A co powiesz na męża w stolicy?

– Powiedziałabym „a nie mówiłam", ale nie mam zamiaru kopać leżącego. – Olka uśmiechnęła się szeroko, dodając: – Poza tym okłamuje ją. Nie jest już w stolicy, tylko w Opolu. Tak mi napisał.

– Na szczęście nie będziesz tego sprawdzać, inaczej ja sprawdzę, czy na pewno nie kręci mnie bicie kobiet pasem.

Ziewnęła głośno.

– Skończyłeś robić groźną minę czy mam dalej udawać, że się boję?

– Albo nie pas. W twoim wypadku przydałby się knebel.

– Namówiłeś. – Roześmiałam się.

Czasem po prostu opadały mi przy niej ręce.

***

Pożegnałam się z Piotrkiem i wsiadłam do samochodu. Poczekałam, aż odjedzie, i wyjęłam z torebki telefon. Błyskawicznie odpisałam na wiadomość Patryka na MSG: „Fajny basen, ale Opole mnie nie kręci. 18:00. Wrocław. Forma Stała. Twoja jedyna szansa".

Nie czekałam nawet pięciu sekund, zanim odczytałam na ekranie: „Będę".

Pojechałam do domu i odpieprzyłam się na sto pięćdziesiąt procent. Zawsze łatwiej uzyskać jakieś informację od faceta, kiedy się go dekoncentruje. A ja miałam zamiar dowiedzieć się nareszcie, o co tu, do cholery, chodzi. Wiedziałam, że nieco ryzykuję, więc na wszelki wypadek napisałam też krótką wiadomość na Signalu. Ostrożności nigdy dość. O 17:50 dotarłam Uberem na miejsce. Knajpa mieściła się niemalże naprzeciwko domu Piotr-

ka. Wiedziałam, że w tym momencie jest u Sabrinki, ale raźniej mi było na myśl, że jestem w pobliżu jego domu. Jeśli czegoś się dowiem, to po prostu na niego zaczekam. Poza tym bardzo często tu bywaliśmy, czułam się bezpiecznie i znałam każdy zakamarek. Wolałam umawiać się z tym pojebem w moim miejscu i na moich warunkach. Uwielbiałam atmosferę tego miejsca. Zamówiłam browar, usiadłam pod wielkim parasolem i gapiłam się w spokojną Odrę.

– Wyglądasz olśniewająco – usłyszałam, gdy Patryk zajmował miejsce naprzeciwko mnie.

– Dziękuję, ty też – walnęłam tekst, który zawsze wytrącał facetów z równowagi. Nie był wyjątkiem, od razu zaczął się śmiać.

– Czemu zawdzięczam to, że jednak zmieniłaś zdanie?

– Temu, że chciałabym wiedzieć, co tu się odpierdala.

Postanowiłam pójść na całość. Widziałam, że jest zaskoczony. Najwyraźniej spodziewał się, że będę grała według jego reguł. Strategiczny błąd.

– W sensie?

– Poznałam twoją żonę, wiesz? Dupy nie urywa, charakter też cienki, że o wierności nie wspomnę. Stać cię na lepszą. – Uśmiechnęłam się złośliwie.

– Hmm i kto to mówi? A ty jednak wylądowałaś z „Orłem". Zawsze mi się wydawało, że ta wasza wielka przyjaźń ma drugie dno. – Tym razem to on zaskoczył mnie.

– Skąd…? – zapytałam i zdziwił mnie ton własnego głosu.

Bełkotałam. Jak to możliwe, przecież… Spojrzałam na piwo, potem na Patryka, który uśmiechał się coraz szerzej. Wiedziałam, że jestem naćpana, jego uśmiech zaczął mi przypominać uśmiech Jokera, wszystko wokół falowało i było kompletnie nierealne. Chciało mi się tylko spać.

– Oj, ależ ja za tobą tęskniłem, Oleńko – powiedział i w tym momencie dotarło do mnie to, co nie dawało mi spokoju, odkąd go poznałam. A chwilę potem urwał mi się film.

***

Tak intensywnie myślałem, jak wyciągnąć z niej coś konstruktywnego, że automatycznie pojechałem do Olki. Zorientowałem się, kiedy stałem na światłach. Najwyraźniej mi odwalało. Zawróciłem i podjechałem przed dom na Ołtaszyńskiej. Zaparkowałem i wyjąłem z bagażnika ogromny bukiet czerwonych róż. Szedłem podjazdem, pogwizdując wesoło. Otworzyła mi drzwi z miną obrażonej księżniczki. Dopiero teraz do mnie dotarło, że wiecznie miała taką minę. Ciągle miała o coś pretensje. Na krótką metę bywało to podniecające, sprawiała wrażenie nieuchwytnej, ale w ostatecznym rozrachunku po prostu wkurwiało.

– Masz się z czego tłumaczyć – powiedziała, przepuszczając mnie w drzwiach.

– To dla ciebie. – Podałem jej kwiaty. – Właśnie po to przyjechałem, żeby nareszcie wyjaśnić kilka kwestii między nami.

– To może na tej kolacji, którą mi obiecałeś? – Starała się rozegrać wszystko po swojemu, ale chyba zapomniała, z kim miała do czynienia.

– Nie – powiedziałem po prostu, wchodząc do salonu. – Najpierw porozmawiamy, a przyjemności później.

Usiadła naprzeciwko mnie.

– Dobrze, ty zaczynasz! Kim jest ta dziwka, którą widziałam w twoim domku?

– Znajoma. Nikt ważny. Nie czuję do niej tego, co do ciebie – powiedziałem przekonującym tonem.

Żarty się skończyły, a granie fair razem z nimi.

– Teraz ja. Skąd wiedziałaś, gdzie mnie wtedy szukać?

Ta kwestia dopiero po rewelacjach Olki nie dawała mi spokoju. Początkowo myślałem, że może przypadkiem powiedziałem jej o swoim domku, ale potem dotarło do mnie, że raczej nie było okazji. Jej mina jednoznacznie wskazywała, że coś jest na rzeczy.

– Będziesz bardzo zły – zaczęła z niewinną minką – ale to wynika wyłącznie z faktu, że tak bardzo mi na tobie zależy. Chciałam wiedzieć, czy ty też traktujesz mnie poważnie. Teraz, kiedy powiedziałeś mi o swoich uczuciach, mogę się do tego przyznać. Zainstalowałam ci ikol w telefonie. Kiedy byliśmy na koniach.

– Ikol? – Nie miałem pojęcia, o czym mówi.

– Taką aplikację, która działa jak lokalizator GPS. Popatrz. – Wyjęła z kieszeni swój telefon i coś w nim poustawiała. – Dziwne… Pokazuje, że jesteś w domu. – Spojrzała na mnie zdziwionym wzrokiem. No tak, nie mogła wiedzieć, że rozjebałem telefon, a jego szczątki leżały w walizce w moim przedpokoju.

– Aha. A nie było czasem tak, że mąż ci kazał?

Postanowiłem, że kończę te smutne żarty. Co za fałszywa suka. I jak, kurwa, mogłem się nie zorientować? Olka miała rację. Traktowałem ją jak głupią pindę, którą była, i nie spodziewałem się żadnego zagrożenia. Zapomniałem tylko, że mimo iż była głupia, była także cwana. I to mnie zgubiło.

– Co mąż kazał? O czym ty mówisz? – Patrzyła na mnie zdziwiona. Najgorsze było to, że wyglądała na szczerą.

– Twój mąż ma na imię Patryk. Prawda? Czego ode mnie chce?

– Niczego, co ty insynuujesz? On nie ma pojęcia o twoim istnieniu! Przecież sama narobiłabym sobie problemów.

Wstała. Błyskawicznie ruszyłem w jej kierunku i z całej siły złapałem ją za ramiona, mocno nią potrząsając.

– Mów mi prawdę, do kurwy nędzy, bo mam tego serdecznie dość.

Nie znała mnie od tej strony. Zdziwienie malowało się na jej twarzy

– Puść mnie – wychrypiała.

– Dobra, a teraz siadaj grzecznie na dupie i opowiadaj.

– Co mam ci opowiedzieć? Poznałam cię na koniach, mój mąż nic o nas nie wie.

– Czyżby? – powątpiewałem. – Naprawdę chcesz, żebym zaczął być niemiły? Uwierz mi, że potrafię. Skąd wybór mojej stajni?

– Patryk ją zachwalał – powiedziała ze zdumieniem.

Zaraz, zaraz, aż tak świetną aktorką nie była. Może rzeczywiście coś było na rzeczy.

– Czemu się do mnie odezwałaś?

– Bo mi się spodobałeś – odpowiedziała odruchowo.

– Taaa? Chcesz, żebym znowu wstał? – Starałem się trzymać nerwy na wodzy, ale nie było to łatwe.

– Jezuuu! – Naprawdę wpadła na coś odkrywczego. – Wiem czemu. Kiedyś Patryk zawiózł mnie do stajni. Strasznie się pokłóciliśmy i zaczął mi jechać, że jestem koszmarna, że nikt oprócz niego by mnie nie chciał. A ty wysiadałeś wtedy z auta, pamiętam, jak wskazał na ciebie i powiedział, że taki facet to by nawet ze mną nie pogadał. To wtedy zwróciłam na ciebie uwagę…

Kurwa, zaczynałem jej wierzyć. Miała zbyt wiele emocji wypisanych na twarzy, by tak dobrze udawać.

– I ten cały ikol! Też on mi o nim powiedział. W ramach historii, że faceci śledzą tak żony i kochanki, których nie są pewni…

– Nie jesteśmy kochankami.

Popatrzyłem na nią. Złość zastąpiło u mnie współczucie. W sumie to biedna laska.

– Co ma do mnie twój mąż?

– Nie mam pojęcia – powiedziała i się rozbeczała.

***

– Aaa, kotki dwa, szare bure obydwa – usłyszałam znajomy głos. Michał! Otworzyłam nieprzytomne oczy.

– Co jest? – Podniosłam głowę z siedzenia. Siedziałam w aucie na fotelu pasażera, Michał prowadził.

– Ten pojeb walnął ci do drinka jakieś środki nasenne. Zaryzykowałem nieco, ale wiem, że jesteś zdrowa jak koń. Podałem ci colę z amfą i jak widać, zadziałało.

– Z amfą? – zapytałam półprzytomnie. – Skąd masz amfę? I skąd się tu wzięłam? O co chodzi? – Nie byłam w stanie sklecić sensownego zdania.

Michał zatrzymał się na poboczu.

– Po kolei: napisałaś mi wiadomość, gdzie idziesz, po czym wyłączyłaś Signala. Tak się nie robi. Kiedy wszedłem na teren Formy, ten facet, który był z tobą, spierdolił, kiedy tylko mnie zobaczył. Ty zostałaś przy stoliku, ledwo kontaktując. Skąd wiedział, jak wyglądam?

– Bo cię zna – powiedziałam z zadziwiającą pewnością siebie. Szczegóły nie pasowały, ale nie miałam żadnych wątpliwości. Michał był jednak sceptyczny.

– On mnie zna, a ja go nie?

– Kurwa, to jest Jacek – wymamrotałam, próbując ułożyć myśli.

– Jak Jacek? Chyba jednak ci ta mieszanka zaszkodziła. Wiem, jak wygląda Jacek, byliśmy razem na studiach.

– Jak wyglądał przed wypadkiem, wiesz, ale jestem pewna, że to on. Nie wiem, czemu wcześniej na to nie wpadłam. Jest szczuplejszy o dobre dziesięć kilogramów, ma inny kolor włosów i tę jebaną hipsterską brodę, a przede wszystkim zoperował sobie ten charakterystyczny nos. No i minęło dziewięć lat. Ale jestem pewna, że to on.

***

Beczała, a ja byłem mało odporny na kobiece łzy, ale zrobiłem dla niej wyjątek. Oprócz tego, że nieludzko się wkurwiłem, głównie na siebie, nadal nie przybliżyłem się nawet o milimetr do jakiegoś rozsądnego rozwiązania. Usłyszałem dźwięk otwieranych drzwi i odwróciłem się zdziwiony w stronę wejścia. Mężuś. Będzie się działo. Wstałem i uśmiechnąłem się szeroko.

– Wydawało mi się, że ma ochotę – rzuciłem tekst, którym zwrócił się do mnie w Warszawie.

Najwyraźniej nie był w nastroju do żartów, bo wyjął spluwę i wymierzył w mój głupi łeb. Tego się kompletnie nie spodziewałem.

– Klamka na ziemię, „Orzeł".

Podszedł bliżej.

Nie było sensu kombinować. Nie byłem Bruce'em Willisem. Wyjąłem broń z kabury pod marynarką i rzuciłem na ziemię.

– Nie wiem, co ci Jacek obiecał, ale jeśli coś mi się stanie, Jerzy nie będzie zadowolony. A Artur to przecież twój szef, który podlega bezpośrednio jemu. Uważasz, że gra jest warta świeczki? – Patrzyłem na niego uważnie, a on wybuchnął śmiechem.

– Boże, jacy wy jesteście durni. Olka też skumała dopiero w ostatnim momencie – powiedział.

Poczułem, że ze strachu oblewa mnie zimny pot. Co ta idiotka zrobiła?

– To ja, Jacek. Nie poznałeś?

– Odbiło ci. Jacek był blondynem, grubszym, z nosem jak klamka od zakrystii – powiedziałem, ale kiedy przypatrzyłem się uważniej… Kurwa, rzeczywiście był nieco podobny, ale…

– Przeszedłem szereg operacji. Przez ciebie. Część po wypadku, a część już na wolności.

– Gdzie jest Olka?

– Wiem, ale nie powiem.

Uśmiechnął się cwaniacko. Kurwa mać. Nie mogłem zrobić kompletnie nic, bo nie wiem, co z nią zrobił.

– Olka to ta pizda z Czarnej Góry? – zapytała Sabrinka, o której na śmierć zapomniałem.

– Ty się zamknij, z tobą porozmawiam później – powiedział Patryk, tfu... Jacek. Czyli mówiła prawdę, nie miała o niczym pojęcia.

– Nie zamknę się. – Znów zaczęła beczeć. – Możesz mi powiedzieć, o co tu chodzi?

– Mogę. – Jacek patrzył na nią z politowaniem. – Wiedziałem od roku, że się puszczasz. Postanowiłem więc wykorzystać twoje skłonności do rozkładania nóg i sprawić, żebyś przydała się nareszcie do czegokolwiek. Jesteś prosta w manipulacji jak budowa cepa. Wiedziałem, że będziesz kombinować, a dzięki tobie doskonale wiedziałem, gdzie on jest. Przez kompa miałem dostęp do ikola i dowiedziałem się wielu ciekawych rzeczy. Gdzie bywa, z kim, w co się bawi... Nie było trudno się w to wkręcić. W Opolu miałem sieć dużych kontaktów, na Śląsku też. Artur to tylko początek. Mam zamiar przejąć interesy na Górnym i na Dolnym Śląsku. Dwóch twoich ludzi już nie ma. Pierwszemu dawkę dragów siedmiokrotnie zwiększyła jedna z wynajętych przeze mnie dziewczyn. Łatwizna. Śledztwo za chwilę będzie umorzone. Drugiego załatwili chłopcy z Opola. Podstawili mu jakąś dziwkę z internetu, która, kiedy tylko zasnął, otworzyła im drzwi. Będę musiał kompletować ekipę od początku, ale może to i lepiej. Najwyraźniej źle dobierałeś. A przy okazji mogę wyrównać trochę starych rachunków.

– Co ty chcesz wyrównywać? Zabiłeś ją i nie poniosłeś za to kary – wycedziłem przez zęby.

Miałem ochotę rozszarpać mu gardło, ale byłem na straconej pozycji. Tego nie przewidziałem.

– To był wypadek. – Jacek odpowiedział odruchowo. Jak zawsze. Nigdy nic nie było jego winą. Wszystko zawsze zwalał na innych. Zazdrościłem mu podejścia. Skurwiel nie miał w związku z tym żadnych zmartwień.

– Jaki wypadek? – znów wtrąciła się Sabrinka.

– Dziewięć lat temu pojechaliśmy w góry. Na ostatnim roku prawa. Pożegnalny wypad przed obroną. Byłem ze swoją dziewczyną Bożeną. Chciałem wracać. Wypiłem co nieco i przestało mi się tam podobać, ale spokojnie mogłem prowadzić…

– Miałeś półtora promila, pierdolony pajacu – nie wytrzymałem.

– Stul pysk! – Jacek podszedł krok bliżej, nadal mierząc mi w głowę

– Wiesz, kiedy wjechałem w drzewo? Kiedy usłyszałem syreny! Spanikowałem! A policję ty wezwałeś!

– Obiecałem ci to, ćwoku! Powiedziałem ci, że jak jeszcze raz zobaczę, że jeździsz pod wpływem, co przecież miałeś w zwyczaju, to albo obiję ci mordę, albo wezwę psy.

– Musisz wiedzieć – Jacek zwrócił się do Sabrinki – że siostra Piotrka, Mariola, została śmiertelnie potrącona przez pijanego kierowcę. Ma w związku z tym pewien uraz. I przez ten uraz podpierdolił przyjaciela na psy!

– Przyjaciela? – wybuchnąłem śmiechem. – Pojebanego bananowego gówniarza, którego tatuś jak zawsze wyciągnął z wszystkich kłopotów. Nawet kolegą bym cię nie nazwał.

– Nie waż się nawet mówić o moim ojcu! – Jacek się uniósł. – Ktoś go wykończył, a ja mam podstawy twierdzić, że byłeś to ty. I za to się mszczę. I za to rozpierdolę wszystko, na czym ci zależy, a nie przez ten wypadek.

– Co ty pierdolisz? – Patrzyłem na niego zaszokowany.

***

Michał ruszył.

– No to mamy jasność. Gdzie jest Piotrek?

– U Sabrinki. Jego żony. O kurwa, jeśli on wróci do domu…

Popatrzyłam na niego z przerażeniem. Na szczęście on zachowywał spokój.

– Gdzie mieszka?

– A skąd mam wiedzieć?

Czułam się fatalnie. Senność walczyła z narkotykiem, który dodawał mi energii. Kompletna huśtawka wrażeń. Michał wyjął telefon.

– A jak się nazywa?

– Sabrina Dobrzańska.

– Adres Sabriny Dobrzańskiej mi ustalcie – rzucił do aparatu. – Dobra, dzięki. – Odpalił samochód. Po dziesięciu minutach zorientowałam się, że jedzie w stronę… mojego domu.

– Gdzie ta pinda mieszka? – Zaciekawiło mnie to niezmiernie.

– Bardzo blisko ciebie – odparł Michał z niewzruszoną miną. – Co jak co, ale „Orzeł" zawsze był leniwy.

– Nie wierzę, kurwa – wysyczałam przez zęby, kiedy dwadzieścia minut później zaparkował przed jej domem. – Mijałam go co najmniej dwa razy dziennie po drodze z i do kancelarii. Ciekawe, ile razy w nim był – zaczęłam się zastanawiać, a potem złapałam się za głowę. Jakie to ma, kurwa, teraz znaczenie…

– Nie wychodź z auta – rzucił Michał, wysiadając.

– Nawet nie wiem, czy byłabym w stanie – wymamrotałam pod nosem.

Patrzyłam tępo w szybę, powtarzając w myślach jak mantrę: Żeby tylko nic im się nie stało.

***

– „Orzeł", nie zgrywaj idioty, nie do twarzy ci.

– Nie mam nic wspólnego ze śmiercią twoich rodziców. Jaki miałbym mieć niby w tym interes?

– Całkiem spory...

Podszedł do mnie, podniósł z ziemi moją broń i cały czas do mnie mierząc, poszedł do stojącego w rogu biurka. Wyjął coś z zamykanej na klucz szuflady i podał mi jedną kartkę, drugą sobie zostawił. Szybko przebiegłem ją wzrokiem. Anonim. Adresowany do Jacka Fretki i wysłany na adres szpitala psychiatrycznego. Treść krótka i bardzo, bardzo na temat: „Rodziców niebawem nie będzie. Firm nie będzie. Kasy nie będzie. Nic nie będzie. A potem nie będzie też ciebie".

– Zbyt melodramatyczne jak na mnie. Zresztą co niby na tym zyskałem? – Patrzyłem na kartkę, nic nie rozumiejąc z tego bełkotu.

– Od kiedy współpracujesz z Jerzym?

– Od pół roku – odpowiedziałem odruchowo, gdyż myślałem, że pyta o karuzelę.

Jego ręka z bronią zadrżała i skierował ją z mojej klaty na moją głowę.

– Nie jesteś w sytuacji, która sprzyja kłamstwom.

– Zaraz. Współpracuję ściśle od pół roku – poprawiłem się. – Reprezentowałem jego firmę już na aplikacji. Kiedy założyłem swoją kancelarię, przeszli do mnie, ale tylko z legalnymi biznesami.

– I właśnie te legalne biznesy przejęły od komornika wszystkie intratne interesy mojego ojca. Te, na które miał wyłączność. Nie udawaj, że nie wiedziałeś.

– Oczywiście, że nie! Nie robię dla nich zakupów, do kurwy nędzy. Moja praca ograniczała się do opiniowania niektórych umów i przekształceń spółek. Nie miałem pojęcia, że twój ojciec nie żyje. Zresztą prowadziłem sprawy wyłącznie we Wrocławiu, a przecież oni mieszkali pod Opolem.

– Wiedziałem, że będziesz próbował się wyłgać.

Racjonalne argumenty do niego nie docierały, więc spróbowałem z innej strony:

– Uważasz, że to Jerzy ich sprzątnął, a mimo to dla niego pracujesz?

– Uważam, że za wszystkie nieszczęścia w moim życiu odpowiedzialny jesteś ty. Musiałem zmienić twarz, zmienić nazwisko, zacząć wszystko od nowa.

– Nieźle sobie poradziłeś. – Wiedziałem, że ta menda była kompletnie niezaradna, nie wierzyłem, że poradził sobie sam.

– Na szczęście miałem jeszcze przyjaciół i założone przez ojca konto w Szwajcarii. Dlatego, mimo usilnych prób, nie udało ci się mnie zniszczyć.

– Rozumiesz, że nie miałem z tym nic wspólnego?

– Ależ oczywiście, że miałeś. – Podał mi drugą kartkę, którą miętolił w dłoni. – To otrzymałem jakieś pół roku temu. Czy teraz nareszcie przestaniesz ściemniać?

Tym razem anonim był bardziej przejrzysty: „Za wszystko, co cię spotkało, odpowiedzialny jest „Orzeł". Od niedawna bawi się w nielegal. Zabij albo zakapuj. Nie musisz dziękować".

– I na jaki adres to niby dostałeś? Zastanów się może, kto wie, jak teraz wyglądasz i jak się nazywasz. Bo ja, jak widzisz, nie miałem pojęcia.

– Boże, jaki ty jesteś głupi. Przecież…

Odwrócił się gwałtownie, słysząc otwierające się drzwi.

– Rzuć broń, policja – powiedział Michał.

Ten idiota od razu do niego strzelił. Nie trafił. Za to Michał trafił. Perfekcyjnie między oczy. Usłyszałem ryk Sabrinki, o której znów zapomniałem.

Błyskawicznie do niego doskoczyłem, ale jedno spojrzenie wystarczyło, by wiedzieć, że Jacek alias Patryk właśnie przeniósł się do krainy wiecznych łowów.

– Kurwa, masz wyczucie. Nie dość, że nadal nic nie wiem, to jeszcze w życiu nie dowiem się, gdzie jest Olka – syknąłem wściekle w stronę podchodzącego Michała.

– W moim aucie przed domem. Ależ proszę bardzo, było mi miło uratować ci życie. – Mina Michała nie zdradzała specjalnych emocji. Poczułem niesamowitą ulgę.

– A ty nadal tylko o niej! – wydarła się Sabrina przez łzy. – Straciłam męża, rozumiesz?! – Podbiegła i zaczęła okładać mnie pięściami po klacie.

– Załatwię to – powiedziałem do Michała. – Idź do niej.

* * *

Usłyszałam strzał i wyszłam z samochodu. Chwilę potem w bramie pojawił się Michał.

– Gdzie jest Piotrek?

Wydawało mi się, że krzyczę, ale prawdopodobnie z moich ust wydobył się tylko cichy szept. Oparłam się obiema rękami o maskę. Michał podszedł do mnie szybko i podał mi rękę.

– Nic mu nie jest. Gada z tą jebniętą laską. Odstrzeliłem Jacka. Nie bardzo miałem wybór, bo strzelił pierwszy.

Złapałam jego twarz w ręce.

– Wszystko okej?

– No pewnie. Wybacz, ale nie rusza mnie to specjalnie. To gnida była. Zastanawiam się, jak to wszystko załatwię, tak żeby wyjść z tego w miarę cało.

– Piotrek coś wymyśli – powiedziałam z niezachwianą pewnością siebie. A w zasadzie pewnością tego, że wie, co robi. Zawsze wiedział.

Wyjęłam z kieszeni papierosy i odpaliłam jednego. Pół godziny później pojawił się Piotrek. Nic do mnie nie powiedział, ale po jego wzroku wiedziałam, że mam przejebane. Trudno.

– Muszę tu zostać jeszcze chwilkę i to ogarnąć – zwrócił się do Michała.

– Świetny plan. A jak?

– Ona ma go generalnie w dupie, ale rozpacza, bo jej się źródło dochodu ukróci…

– Twój typ – powiedziałam, choć nie powinnam go dalej prowokować, ale byłam zła, skołowana i kompletnie nie wiedziałam, co tu się dzieje.

Nawet na mnie nie spojrzał, dalej mówił do Michała.

– Wydzwoniłem Artura i powiedziałem mu, że on od początku był lewy, że naprawdę nazywa się inaczej i że chciał mnie odjebać. Powiedziałem, że Jerzy nie będzie zachwycony tym faktem i może uznać, że to on jako bezpośredni przełożony Patryka czy tam Jacka zlecił mu takie zadanie. Będzie go to kosztowało trochę hajsu, ale nie zaryzykuje – jesteśmy poza podejrzeniami.

– No dobrze. Co z nim zrobią?

– Nie wiem. Pewnie rozpuszczą w kwasie. Nie mój cyrk, nie moje małpy. Ludzie Artura wezmą to na siebie. Więcej nie musisz wiedzieć. Mam kilka teorii, które muszę z wami omówić. Jeźdźcie w jakieś bezpieczne miejsce, zaraz do was dojadę, tylko ją gdzieś ulokuję.

– Dziś noc Black Jacka w kasynie. Męża nie będzie. Mój dom jest bezpieczny – powiedziałam i wsiadłam do samochodu. Po chwili dołączył do mnie Michał.

***

Wróciłem do domu. Sabrina, zgodnie z moim poleceniem, spakowała najważniejsze rzeczy. Miała pojechać do rodziny i wrócić, kiedy wszystko w domu będzie załatwione i wyczyszczone.

– Jesteś pewien, że to dobry plan?

Byłem zdziwiony, jak mało ją to obeszło. Wyglądała, jakby pakowała się na weekend. Poczułem zimny dreszcz na karku. Od razu wyczułem, że z tą laską jest coś nie tak.

– Możesz zawsze zadzwonić na policję, ale wtedy zaczną się dziwne pytania. Na przykład dlaczego chciał mnie zabić.

– Słyszałam waszą rozmowę, wiem, że też jesteś zamieszany w takie same lewe interesy jak on.

– No i? Wszyscy w stajni potwierdzą, że się spotykaliśmy. Żadnych interesów mi nie udowodnisz, a jeszcze zrobisz sobie ze mnie wroga. I w jego szefach, a na to bym na twoim miejscu uważał. Artur obiecał ci dziesięć tysięcy złotych miesięcznie z funduszu na żony tych, co siedzą. Zgłosisz zaginięcie, dodasz, że prowadził dziwne interesy. Za dziesięć lat uznają go za zmarłego, to dostaniesz jeszcze ekstra jego polisę na pięćset tysięcy złotych. Wspominałaś mi kiedyś o niej z wielką nostalgią.

– A jakbym chciała taką kasę już? – Spojrzała na mnie z wyrachowanym uśmiechem.

– To przepadnie ci dziesięć tysięcy peelenów miesięcznie przez dziesięć lat. Czyli milion dwieście tysięcy złotych. Nawet ty nie jesteś tak głupia.

– Nie mogłem się powstrzymać, ale jej brak logiki był czasem porażający.

– A co z nami?

– Nie ma żadnych nas. Coś ty sobie uroiła?

– Dawałeś mi nadzieję…

– Jeśli tak, to przepraszam, nieświadomie. Nigdy nic z tego by nie było, zrozum.

Nie odezwała się więcej ani słowem, wrzuciłem jej walizkę do auta i odwiozłem ją na dworzec.

– Trzymaj się – powiedziałem, kiedy wysiadała.

– Pierdol się, dupku – usłyszałem na koniec.

Nareszcie z głowy.

* * *

Michał poszedł pod prysznic. Wcale się nie dziwiłam, że po zastrzeleniu człowieka miał na to ochotę. Wygrzebałam z szafy Andrzeja dżinsy i T-shirt. Byli podobnego wzrostu. Mieli grubo ponad metr osiemdziesiąt… Powinno pasować. Słyszałam przez drzwi do łazienki, że już bierze prysznic, więc powiesiłam ciuchy na balustradzie schodów i poszłam do salonu. Wyjęłam z barku trzy szklanki. Dla nich naszykowałam whisky, a sobie zrobiłam Cichego Zabójcę. Mój ulubiony drink od czasów studiów. Setka finlandii cranberry, setka martini i setka sprite'a. Smakował jak oranżadka, a walił w beret z mocą bomby atomowej. To było mi dziś niezbędne. Skutki zestawu, który zaserwowali mi Jacek i Michał, już ustąpiły, ale i tak marzyłam tylko o tym, by pójść spokojnie spać. Położyłam się na kanapie i ułożyłam nogi na oparciu. Usłyszałam dźwięk otwieranych drzwi i zakładając, że to te łazienkowe, ryknęłam: „Ciuchy masz na poręczy". Nawet nie otworzyłam oczu. Po minucie poczułam, że ktoś siada obok mnie. Uniosłam powieki. Piotrek błyskawicznie przycisnął mnie do kanapy.

– Obiecałaś mi, do kurwy nędzy, że się z nim nie spotkasz!

Nadal był wściekły. Nie przeszło mu ani trochę.

– Obiecałam ci, że nawet o tym nie pomyślę. I nie pomyślałam. Miałam pewność, że powinnam to zrobić.

– Co się stało? Możesz mi wyjaśnić?

– Przestań się na mnie kłaść w innym celu niż seks, to ci powiem – powiedziałam spokojnie.

Puścił mnie i się odsunął. Usiadłam na kanapie.

– Powiedziałam Michałowi, gdzie idę. Jacek miał jakiś plan w związku ze mną, bo dosypał mi czegoś do drinka, ale przyszedł Michał i cały jego misterny plan poszedł w pizdu. – Uśmiechnęłam się, licząc, że go nieco udobrucham. Efekt był oczywiście odwrotny.

– Kretynka! – syknął przez zęby. – Ciekawe, co by było, gdyby Michał nawalił?

– Ja nie nawalam. Jestem niezastąpiony i jedyny w swoim rodzaju. Jak Madonna. Tylko że policyjna.

Michał usiadł w fotelu i nalał sobie whisky. Był nagi z wyjątkiem ręcznika, którym miał owinięte biodra. Mimo woli spojrzałam z podziwem na jego idealne mięśnie. Nie umknęło to Piotrkowi, który znów zacisnął szczęki. Pokruszy sobie wszystkie zęby – pomyślałam złośliwie. Dobrze mu tak. Za te wszystkie dupy.

– Zostawiłam ci ciuchy na poręczy, Madonno. Nie żeby mi się nie podobało, ale muszę się skupić, a tak będzie trudno – powiedziałam tylko po to, żeby jeszcze bardziej wkurzyć Orłowskiego.

– *Like a virgin, touched for the very first time* – zanucił Michał, idąc w stronę schodów.

Dostałam wariackiego ataku śmiechu.

* * *

Nalałem sobie pełną szklankę whisky i mimo woli też się uśmiechnąłem. Uśmiechem straceńca, gdyż to, co wydarzyło się dzisiaj, kompletnie mnie rozjebało. Teoretycznie było po problemie. Wiedziałem, kto rozpieprzał mi grupę i dlaczego. Uwierzyłem Jackowi w jego historię. Zgadzało się wszystko. Tylko że kompletnie nic nie zrobiłem jego rodzicom. Michał wrócił, tym razem ubrany. Usiadł przy stole i napił się whisky.

– No więc? Za sukces?

– Nie do końca… Jacek nie mścił się za wypadek. To on pozamiatał Igora i Dawida, ale zrobił to po to, by przejąć moje interesy. I żeby zemścić się za śmierć rodziców.

– Co? A co ty niby masz z tym wspólnego? – zapytała oburzona Olka.

– Nic – odpowiedziałem zgodnie z prawdą.

Wyjąłem z kieszeni kartki, które wręczył mi Jacek i dałem jej przeczytać. Potem podała je Michałowi. Olka przejechała dłońmi po twarzy.

– To nie ma najmniejszego sensu. Chcesz powiedzieć, że ktoś go wykorzystał, żeby cię pozamiatać, i że nadal jesteśmy w tak głębokiej dupie, w jakiej byliśmy?

– Ja jestem – powiedziałem z przekonaniem.

Tu nie chodziło o wypadek. Nie chodziło o Olkę ani Michała. Jacek nigdy nie miał do nich takiego żalu jak do mnie. W końcu to ja zadzwoniłem po policję. Michał skończył whisky i wstał.

– To prawda. Nie mieszam się w wasze interesy. Swoje kwestie zamknąłem. Mam nadzieję, że uda się wam z tego wymiksować. A na razie idę spać. Ledwo żyję. Mogę?

– Oczywiście. Na piętrze masz naszykowany gościnny. Śpij dobrze – poinstruowała go Olka.

– Dobranoc, kocie, i dobranoc, Piotrek – dodał, idąc już w stronę schodów.

– Dobranoc – odpowiedzieliśmy jednocześnie.

Bardzo wiele mu dziś zawdzięczaliśmy. Teraz trzeba było zmierzyć się z tym, w co sami się wpakowaliśmy.

***

– Ma rację. To go już nie dotyczy. Chodzi o mnie...

Wychyliłem szklankę i błyskawicznie nalałem sobie repetę, wyciągając wnioski:

– W sumie jak sobie pościelesz...

– ...to mnie zawołaj – dokończyła z charakterystycznym dla siebie poczuciem humoru. – Skończ ten melodramat. Jestem w tym z tobą od początku. Nie ma takiej opcji, byś został z tym sam.

– Rozumiesz, że ktoś od dobrych trzech lat w coś z nim grał? Zabił mu rodziców, potem próbował zrzucić winę na mnie, więc najwyraźniej też nie jestem jego ulubieńcem.

– No i? Pomoże nam, jak siądziemy i zaczniemy płakać? Ten drugi list... Ktoś musiał wiedzieć, że zmienił nazwisko i wygląd. Inaczej by go nie otrzymał. – Olka jak zawsze kombinowała w tę samą stronę co ja.

– Właśnie miał mi to powiedzieć, kiedy Michał strzelił mu w łeb.

– Ratował ci życie... Dotrzemy do tego prędzej czy później.

– Chyba że prędzej ten ktoś dotrze do mnie. Nie mam pomysłu, kto to może być.

– Więc będziesz jeszcze ostrożniejszy niż zwykle.

Olka znów położyła się na kanapie i oparła łydki o moje uda. Przejechałem po nich ręką.

– Bardzo się obrazisz, jak ci powiem, że jedyne, o czym dziś marzę, to uwalić się na łóżku, najlepiej koło ciebie, i zasnąć? Dziś i tak już nic nie wymyślimy. Jutro porozmawiam z Jarkiem. Ty pogadaj z Teo. Wszyscy musimy mieć oczy dookoła głowy.

– Masz rację.

Wstałem i wziąłem ją na ręce.

– Jezu, ile ty ważysz? – spytałem celowo, by trochę rozbić ten grobowy nastrój.

– Sześćdziesiąt kilogramów. Tyle co worek kartofli. Kiedyś prawdziwi faceci nosili takie z targu aż do domu – odpowiedziała ze śmiechem.

– Chwała Bogu, że żyję w takich czasach, w których Tesco wozi zakupy do chaty. Jak ja bym upolował orkiszową pizzę? Nawet nie wiem, gdzie to żyje.

Uśmiechnąłem się złośliwie i poszedłem do sypialni.

***

Wstałam pierwsza, wygrzebałam się spod ramienia chrapiącego Piotrka. Michał też jeszcze spał. Poszłam do kuchni zrobić śniadanie. Mieliśmy od zajebania rzeczy do załatwienia, ale kiedy wstawali rano i nie było co zjeść, zamieniali się w złośliwe zombi. Wiedziałam o tym doskonale, mieszkałam z nimi przez pięć lat w jednym akademiku. Wyjęłam największą patelnię, podsmażyłam cebulę i kiełbasę i zaczęłam wbijać jajka. Dziesięć. Wedle starej świeckiej tradycji. Michał wszedł do kuchni.

– Jakbym odmłodniał o dekadę. Od razu mi się niedziele w akademsie przypomniały.

– A pamiętasz, jak nam się uwaliło w głowach, że kiedy zjemy na śniadanie omlet, to zdamy egzamin, nawet jak nic nie umiemy? Tak było od czasu, kiedy cudem zdaliśmy ppg*, wtedy na śniadanie zrobiłam właśnie omlet. Ostatnio widziałam w knajpie doktora Kaniowskiego...

Postawiłam przed nim kawę. Michał uśmiechnął się szeroko.

– To ten, co nam pozwolił się konsultować między sobą, a jak trzeba było oddawać pracę, powiedział: kończcie tę flaszkę?

– Taaa. Ten sam.

– Lubiłem go. Był luźny. To on nazywał naszą grupę „kwiatem palestry", twierdząc, że na inne prawnicze zawody niż adwokat jesteśmy za durni?

– Nie on – powiedział Piotrek, wchodząc do kuchni.

Podszedł do mnie i ostentacyjnie złapał mnie wpół, po czym pocałował w szyję. Pokręciłam głową, nadal mieszając jajecznicę. Bawił mnie ten samczy wyścig.

– Tak mówił doktor z postępowania cywilnego, Adamowicz. Był sędzią. Miałem u niego sprawę w zeszłym tygodniu.

Podałam kawę Piotrkowi, który usiadł naprzeciw Michała i dalej opowiadał:

---

* Prawo publiczne gospodarcze.

– Powstrzymał się od uwag, ale kiedy zgłaszałem zastrzeżenie do protokołu z art. 162 kpc w związku z 207, 217 i 227 kpc, to się uśmiechał. Pewnie pamiętał, jak na egzaminie cudem dostałem trzy.

– Bo rzuciłam ci ściągę. – Postawiłam patelnię na stole i też usiadłam.

W tym właśnie momencie do domu wszedł mój mąż. Było to niespotykane zjawisko. Zwykle po nocy Black Jacka albo oblewał zwycięstwo, albo topił smutki po porażce. Trwało to co najmniej tydzień. Stanął w progu i patrzył na nas z niedowierzaniem. Natłok tych chorych wydarzeń, który ostatnio nastąpił, sprawił, że miałam ochotę wybuchnąć śmiechem.

* * *

Odwróciłem się do Andrzeja z uśmiechem. Nie znęcałbym się nad nim, ale w mig przypomniałem sobie, że poparzył ją kawą. Pamiętałem też, ile razy ją pocieszałem, kiedy odpierdalał swoje akcje.

– Siema. Zjesz z nami? – zapytałem dobrotliwie.

– Nie.

Najwyraźniej nie chciał się wdawać w kłótnię. Wcale mu się nie dziwię. Nas było dwóch, on sam.

Nawet nie wiem, w którym momencie zacząłem znowu uważać, że jestem w tej samej drużynie co Michał.

– Na kiedy ustawiłaś notariusza? – zapytał Andrzej, patrząc na Olkę.

– Na czwartek o siedemnastej – odpowiedziała, podając Michałowi tabasco. Od lat wrzucał je do wszystkiego. Nawet do jajecznicy. A ona oczywiście o tym pamiętała, jak o milionie innych nieistotnych szczegółów.

– To idę. Bawcie się dobrze. Zwłaszcza ty, kur…

Nie zdołał skończyć, bo Michał podniósł na niego wzrok.

– Skończ, śmiało – powiedział, zanim zdążyłem zareagować.

– Nie chce mi się.

Andrzej zaczął się wycofywać w stronę drzwi, ale nie darował sobie ostatniego tekstu:

– Będę miał o czym opowiadać na tym rozwodzie.

Tym razem ja wstałem.

– Piotrek… – usłyszałem głos Olki za plecami, ale Michał szybko ją usadził krótkim: „zostaw".

W tym momencie uświadomiłem sobie, że kompletnie nic między nimi nie ma oprócz koleżeństwa. Uśmiechając się szeroko, poszedłem za Andrzejem. Spieprzał tak szybko, że dorwałem go dopiero za drzwiami wejściowymi. Stanąłem w progu i patrzyłem na niego z pogardą.

– Gdzie się tak śpieszysz?

– Gówno cię to obchodzi – powiedział, wsiadając do auta.

– Jeśli chodzi o rozwód, o którym raczyłeś wspomnieć... – zacząłem.

– Dam jej go. Nie musisz mnie straszyć. Doskonale wiem, co robisz. Wiem lepiej niż Olka, bo dużo bywam na mieście i słyszałem niejedną historię. Nie mam zamiaru z tobą zadzierać. Martw się lepiej o swój rozwód – powiedział Andrzej.

– Grozisz mi? – Roześmiałem się głośno. Chyba nie był samobójcą? Andrzej popatrzył na mnie złośliwie.

– Nie, ale ostatnio spotkałem w sklepie Madzię. Powiedziałem jej, że się prowadzasz z Olką, ale nie uwierzyła. Powiedziała mi, że tylko ze sobą rozmawiacie i cytuję: „Być może jest w tym trochę flirtu, ale bezgranicznie mu ufam". A wy się pierdolicie pod jej nosem. Powinno ci być chociaż wstyd.

Wsiadł do auta i wyjechał na ulicę.

***

Piotrek wrócił jakiś markotny.

– Co się stało? – zapytałam od razu.

Wyczuwałam jego nastroje jak barometr. Zawsze tak było, dlatego kompletnie nie umiał mnie okłamać. Wiedział o tym, dlatego, kiedy nie chciał mi czegoś mówić, po prostu omijał temat. Kiedy zaczynał ściemniać, wiedziałam o tym, zanim skończył zdanie, dlatego też taktyka niemówienia niczego była wyjątkowo dobra. I… wyjątkowo wkurwiająca.

– Da ci rozwód, nie będzie robił problemów.

Piotrek usiadł i w milczeniu skończył jajecznicę.

Nie miałam zamiaru go przyciskać, zwłaszcza przy Michale.

– Dobra. Spadajcie. Mamy trochę do załatwienia – rzuciłam, wstawiając naczynia do zmywarki. – Mam spotkać się z Jarkiem za godzinę w Whisky. Załatwisz spotkanie z Teo? – zapytałam Piotrka. – Nie wiem, czy się wyrobię.

– Załatwię.

Błyskawicznie się przebrałam, wskoczyłam do samochodu i pojechałam w stronę centrum. Udało mi się nawet znaleźć miejsce parkingowe koło rynku. Cud nad cuda. Jak zawsze spóźniona, szybkim krokiem wbiegłam do Whisky i zobaczyłam Jarka, który spokojnie sączył kawę i wpieprzał krwisty stek. Pocałowałam go w policzek i zamówiłam sobie taki sam zestaw, tylko poprosiłam, by dobrze wysmażyli mięso.

– Wiesz, że dobrze wysmażony stek to nie stek? – Jarek otarł usta serwetką i odłożył sztućce.

– Wiesz, jak niewiele mnie obchodzi, co wypada, a co nie? Twój wyglądał, jakby zaraz miał zacząć muczeć.

Uśmiechnęłam się szeroko. A potem przypomniałam sobie, że wcale nie jest to lajtowy lunch i musimy omówić kilka nieprzyjemnych kwestii.

– Wszystko okej? – zapytałam poważnie.

– Zawsze jest okej, kiedy ja dbam – odpowiedział, śmiejąc się głośno.

– Słuchaj, z tobą mogę szczerze... Jest straszny kwas. Odjebano dwóch najbliższych współpracowników Piotrka, robi się nieciekawie. Jeśli chcesz się z tego wymiksować, to zrozumiem. Robisz za mnie większość roboty – powiedziałam z przekonaniem. Nie wybaczyłabym sobie, gdyby spotkało go to co ludzi „Orlątka".

Jarek spokojnie napił się kawy.

– A ty mi za to płacisz. Wiem wszystko, co się dzieje w mieście. Pierwszy żołnierz Orłowskiego pójdzie do umorzenia, jako przedawkowanie. Co będzie z drugim, to zobaczymy, jak się wyliże. Co ty masz z tym wspólnego? Muszę wiedzieć, żeby ci nie zaszkodzić.

– Nic – odpowiedziałam poważnie. – To były nasze stare sprawy, jeszcze ze studiów. Nie powinnam być z tym powiązana.

– Dobrze. Pamiętaj, jak działamy: ja jestem prokurentem spółek, ciebie w ogóle nie ma w KRS-ie. Wybronimy się. Ale idzie o dużą kasę, więc…

– Wiem. Będziemy się pilnować. Miej baczenie na wszystko, co ci nie pasuje do standardu.

– Wiem o tym. Nie mogę siedzieć dłużej, zjesz sama. Idę pracować, a ty się nie wychylaj. Tak poza protokołem: uważam, że puszczanie się z Orłowskim to nie jest najlepszy pomysł. On na ciebie nie zasługuje.

Jarek dopił kawę i wstał.

– Skąd …? – zapytałam, kiedy już wychodził.

– Z kątowni. Wrocław to małe miasto. Nie ukryjesz za wiele. Uciekam, Oluś. Daj znać, gdyby działo się coś złego.

***

Umówiłem się z Teo w Formie. Było to o tyle wygodne, że pod swój własny dom nie musiałem jechać autem. Zszedłem po okratowanych schodach i podszedłem do baru, gdzie Teo delektował się browarem w dziwnej butelce.

– Cześć – rzuciłem. – Co to za piwo?

Odwrócił butelkę w moją stronę. Na etykiecie widniała nazwa: Wbrew rewolucji i parę haseł: „Po co to komu", „Nie" i „dość" – maksymy życiowe Teo. Mimo woli wybuchnąłem śmiechem i zamówiłem takie samo.

– Miło mi, że któreś z moich szanownych współpracowników zechciało poświęcić dwadzieścia minut, by mi wyjaśnić, co tu się dzieje. – Teo nie krył irytacji.

– Na razie nic, co dotyczyłoby ciebie. Ktoś chce mi zaszkodzić – powiedziałem, odpalając fajkę.

Teo rozsiadł się wygodniej na barowym krześle.

– Normalnie powiedziałbym, że mam to w dupie i powinieneś sobie radzić, bo jesteś już duży, ale będę pomocny i owocny i zapytam: Co się, kurwa, stało?

– Pamiętasz Jacka?

– Jak przez mgłę. To ten gówniarz z twojego roku z bogatym tatusiem, który wylądował w psychiatryku po tym, jak zabił Bożenę w wypadku.

– Ten sam. Odpierdolił mi dwóch najważniejszych chłopaków w grupie.

– Twój problem, nie moja głowa. Zakończyłeś to?

– Tak – powiedziałem stanowczo. Choć wiedziałem, że to nie do końca zamknięty temat. Nie miałem teraz siły, by go wprowadzać w meandry moich spraw sprzed lat.

– No to mów normalnie, o co idzie? – Teo się wyluzował.

– Ktoś wmówił Jackowi, że całe zło, które go spotkało, to moja wina. Potem potwierdził mu to zabójstwem rodziców. O niczym innym nie marzył niż o rozjebaniu mi łba.

– A maczałeś palce w śmierci jego rodziców? – Teo zapytał takim tonem, jakby dociekał, co jadłem na śniadanie.

– Oczywiście, że nie.

– No to czemu się tym przejmujesz?

– Bo ktoś mnie chce udupić.

– Piotrek, wiele osób chce cię udupić, ale zasady logiki są nieubłagane. Pomyśl, geniuszu, kto inny chciał śmierci tych rodziców, komu mogło na tym zależeć.

W tym momencie zrozumiałem, co z Olką pominęliśmy i błyskawicznie zerwałem się z miejsca.

– Dzięki, Teo! Wypij moje piwo ! Muszę spadać!

– Co ja niby zrobiłem? – zapytał Teo.

Teraz nie miałem czasu mu tłumaczyć. Wyszedłem z knajpy i wybierając numer Olki, wypadłem na ulicę.

* * *

Siedziałam w Whisky, kończyłam stek i gapiłam się bezmyślnie na przechodzących po rynku turystów. Kompletnie nie wiedziałam, co ze sobą teraz zrobić. Kiedy zadzwonił mój telefon, poczułam się niemal wybawiona. Piotrek. Odebrałam w swoim stylu.

– Dzień dobry, przystojniaku.

– Gdzie jesteś?

– W Whiskaczu, Jarek przed chwilą poszedł.

– Jedź do domu i spakuj trochę rzeczy, jedziemy do Muszyny.

– Piotrze, gdybyś powiedział Las Vegas, Las Palmas albo inny las, to chętnie bym to przemyślała, ale Muszyna? – żartowałam, ale nie miałam pojęcia, do czego zmierza.

– Pakuj się i nie pierdol – rzucił tekst, który przekonał mnie, że sprawa jest z kategorii pilnych.

Godzinę później, kiedy akurat zasuwałam walizkę, wszedł do domu.

– Bożena pochodziła z Muszyny – zaczęłam zamiast przywitania. Zdążyłam przemyśleć sobie temat.

– Dokładnie. Teo mi uświadomił, że są osoby, które najbardziej na świecie chciały śmierci Jacka i jego rodziców. Pamiętasz, co rodzice Bożeny wyprawiali, kiedy umorzono postępowanie?

– Ojca pamiętam. Dostawał szału, matka – z tego co wiem – przeszła załamanie nerwowe. Nie znałam jej. Pamiętasz, nie było jej nawet na pogrzebie, bo nie była w stanie. No dobrze! Ale co to ma wspólnego z tobą? Ojciec Bożeny nie miał do ciebie żalu. Wręcz przeciwnie, pamiętam, że był ci wdzięczny. Kiedyś jak robił awanturę w akademiku, pamiętam, że krzyczał, że jako jedyny próbowałeś ją ratować.

– Właśnie dlatego chciałbym się dowiedzieć, co się zmieniło. Nie jest to raczej rozmowa na telefon.

Piotrek zabrał moją walizkę i razem ruszyliśmy do samochodu.

***

– Nie śpij, mów do mnie – powiedziałem, kiedy minęliśmy bramki.

Olka, jak to miała w zwyczaju podczas wszystkich podróży, umościła się wygodnie i już zbierała się, by przybić gwoździa.

– Nie będę. Myślę właśnie o tym, jakie to było kurewstwo. Tata Bożeny długo walczył o sprawiedliwość. Tylko że nie miał szans. Za duża dysproporcja zarobków, nawet na porządnego adwokata nie było go stać, a Jacusia, jak pamiętasz, bronił ówczesny wicedziekan.

– A ktoś ci kiedyś powiedział, że będzie sprawiedliwie?

Wjechałem na lewy pas i policzyłem w myślach do dziesięciu. Zaraz trafi mnie szlag. A4 i standard na tym odcinku: dwa wyprzedzające się tiry, jeden jechał dziewięćdziesiąt, a drugi dziewięćdziesiąt pięć kilometrów na godzinę… Wyprzedzały się przez dziesięć minut.

– Nie, co nie zmienia faktu, że działa mi to na nerwy. Dlatego czasem biorę takie sprawy za darmo.

– Kompletnie się nie nadajesz do naszego zawodu.

Tir z lewego pasa nareszcie zjechał, a ja przyśpieszyłem do 180. Tej prędkości zamierzałem się trzymać. Powinniśmy dojechać w pięć godzin.

– Dlaczego pracujesz za darmo? Ludzie na lekarzach nie oszczędzają, a na prawnikach zawsze. Mimo że może to mieć dla nich równie katastrofalne skutki.

– Wiem o tym, ale nic na to nie poradzę. Mam kasę z lewych biznesów, mogę jakoś odpłacić losowi, robiąc dla odmiany coś dobrego.

– Jesteś stuknięta. I masz koszmarne podejście do pieniędzy. Rozpierdolisz to wszystko, co wyciągniemy z karuzeli, w dwa lata.

– Nie, bo jak cię znam, to zmusisz mnie do jakiejś inwestycji – powiedziała, uśmiechając się do mnie.

– Oczywiście, że tak zrobię. Nie mogę patrzeć na to, jak odwalasz 50 Centa i zostawiasz po dwieście złotych w napiwkach. Masz jakiś problem z tymi pieniędzmi?

– Oprócz tego, że są kradzione?

Olka wyjęła telefon i zaczęła w niego klikać.

– Traktuj to jako zwrot tych złodziejskich podatków, które płacimy. Kurwa, trzydzieści procent.

– Ty to sobie wszystko potrafisz zracjonalizować, ale na razie podaruję nam odrobinę luksusu.

Wybuchnęła śmiechem. Popatrzyłem na nią z rozbawieniem.

– Czyli?

Odwróciła telefon w moją stronę.

– Zarezerwowałam nam właśnie apartament w hotelu Tlimek. Tysiąc złotych za dobę.

Strzeliła palcami w geście oznaczającym rozpierdalane pieniądze. Zacząłem się śmiać.

– A w normalnym pokoju to by ci korona z tego pustego łba spadła?

– Nie, ale obawiam się, że po tej rozmowie przyda nam się chwila w jacuzzi, a w tym apartamencie jest.

– Możesz mieć rację.

Dogoniłam dwa kolejne ścigające się tiry i zakląłem głośno.

***

O osiemnastej zaparkowaliśmy przed małym rozwalającym się domkiem w Muszynie. Na studiach byliśmy tu kiedyś po Bożenę. Zupełnie inaczej go zapamiętałam. Był mały, ale śliczny, odmalowany, z zadbanym ogródkiem... Trudno się dziwić, po takiej tragedii z pewnością życie jej rodziców zmieniło się diametralnie.

– Masz jakiś plan? – zapytałam Piotrka. Tak jak ja miał niewyraźną minę.

– Pełen spontan.

Podszedł do drzwi i zapukał. Zamiast dzwonka wisiało kłębowisko kabli. Czekaliśmy dobre pięć minut, zanim usłyszeliśmy, że ktoś gramoli się do wejścia. Drzwi otworzyły się, a ja ledwo poznałam pana Wacława. Nie mógł mieć więcej niż sześćdziesiąt lat, a wyglądał na osiemdziesiąt.

– Czego? – zapytał, patrząc na nas wilkiem.

– Dzień dobry, nie wiem, czy pan nas pamięta. Nazywam się Piotr Orłowski...

– Oczywiście, że pamiętam. – Jego twarz się ożywiła. – To ty próbowałeś ratować Bożenkę! A pani?

Przeniósł na mnie wzrok. Wolałam nawet mu nie wspominać, że też byłam na tej imprezie. I że nie byłam w stanie powstrzymać Jacka. Musiałam z tym żyć od dziewięciu lat, co było dostateczną karą.

– Byłam koleżanką Bożeny. Ola.

– Pamiętam, byłaś tu kiedyś, prawda? To było wtedy, kiedy Bożenka przyjechała mi pomóc, bo jej matka była w sanatorium.

– Tak, na drugim roku.

– Wejdźcie, proszę.

Otworzył przed nami drzwi. Miał na sobie stary, poplamiony podkoszulek i spodnie dresowe. Dom przypominał chlew. Dawno nie widziałam takiego burdelu.

– Proszę do salonu. Posuń się, Burek – warknął na psa, który przybiegł się przywitać. Od razu pochyliłam się do niego i zaczęłam go głaskać.

– Dobry piesek.

Podrapałam go za uchem i usiadłam na wskazanym fotelu. Strasznie śmierdziało fajkami, a kurz nie był wycierany co najmniej od roku. Wszędzie pełno było psiej sierści. Od razu pojęłam, że matka Bożeny z pewnością tu nie mieszkała.

– Co was sprowadza? – Pan Wacław wyjął paczkę papierosów i chciał nas poczęstować.

– Dziękuję, mam swoje – odpowiedziałam i zapaliłam. – Panie Wacławie, mamy pewien problem... – zaczęłam i popatrzyłam na Piotrka. Lepiej, żeby to on mówił.

– Będę z panem szczery. Widziałem się z Jackiem.

Ostrożną sympatię we wzroku Wacława zastąpiła furia.

– Gdzie jest ten skurwysyn? Powiedz mi, próbuję go znaleźć od trzech lat, odkąd opuścił szpital!

Spojrzeliśmy na siebie porozumiewawczo. Wiedziałam, że Piotrek zaryzykuje i powie mu prawdę. Nawet gdyby poszedł na policję, kto by mu uwierzył? Słowo faceta, który za wiele pił, na co wskazywały nie tylko jego przekrwione oczy, ale też kilka pustych flaszek na stole, przeciwko słowom dwóch adwokatów z Wrocławia. Nikt nie mówił, że przed prawem nie ma równych i równiejszych.

* * *

– Chciał mnie zabić. Mój kolega zabił jego – powiedziałem prawdę. Widziałem w oczach Wacława, jak radość miesza się z rozczarowaniem.

– Bardzo mi przykro, że nie mogłem sam tego zrobić, ale bardzo się cieszę, że nareszcie za to zapłacił. Tak jak jego rodzice. – Uśmiechał się z satysfakcją. Popatrzyłem mu w oczy.

– Szczerość za szczerość... Miał pan coś wspólnego z ich śmiercią?

Facet wstał i podszedł do barku. Wyjął z niego wódkę i nalał do trzech kieliszków.

– Prowadzę – powiedziałem, kiedy postawił jeden przede mną.

Olka złapała mnie za rękę:

– Ja pojadę – powiedziała natychmiast.

Wiedziałem, o co jej chodzi. Chciała, żebym z nim pił i zdobył jego zaufanie. Dobry plan.

Wypiliśmy po pięćdziesiątce. Zaraz po tym Wacław wypił też pięćdziesiątkę, którą nalał Olce, a potem szybko uzupełnił kieliszki.

– Kiedy dowiedzieliśmy się, że wychodzi ze szpitala, że jest zdrowy... Nie mogliśmy z żoną tego znieść... Pojechaliśmy do jego rodziców. Wielcy państwo w wielkiej willi. Zapytaliśmy ich, jak mogą spojrzeć sobie w oczy. Jak im się żyje ze świadomością, że ich synalek zabił nasz jedyny skarb, naszą ukochaną córeczkę...

W jego oczach stanęły łzy. Sam czułem, jak na rękach włosy stają mi dęba. Przerabiałem to samo jako piętnastolatek. Kiedy moją ukochaną młodszą siostrzyczkę potrącił śmiertelnie pijany gnojek. Mimo że minęło ponad siedemnaście lat i nauczyłem się z tym żyć, wiedziałem, że takiej straty nie da się wytłumaczyć. Nawet jeśli zabójca mojej siostry poniósł karę.

– Doskonale pana rozumiem – powiedziałem, a on najwyraźniej poznał po mojej minie, że nie ściemniam.

– Widzę, więc zrozumiesz też, że kiedy rozmawialiśmy z jego rodzicami, a oni zaczęli się śmiać i mówić nam, że mimo naszych starań nie udało nam się zniszczyć życia ich dziecku, wiedziałem już, że tacy ludzie nie powinni żyć. Po prostu nie powinni. Rozumiecie to? Moje dziecko leżało martwe w grobie, a oni mówili mi, że chciałem zniszczyć życie jej zabójcy! – Rzeczywiście nie mieściło mi się takie skurwysyństwo w głowie. – Gdyby to zrobiło moje dziecko jakiemuś innemu dziecku, to przepraszałbym jego rodziców na kolanach. A nie śmiał im się w twarz, ale to byli zapatrzeni w siebie i swojego jedynaka skurwysyny. Egoiści! Bożenka w ogóle dla nich nie istniała. Za biedna była. Zawsze jej mówiłem, że on się nią znudzi, ale była wpatrzona w niego jak w obrazek – pogrążył się we wspomnieniach. Chciałem wiedzieć, co się stało, więc nakierowałem go na właściwe tory.

– No i co pan zrobił?

* * *

– Wróciliśmy do domu. Żona cały czas płakała. Cały czas. Nie mogłem na to patrzeć. Dwa tygodnie później postanowiłem, że muszę zachować się jak ojciec. Wziąłem największy nóż, jaki miałem w domu, i pojechałem do Wrocławia. Czatowałem przez tydzień przed ich domem. Któregoś dnia była tam impreza, kiedy goście poszli, wszedłem do domu. Drzwi nawet nie były zamknięte. Siedzieli na kanapie, a ja ich zabiłem. Z zawodu jestem rzeźnikiem. Wiem, jak to się robi. Po trzy ciosy prosto w serce. – Wacław mówił spokojnie, głosem bez wyrazu. Nie było w nim słychać ani dumy z tego, co zrobił, ani wyrzutów sumienia. Opowiadał o tym tak, jak dziadek o zabijaniu ludzi podczas wojny… Jak o obowiązku.

– Ale po co te kartki? Te wysłane do szpitala psychiatrycznego? – zapytałam, bo kompletnie mi to nie pasowało.

– Wiecie o tym? – zapytał ze zdumieniem Wacław. – Nie kartki, kartka. Jedna. Moja żona wtedy już mocno szwankowała psychicznie. Wysłała ją bez mojej wiedzy. Potem mi się przyznała.

– Gdzie jest teraz pana żona? – zapytał Piotrek ostrożnie.

– Nie wiem. Wyprowadziła się rok później. Nie chciała się leczyć, miała obsesję na punkcie tego, by odnaleźć Jacka. Dręczyły ją wyrzuty sumienia. Ta kartka miała go zgnębić psychicznie, tymczasem on zniknął. Obwiniała się za to.

– Miała załamanie nerwowe?

– Tak, zaraz po śmierci Bożeny. Później leczyła się nawet w szpitalu, troszkę jej pomogli, ale ona wcale nie chciała się leczyć. Odkąd wyszła z domu, nie miałem pojęcia, co się z nią dzieje. Mówiła, że się do niczego nie nadaję i że sama znajdzie sprawiedliwość. Ją też zniszczył.

– Bardzo nam przykro – powiedziałam i złapałam jego dłonie w swoje.

– Mnie też. Dziękuję, że mi powiedzieliście.

Łzy płynęły po jego twarzy. Nie przestawał mówić:

– Świadomość, że ten gnojek gdzieś sobie spokojnie żyje, spędzała mi sen z powiek. Wpadnijcie jeszcze kiedyś, jeśli będziecie w pobliżu, ale teraz idźcie już. Jestem zmęczony.

Opadł na fotel. Szybko się zawinęliśmy i cicho zamknęliśmy za sobą drzwi.

***

Zaparkowała przed hotelem Tlimek oddalonym o dwa kilometry od domu pana Wacława. Przez całą drogę nie odzywaliśmy się ani słowem.

– Chodź, pogadamy w pokoju.

Olka wysiadła z auta. Wyjąłem walizki z bagażnika i poszedłem za nią do recepcji. Cały czas byłem zamyślony. Zameldowaliśmy się i wjechaliśmy na pierwsze piętro do apartamentu. Był niesamowicie odpieprzony: dwa pokoje, dwie łazienki. Olka od razu otworzyła barek, nalała nam do kieliszków wina i poszła do łazienki. Po chwili usłyszałem dźwięk lejącej się wody. Usiadłem w fotelu i patrzyłem tępym wzrokiem w kieliszek. Podeszła do mnie i przytuliła się.

– Kąpiel za piętnaście minut, milordzie.

– Biedny facet…

– Nie jesteś w stanie nic z tym zrobić. W przeciwieństwie do mnie przynajmniej próbowałeś temu zapobiec.

– Nie wiem, czy przez to tylko nie pogorszyłem sytuacji. Jacek powiedział, że wjechał w drzewo, kiedy usłyszał syreny.

– A ty mu wierzysz? Przecież on nigdy nie był niczemu winien. Powiedział to, żebyś zaczął o tym myśleć i miał wyrzuty sumienia. Klasyczna zagrywka psychopaty. Chyba nie dasz sobie tego wkręcić?

***

– Naprawdę tak myślisz? – Widziałam w oczach Piotrka, że go to gryzie. Za dużo brał sobie do głowy.

– Oczywiście – odparłam z całą pewnością siebie. – Jeśli w to uwierzysz, to będzie dokładnie tak, jak chciał Jacek.

Wzięłam do ręki kieliszek, poszłam do łazienki i postawiłam go na półce. Zdjęłam ciuchy i wpakowałam się do wanny, odpalając jacuzzi. Jezu, jak przyjemnie. Piotrek wszedł do łazienki kompletnie nagi, postawił swoje wino obok mojego, a potem ściągnął zegarek.

– Po co kupujesz sobie wodoodporny zegarek za grube banie, skoro i tak go ściągasz, zanim wejdziesz do wanny? – zapytałam, przymykając oczy.

– Ściągam go, kiedy mam zamiar się z tobą pieprzyć, żeby cię nie podrapał – powiedział, pakując się do jacuzzi.

Poziom wody gwałtownie się podniósł.

– Tak jakbym kiedyś narzekała, kiedy mnie drapiesz – wymruczałam, nie otwierając oczu.

– Znam cię kilka lat i nigdy bym nie pomyślał, że lubisz taki seks. – Przesunął obiema rękami po moich nogach.

– Jaki?

Zamiast odpowiedzi złapał mnie jedną ręką mocno za szyję, dociskając do krawędzi wanny. Drugą skierował między moje nogi. Dokładnie tak, jak uwielbiałam.

***

– Chcesz o tym posłuchać? Kręci cię to? – szepnąłem jej do ucha.

– Mhm – mruknęła, nie otwierając oczu.

– No to słuchaj uważnie, bo potem cię z tego przepytam.

Włożyłem w nią dwa palce i zacząłem nimi poruszać. Wygięła się, więc mocniej docisnąłem ją do wanny.

– Nigdy bym nie pomyślał – kłamałem bezczelnie, bo odkąd pierwszy raz spojrzałem jej w oczy, byłem tego pewien. – Że nie lubisz się kochać…

Otworzyła oczy i spojrzała na mnie ze zdziwieniem. Nie przestawałem ruszać palcami, dodatkowo dotykając kciukiem jej łechtaczki:

– …Za to bardzo lubisz… być dobrze pierdolona.

Uśmiechnęła się i ponownie zamknęła oczy.

– Lubię – nie zaprzeczyła, oddychając coraz szybciej.

Jeszcze nie. Jeszcze chwila.

– I wiesz co jeszcze lubisz?

– Nie wiem.

Znów zaczęła się ruszać, mocniej nabijając na moje palce. Dlatego przestałem.

– Piotrek! – warknęła.

– Czyli jednak słuchasz…

Pochyliłem się i wziąłem w usta jej sutek. Possałem go chwilę i przestałem. A potem spojrzałem na jej minę. Zaraz trafi ją szlag. Uśmiechnąłem się szeroko:

– Lubisz być zaskakiwana.

Błyskawicznie ją odwróciłem i wszedłem w nią od tyłu. Oparła się dłońmi o krawędź ogromnej wanny. Jęczała coraz głośniej. Złapałem ją obiema rękami w pasie z całej siły.

– Ała! – syknęła.

– I lubisz, jak trochę boli – powiedziałem prosto do jej ucha, ruszając się coraz szybciej. Odchyliła głowę i głośno krzyknęła, dochodząc. Chwilę później ja też skończyłem. Odwróciłem ją do siebie i uśmiechnąłem się cwaniacko, patrząc na jej nieprzytomne oczy.

– No, to teraz możemy się kąpać.

– Mydło wszystko umyje, nawet uszy i szyję – wymamrotała, sięgając ręką po stojący na półce żel pod prysznic. – Bardzo dobrze wiesz, co lubię. Chodź, umyję ci plecy. Zasłużyłeś.

Nalała trochę płynu na rękę i zaczęła masować moje barki.

* * *

Siedzieliśmy w hotelowej restauracji i jedliśmy śniadanie. Wzrok Piotrka był jakiś nieobecny. Wiedziałam, że zaraz powie mi coś, czego wcale nie chcę usłyszeć.

– Jutro wyjeżdżam z Madzią w góry. Na tydzień. Wspominałem ci o tym wypadzie po drodze do Warszawy. – Chciałem mieć już z głowy ten wyjazd. I tak na ten moment nie ma szans, by dowiedzieć się więcej. W zasadzie skończyły mi się tropy i pomysły. Będę musiał jakoś z tym żyć.

– A rzeczywiście, mówiłeś – spokojnie smarowałam bułkę masłem. – A ja ci wtedy powiedziałam, że jesteś jebnięty. Prawda?

– Mniej więcej tak to ujęłaś… Mam żonę, wiedziałaś o tym. O co ci chodzi?

– O nic. Mam męża, wiedziałeś o tym – idealnie sparodiowałam jego ton. – Chodzi mi tylko o to, że twoja żona jest nienormalna i powinno się ją leczyć. A ty powinieneś zacząć normalnie żyć.

– Oświadczasz mi się? – zapytał złośliwie.

– Nie mówię, że ze mną. Pewnie znajdziesz gdzieś ładniejszą, mądrzejszą, lojalniejszą, bogatszą, młodszą, zabawniejszą i lepszą w łóżku. Choć, szczerze mówiąc, wątpię. Chciałabym żyć ze świadomością, że nie marnujesz energii życiowej na tę laskę, bo ona na to po prostu nie zasługuje.

Uśmiechnęłam się cynicznie. Miałam świadomość swoich zalet, ale wiedziałam też, że nie jestem jak lody: nie każdy musi mnie uwielbiać i nie każdemu muszę pasować, a ludzi niezastąpionych po prostu nie ma.

– To nie jej wina, że zachorowała – powiedział ze spokojem. Jak na niego za dużym.

– Nie jej, ale, Piotrek, wszystko się da wyleczyć. Ale ile to już trwa? Załamała się po tej całej akcji z Michałem, więc ustąpiłeś i rozwodu nie było. Potem było chwilę dobrze, a potem znów miała jakieś chore akcje. I tak od pięciu lat. Od trzech, co ją widzę, to jęczy o dziecku. Żeż kurwa, słuchać się tego nie da, bo sama zachowuje się jak dziecko.

– To jest naturalne, że kobieta w jej wieku chce mieć dzieci. Nienormalne by było, jakby nie chciała.

Piotrek sięgnął po dżem.

– A więc to ja jestem teraz nienormalna?

– A nie chcesz mieć?

– Nie mogę mieć dzieci.

Drażniła mnie ta rozmowa.

– Dlaczego? – zainteresował się.

– Bo mnie wkurwiają – powiedziałam spokojnie, krojąc parówkę.

Nie powstrzymał się i wybuchnął śmiechem. Po chwili postanowił pociągnąć temat.

– To tak. Z biologicznego punktu widzenia – popatrzył na mnie uważnie – jest to po prostu nienormalne.

– A oprócz biologicznego punktu widzenia bierzesz pod uwagę, że jestem członkiem zorganizowanej grupy przestępczej pod twoim zajebistym kierownictwem? Poza tym mam męża hazardzistę i lubię się bawić. Gdybym chciała mieć w takiej sytuacji dzieci, to byłoby nienormalne.

– Niby tak, ale Madzia mówi, że to tak dojmująca potrzeba, że wszystko inne cię wtedy nie interesuje.

– Boże, skądś ty ją wyrwał? Ze szkoły dla perfekcyjnych pań domu?

– Z naszego roku. – Zachowywał spokój.

– Ale nie z naszej grupy. W naszej byli normalni ludzie, a ona była w jednej z tych wykręconych, sztywnych, z dwoma językami i dodatkowymi zajęciami, chuj wie z czego. W tych, co zalogowali się do systemu o dwunastej jeden, bo jak ja siadłam do kompa o dwunastej piętnaście, to miejsce było już tylko w naszej grupie.

– Wydawało mi się, że zanim podupadła na zdrowiu, to ją lubiłaś.

Piotrek popatrzył na mnie ze zdumieniem. Wstałam od stołu.

– Nie. Tolerowałam ją ze względu na ciebie. To znacząca różnica. Idę zapalić. Potem możemy jechać, powinieneś być w domu na piętnastą. W sam raz na obiadek.

Wyszłam z restauracji.

* * *

Nie miałem pojęcia, o co się tak ciska. Czasami kompletnie jej nie rozumiałem. W milczeniu spakowaliśmy się i zeszliśmy do samochodu. Kiedy tylko wsiedliśmy, zadzwonił jej telefon.

– No tak, tak jak mówiłam. Jutro u notariusza.

Najwyraźniej rozmawiała z mężem.

– Ile? Aha. Pomyślę.

Rozłączyła telefon.

– No i ile?

– Nie pytaj.

– Jesteś głupia, wiesz? Po co to robisz?

– A po co jedziesz z Madzią w góry? Dla świętego małżeńskiego spokoju. Najwyraźniej obydwoje mamy nierówno pod sufitem. Ale ja jutro złożę pozew i będę już krok przed tobą.

Niestety, miała sporo racji.

– Spróbuję z nią jakoś pogadać, ale cholera wie, w jakiej będzie formie.

– Nie próbuj. Rób albo nie rób, ale nie próbuj.

Czasem niesamowicie mnie wkurwiała. Przyspieszyłem.

– Dobrze, mistrzu Yoda.

Widziałem, że mimo złości uśmiechnęła się pod nosem. Za to z kolei ją uwielbiałem, absolutnie nie umiała się długo gniewać, a już na pewno nie na mnie.

– „Weź nie pytaj, weź się przytul" – zaśpiewałem równo z aktualnym hitem, który akurat leciał w radiu. Ta piosenka była tak rycerska, że miałem ochotę poprowadzić facetowi rozwód za darmo. Bankowo do niego dojdzie, jeśli będzie opowiadał kobiecie takie teksty jak te z piosenki.

– Weź nie pierdol – dorzuciła Olka, która miała w tym względzie podobne zdanie do mnie. Ryknąłem śmiechem.

– Co ci się nie podoba w tej romantycznej piosence? „Nie chcę przygód, ja ciebie mam. Największą przygodę, jaką zesłał mi Pan!".

– Tu się zgodzę. Takiej przygody już nie spotkasz – ryknęła śmiechem. – A poważnie mówiąc: weź, przestań. Nie można tak mówić kobiecie! Przecież to tak, jakby jej powiedział: rób, co chcesz, a ja i tak będę na każde twoje skinienie. Każda niby doceni, niby się uśmiechnie i da buziaka w policzek, ale naprawdę zacznie się zastanawiać, po co jej facet, przy którym wcale nie trzeba się starać.

– A ty się przy mnie starasz?

– Staram się? Mało powiedziane. Ja pielęgnuję twe ego niczym rzadki kwiat.

Zamrugała teatralnie oczami, nawiązując do kabaretu, który razem oglądaliśmy. Znów zacząłem rechotać.

Podróż upłynęła całkiem szybko, ale w miarę jak zbliżaliśmy się do Wrocławia, humory coraz bardziej nam opadały. W końcu w milczeniu podwiozłem ją przed dom.

– To co? Widzimy się za tydzień? – zapytałem po prostu.

– No tak. Nie zwariuj tam.

Pocałowała mnie szybko i wysiadła z auta. Zanim zdążyłem wysiąść, usłyszałem, jak otwiera bagażnik i wyjmuje swoją walizkę. Pojechałem w kierunku domu, zastanawiając się, czy jest możliwe, bym wytrzymał ten tydzień i nie wylądował w psychiatryku.

***

– Proszę podpisać, jeśli wszystko się zgadza.

Notariusz podsunął nam umowę rozdzielności majątkowej małżeńskiej. Widziałam, jak Andrzejowi trzęsie się ręka. Byłam pewna, że wczoraj mocno zaszalał. Przez chwilę zrobiło mi się go żal, ale potem przypomniały mi się ostatnie dwa lata i wyrzuty sumienia minęły jak ręką odjął. Podpisaliśmy i wyszliśmy z kancelarii.

– Dziś złożę pozew – rzuciłam, kiedy tylko minęliśmy drzwi.

Odpaliłam papierosa i głęboko się zaciągnęłam. Popatrzył na mnie ze złością

– Generalnie mam to w dupie. Nie spodziewałem się tego po tobie.

– Wiem doskonale, że się nie spodziewałeś. Inaczej nie odpłynąłbyś tak daleko, no nie? – Nie wiem, czemu chciało mi się jeszcze z nim gadać.

– Pamiętaj, że nie tylko ja jestem winny. Ja nadal jestem ci wierny.

– Mnie i mojemu kontu bankowemu, no nie? Czy ty w ogóle jeszcze pracujesz?

Uzmysłowiłam sobie, że dawno nie słyszałam, aby wychodził rano do swojego korpo.

– Jestem na długotrwałym zwolnieniu lekarskim. Zresztą to nie twoja sprawa.

Odwrócił się na pięcie i poszedł w stronę auta.

– A w kasynie wiedzą? – zawołałam za nim, ale nie raczył mi odpowiedzieć.

Najważniejsze, że z głowy. Nareszcie.

***

Jezu, Olka miała rację. Nie miałem pojęcia, jak tu wytrzymam. Spędziłem z moją żoną i jej wspaniałą opiekunką zaledwie dwadzieścia cztery godziny, a już czułem, że zamiast mózgu mam gąbkę. Najpierw było jej niewygodnie w samochodzie. Zdzisiek, którego zabraliśmy ze sobą, za głośno miauczał. Później obraziła się, że śpimy tylko w czterech gwiazdkach. Potem zaczęła marudzić, że pani Ala ma oddzielny pokój, by ostatecznie wydrzeć na mnie pysk, kiedy powiedziałem, że mogą zamieszkać razem, a ja wezmę jedynkę. Udało mi się na chwilę wyrwać z tej masakry, kiedy poszły do spa. Położyłem się na kanapie i drapiąc kota za uchem napisałem SMS do Olki: „Jak poszło?". Odpisała od razu, wysyłając zdjęcie dokumentu od notariusza. Pewnie znów siedziała z telefonem w ręce, uśmiechnąłem się pod nosem. Tylko kiedy była ze mną, to nie wyjmowała go nawet z torebki, kolejny znak, że mam absolutnie bezkonkurencyjną pozycję. „A jak u Ciebie? Górskie powietrze służy?" – napisała po chwili. Miałem ochotę zadzwonić i wszystko jej opowiedzieć, ale było mi głupio. Przecież powtarzała mi wielokrotnie, że ten wyjazd to nie jest najlepszy pomysł. „Bywało lepiej" – wystukałem szybko. „Biedne Orlątko" – odpisała, w załączeniu przesyłając mi zdjęcie swoich cycków. Wybuchnąłem śmiechem, a potem powiększyłem zdjęcie i bardzo długo oraz bardzo intensywnie o nim myślałem…

Po chwili usłyszałem głośny i piskliwy śmiech mojej żony na korytarzu. Jezu, jak on mnie drażnił. Odłożyłem telefon i ułożyłem się wygodniej na kanapie, udając, że śpię. Weszła do pokoju i zachowywała się jak gdyby nigdy nic. Tak jakby przez ostatnią dobę nie robiła wszystkiego, żeby mnie zamęczyć

– Piotrusiu! Zobacz, jaka jestem śliczna po tych zabiegach.

Zrzuciła szlafrok i stanęła przede mną naga. Wyglądała lepiej niż dobrze, ale po prostu nie miałem ochoty. To znaczy na nią, bo założę się, że gdyby była tu Olka, sprawy potoczyłyby się zupełnie inaczej.

– Jestem zmęczony. Już spałem i idę spać dalej – powiedziałem, wstając z kanapy.

– Ty wredny gnojku. – Rozpłakała się płaczem równie teatralnym jak wcześniejszy śmiech. W poprzednim wcieleniu musiałem być hitlerowcem, inaczej nie umiałem sobie wyjaśnić, czemu akurat ona mi się trafiła. Pogrążony w ponurych myślach poszedłem do sypialni. Odprowadzał mnie jej szloch. Kiedyś to na mnie nawet działało. Pewnie zacząłbym ją przepraszać, ale nauczony doświadczeniem wiedziałem, że takie zachowanie tylko nakręca ją do dalszych fochów. Ignorowanie to najlepsze, co mogłem zrobić w tym wypadku.

* * *

Po załatwieniu rozdzielności, unormowaniu sytuacji w grupie i wyjeździe Piotrka nieco zebrałam się do kupy. Pojechałam do kancelarii, pozałatwiałam najpilniejsze rzeczy i ogarnęłam wielki jak stodoła plik dokumentów z napisem: „poczta". Jarek kierował moim sekretariatem od lat i załatwiał większość spraw bez konieczności fatygowania mnie. Dysponował też pięćdziesięcioma kartkami in blanco z moim podpisem, który umiał również doskonale podrabiać, tak na wszelki wypadek. Istniało między nami absolutne i niezachwiane zaufanie. Kiedy tylko zgodziłam się na propozycję Piotrka, by działać w grupie, wiedziałam, że bez Jarka tego nie ogarnę. To on pilnował słupów, był prokurentem spółek, zajmował się brudną robotą.

– Dzień dobry, pani mecenas. Jak miło, że zechciała nas pani odwiedzić – powiedział, wchodząc do mojego gabinetu.

– Dzień dobry, panie Jarosławie. – Uśmiechnęłam się szeroko. – Jak nam idzie?

– Idzie nam jak zawsze bardzo dobrze. Orłowski ogarnął swoje problemy?

– Tak, wszystko się wyprostowało.

– To dobrze, powoli musimy kończyć i zamykać to w cholerę. Jeszcze chwila i ktoś się sczai.

– Jesteśmy na końcówce. Jeszcze dwa, trzy miesiące i zaczynamy myśleć o nowych inwestycjach.

– Wcale nie będę za tym tęsknił.

Jego mina wskazywała na coś kompletnie przeciwnego. Wziął pocztę i poszedł w kierunku drzwi. Wyjęłam telefon i napisałam do Piotrka. Nie odzywał się trzy dni i choć na początku stwierdziłam, że sam tego chciał, to teraz zaczynałam się martwić. „Wiesz, czemu rozwody są takie drogie?" – napisałam i dołączyłam zdjęcie pozwu, który złożyłam dwa dni temu. Odpisał po chwili: „Bo są tego warte". Zaledwie po minucie dodał: „Chciałbym, żebyś tu była". Nie mogłam się powstrzymać: „Zamiast pani Ali czy Madzi?". Odpisał: „Zamiast obu. Niedługo wracam. Będziesz brana. Pod uwagę :P". Wbrew sobie wybuchnęłam śmiechem.

***

– Madziu, mam pewną propozycję – rzuciłem czwartego dnia pobytu. Bardzo się dziwiłem, że jeszcze nie osiwiałem. Czułem się, jakby to były cztery tygodnie, miesiące, lata, dekady.

– Słucham, Piotrusiu. Czy chodzi o dziecko? – zapytała z ciekawością.

Powstrzymałem się ze wszystkich sił, żeby nie zawyć.

– Nie. Chodzi o twoje zdrowie, które jest dla mnie najważniejsze – powiedziałem spokojnie i przybrałem najbardziej dyplomatyczny ton, na jaki było mnie stać. – Co byś powiedziała, żeby zostać tu z panią Alą przez miesiąc? Obok jest bardzo dobra klinika na najwyższym poziomie, może nareszcie ktoś coś poradzi na te twoje dolegliwości.

– A kiedy już mi się polepszy, wrócimy do tej rozmowy o dzieciach?

Popatrzyła na mnie z nadzieją. Jezu, czułem się jak kompletny chuj.

– Oczywiście. To jak? Zostaniesz?

– Dobrze. Podoba mi się tu. Bardzo potrzebuję wypoczynku. Naprawdę ogarnianie domu nie jest takie proste, jak by się wydawało – powiedziała ze śmiertelną powagą.

Ugryzłem się w język, by nie zapytać, co w tym takiego trudnego, skoro ma opiekunkę i sprzątaczkę. Nie miałem zamiaru z nią dyskutować. Chciałem stamtąd jak najszybciej uciec.

– Dobrze więc. Wszystko jest załatwione. Możecie zostać tu jeszcze trzy dni albo już jutro przenieś się do kliniki, ja muszę wracać do Wrocławia. Co wybierasz?

– Jak do Wrocławia? Miałeś być jeszcze trzy dni!

– Wiem, kochana, ale mam alarm w kancelarii – skłamałem bezczelnie. Nie wiem, czy zniosłaby prawdę: jeśli będę tu dłużej niż kwadrans, to cię zabiję. – Zostawiam kota. Przy klinice jest hotel, w którym będzie mieszkała pani Ala. Można tam trzymać zwierzęta.

– Co ty sobie wyobrażasz? Jeśli teraz wyjdziesz, to możesz w ogóle nie wracać! – wydarła się teatralnie, wskazując ręką drzwi.

Na to byłem przygotowany, znałem ją od lat.

– Urzekła mnie twoja histeria – rzuciłem, zabrałem walizkę i wyszedłem.

***

– U mnie za godzinę – usłyszałam w słuchawce głos Piotrka. Jechał samochodem.

– Założyłam się sama z sobą, że nie wytrzymasz. Przywiozę szampana.

Roześmiałam się głośno. Był wkurwiony, ale wiedziałam, że szybko go rozbawię.

– Bardzo śmieszne. I co wygrałaś?

– Talon – oznajmiłam spokojnie.

Był tak skonany, że nie skumał. Słyszałam w jego głosie, że nie wie, o co chodzi.

– Jaki talon? – zapytał zdziwiony.

– Na kurwę i balon – roześmiałam się głośno.

Ryknął śmiechem i poczułam, że zeszło z niego napięcie, bo zdobył się na nieco szczerości i samokrytyki.

– Tylko się nie spóźnij. Przerosła mnie ta ekspedycja.

– A mogę nocować?

Jakoś nie chciało mi się przebywać z Andrzejem pod jednym dachem, a wiedziałam, że wyprowadzenie go z domu to nie będzie ani łatwa, ani przyjemna historia.

– Nawet przez miesiąc. Zostawiłem ją w górach – mówił przez zęby.

Musiała dać mu mocno w kość.

– Brawo, jestem z ciebie bardzo, bardzo dumna – powiedziałam przymilnym głosem. – Mogę robić za twojego niewolnika przez – zastanowiłam się – powiedzmy trzy dni. W uznaniu dla twej bohaterskiej decyzji.

– Uważaj, o czym marzysz.

Roześmiał się i zakończył połączenie.

***

Obudziłem się i przeciągnąłem. Fajny wieczór, fajna noc, normalny sen. Tak inne od mojej rzeczywistości i od ostatnich popieprzonych kilku dni. Chciałem objąć Olkę, ale nie było jej w łóżku. No tak. Wczoraj wspominała, że rano musi lecieć do kancelarii. Spokojnie wstałem, wykąpałem się i zrobiłem śniadanie. Potem zacząłem kombinować, jak by umilić nam dzień. Nie rzucałem słów na wiatr i doskonale wiedziałem, że skoro sama wyrwała się z tym niewolnikiem przez najbliższe trzy dni, po prostu nie dam jej o tym zapomnieć. Popracowałem trochę, a koło 13:00 napisałem do niej wiadomość: „Wyślij mi jakieś świńskie zdjęcie. Takie, które wynagrodzi mi to, że nie mam niewolnika, a miałem mieć :P". Odpowiedź nadeszła błyskawicznie: „Zapomnij. Jestem zajęta w chuj".

Nie wiedziałem, czy się ze mną droczy, czy nie i w zasadzie niewiele mnie to obchodziło. Uśmiechnąłem się szeroko i wystukałem jeszcze bardziej obcesowy tekst: „Zawijaj dupę do kibla i rób, co mówię, bo gorzko tego pożałujesz. Przecież oboje wiemy, że nie ma dla Ciebie ważniejszej rzeczy niż to, żebym Cię dobrze, mocno, długo i w różnych pozycjach pierdolił". Czasami było mi głupio za te teksty, ale dobrze ją znałem. Lubiła takie elementy gry wstępnej. Ja też. Dlaczego więc miałbym nas tego pozbawiać? Po chwili usłyszałem dźwięk SMS-a: „Pierdol się :*”. Nie wierzę! Oszołomiony gapiłem się w telefon. O ty małpo – pomyślałem, zawijając kluczyki ze stołu i pobiegłem do samochodu.

* * *

Weszłam do toalety i stanęłam przed lustrem. Byłam cholernie podniecona. No i czego się szczerzysz do lustra? – zbeształam się w myślach. Uwielbiałam takie gry, ale w kancelarii miałam taki dym, że nie mogłam się tym teraz zajmować. Wytłumaczę mu, kiedy wrócę do domu, postanowiłam.

– Idiotka. No klasyczna napalona idiotka – powiedziałam półgłosem, zerkając na zegarek. 13:45. Za pół godziny mam klienta. Odkręciłam zimną wodę. Poczekałam, aż strumień zrobi się lodowaty. Dopiero wtedy opłukałam twarz. – Opanuj się kretynko. Nie jesteś małolatą – prowadziłam monolog.

W tym momencie drzwi zaczęły się otwierać.

– Zaję… – zaczęłam, ale nie skończyłam, bo prawie wylądowałam twarzą na ścianie, w ostatniej chwili opierając się na rękach.

– Widzę – syknął mi prosto do ucha.

– Kurwa, Piotrek. Mam dym, pojmujesz? Nie ma takiej opcji. Nie będę robić żadnych zdjęć... – warknęłam wściekle, ale już wiedziałam, że podoba mi się ta gra i że w nią zagram... Zwłaszcza że miał zupełnie inny niż zwykle głos. Robił to na chłodno i zimno, bawił się. Też postanowiłam wczuć się w rolę.

– Teraz to będziesz robić znacznie więcej. Co mi kazałaś? Pierdolić się? Tylko że ja wolę pierdolić ciebie – odpowiedział spokojnie i przycisnął mnie do ściany.

– Zapomnij – stęknęłam, opierając policzek o kafelki. Czułam chłód na twarzy i wściekły żar w dole brzucha, który rozchodził się po moich ramionach, plecach, udach i podbrzuszu. Zwłaszcza podbrzuszu...

– Mówiłem ci już wielokrotnie, że jakkolwiek to zrobimy, i tak ja wygram. To po co się szarpiesz? Tak właśnie wyglądają relacje pan–niewolnik – powiedział mi prosto do ucha.

– Będę krzyczeć – zagroziłam.

Wiedziałam, że nie będę. Z pewnością zleciałoby się całe piętro, a raczej nie chciałam, żeby zobaczyli mnie z nabrzmiałymi ustami i nieprzytomnym wzrokiem. On o tym nie wiedział. Taka gra.

– Nie wątpię.

Złapał w jedną rękę moje włosy i owinął sobie wokół nadgarstka. Syknęłam, czując szarpnięcie, i mimowolnie odchyliłam głowę do tyłu. Mówił dalej:

– Ale na twoim miejscu bym to przemyślał. Na razie zaledwie mnie poirytowałaś, wiesz, że łatwo się wkurwiam.

– Pomo... – zaczęłam na wszelki wypadek niezbyt głośno.

Natychmiast zakrył mi ręką usta. Puścił moje włosy i uderzył mnie drugą ręką w tyłek. Poczułam, jak jeszcze bardziej się rozpływam. Powinnam się leczyć.

– Chcesz mieć powód do krzyków, to ci go dam – powiedział mi cicho prosto do ucha.

– A umiesz? – Nie mogłam powściągnąć języka i zacytowałam jego tekst z naszej pierwszej wspólnej nocy.

Zaśmiał się.

– Sprawdzimy.

Podwinął moją sukienkę i przejechał ręką po linii pończoch.

– Strasznie sucze te pończochy. Założyłaś je do pracy, bo chyba liczyłaś, że wpadnę – skomentował.

Poczułam zanurzające się we mnie palce. Pięknie. Teraz to trudno będzie mi udawać, że ta cała sytuacja mnie nie rajcuje.

– To dla pana Ryśka z portierni – jęknęłam, starając się być dzielna, choć doskonale wiedziałam, że już po mnie.

– Uprząż też? – zapytał, strzelając czarnym paskiem, który wynurzał się z mojego dekoltu. Lubiłam staniki z ozdobami, on też. Dlatego miałam go dziś na sobie i wcale tego nie żałowałam. Kurwa. Nie wytrzymam tego. Chyba zauważył, że zachwiałam się na nogach, bo obrócił mnie przodem do siebie, złapał za ręce, podniósł do góry i przycisnął je do ściany. Drugą ręką chwycił moje piersi. Mocno. Bardzo mocno. Jego palce dotykały sutków. Zaczęłam tracić nad sobą kontrolę, a co gorsza ten skurwysyn doskonale to widział. Rozpiął rozporek i podniósł mnie po ścianie do góry, a potem opuścił na siebie jednym ruchem. Nawet nie zdawałam sobie sprawy, jak głośno jęknęłam. Nogi mi drżały. Zaczął mnie rżnąć. Tak jak lubił – szybko, mocno, pewnie, rytmicznie, nie zwracając uwagi na to, czy mi się to podoba, czy nie. Żeby się nie drzeć, ugryzłam go w szyję, zaciskając jednocześnie na nim mięśnie.

– Tak szybko? Nawet się nie mogę przy tobie rozkręcić – powiedział, wychodząc ze mnie. – Na kolana. – Głucha jesteś?

Pociągnął mnie w dół. Poczułam jego rękę we włosach, a następnie mocne szarpnięcie. Mrużąc oczy, spojrzałam na niego i posłusznie objęłam go ustami. Poczułam, jak przyśpiesza, łapiąc mnie za tył głowy. Po chwili doszedł, a ja połknęłam wszystko, patrząc mu prosto w oczy.

Odsunął się ode mnie i poprawił ciuchy. Potem podał mi rękę i pomógł wstać. Uśmiechnął się zimno.

– Za chwilkę masz klienta. Popraw makijaż, bo chyba się trochę rozmazałaś.

Odwrócił się i ruszył do drzwi. Za dużo tego było i za mrocznie. Nie mogłam się powstrzymać i pokazałam środkowy palec jego plecom. Nie przewidziałam tylko, że zobaczy to w lustrze.

– Za ten palec… będzie następna kara – powiedział, wychodząc z łazienki.

* * *

Wooow. Oparłem się o ścianę obok drzwi. Dobre to było. Uśmiechnąłem się pod nosem. To nazywam właśnie dobrą przerwą obiadową. Czekałem, aż Olka wyjdzie, ale coś długo jej nie było. Byłem pewien, że rozumie, że to zabawa, ale po tej wariatce nigdy nie było wiadomo, czego się spodziewać. Wszedłem do toalety. Stała nad umywalką, wpatrując się ponuro w lustro. Rozczuliła mnie – dokładnie tak jak myślałem. Chciałaby być twardsza, niż jest. Podszedłem do niej i mocno objąłem ją od tyłu.

– Co jest, Oleńko? W ogóle nie umiesz się bawić, co?

Pocałowałem ją w skroń. Nasze spojrzenia skrzyżowały się w dużym lustrze,

– Umiesz zachować się jak wredny, zimny skurwiel – powiedziała spokojnie. Jej ton nie był oskarżycielski.

– To dla ciebie nowość? – zapytałem bezczelnie.

– Wobec mnie? Tak – powiedziała i zaczęła myć ręce.

– Nie podobało ci się? Czy znów za dużo myślisz?

– Podobało... – powiedziała powoli. – Ale nie wiem, czy chcę powtarzać.

Odwróciła się w moją stronę.

– Dawaj majtki, to zastanowię się, czy nie skrócić o dzień twojej służby – rzuciłem wesoło. Ona też się uśmiechnęła. Widziałem, że najwyraźniej uświadomiła sobie, że to nadal ja. Choć w nieco innej roli. Podciągnęła spódnicę i seksownym ruchem zdjęła majtki, potem wcisnęła mi je do kieszeni marynarki, pocałowała w policzek i złapała za klamkę.

– Coś czuję, że zaraz udzielę jednej z najbardziej entuzjastycznych porad prawnych w moim życiu.

Wychodząc, puściła do mnie oczko. Już zrozumiałem. Od początku wiedziała, że to gra, ale kiedy przegrała z kretesem, musiała dać mi popalić w inny sposób i nieco mnie przestraszyć. Wariatka – uśmiechnąłem się, wpatrując w majtki. Wiedziałem, że to będzie dobry miesiąc...

Miesiąc później

Otworzyłam oczy i przez jedną jedyną sekundę było normalnie. Zaraz potem dotarło do mnie, że wpadające do pomieszczenia słońce przebija się przez kraty. Kurwa, nie mogę o tym myśleć, nie mogę, bo się załamię. Mijało właśnie czternaście dni od mojego aresztowania. Czternaście pierdolonych dni, w trakcie których wyjebało się do góry nogami wszystko, co myślałam, że wiem o życiu. O więzieniu. O ludziach. W celi oprócz mnie były trzy kobiety. Jedna zabiła męża, który od lat się nad nią znęcał. Kiedy wylał jej na głowę piwo za to, że „znów" miała skwaszoną minę, nie wytrzymała i po prostu wjebała mu między żebra nóż, którym kroiła ciasto. W sumie wcale jej się nie dziwiłam. Babka była pielęgniarką. To była jedyna normalna osoba w tym pojebanym miejscu. Opiekowała się mną przez pierwsze parę dni. Pozostałe dwie były kompletnym szczytem patologii. Nie wiedziałam, za co siedzą i niewiele mnie to obchodziło. Były brudne, śmierdzące, nie umiały sklecić poprawnie ani jednego zdania. Jadły jak świnie i wszędzie robiły syf. Na początku nie chciałam się w nic mieszać i o niczym wiedzieć. Mimo strachu zachowywałam wyniosłą minę i specjalnie się nie spoufalałam. Przez pierwsze trzy dni byłam w czymś, co Dorota – pielęgniarka, określiła mianem szoku bojowego. Powiedziała, że mi przejdzie, i miała rację. Zaczynałam się oswajać z nową rzeczywistością. Człowiek jest jak świnia, do wszystkiego jest w stanie się przyzwyczaić. Jeszcze nie podniosłam głowy, a już usłyszałam, jak te dwie debilki wyżywają się na Dorocie. Miały przewagę, bo były we dwie, a założyły, że będę neutralna. Taki był plan, ale nie wzięły pod uwagę mojego charakteru. Nienawidziłam znęcania się nad słabszymi. Kiedy zaczęły rozrzucać po celi rzeczy Doroty, powoli podniosłam się z pryczy. Bez słowa podeszłam do rozwalonych ciuchów jednej z nich. Z trudem hamując obrzydzenie, zabrałam je i udałam się w stronę kibla. Dopiero wtedy zorientowała się, co jest grane, bo wcześniej była zajęta wyśmiewaniem zdjęć dzieci Doroty, które zabrała znad jej pryczy.

– Ej, szmato, zostaw moje rzeczy! Co ty robisz?

Ruszyła w moją stronę, ale już zdążyłam wrzucić wszystko do kibla. Potem z pełnym satysfakcji uśmiechem zaczęłam spuszczać wodę.

– Pranie robię.

Podeszła bliżej i się zamachnęła. Była jednak gruba i średnio skoordynowana, a ja kondycję miałam akurat bardzo dobrą. Odsunęłam się, a ona wywróciła się na ziemię. Doskoczyłam do niej, złapałam za włosy i zbliżyłam jej twarz do toalety.

– Patrz, kurwa. Tak się robi pranie. Trochę wody, trochę mydła i śmierdzące rzeczy zamieniają się w pachnące. Nie wiem, jak tu było, zanim się zjawiłam, ale teraz jestem i jak nie chcesz mieć, kurwa, takiego prania robionego z regularnością szwajcarskiego zegarka, to się ogarnij. Wiesz, do czego służy miska i woda? Póki ze mną mieszkasz, a pewnie pomieszkasz długo, bo jak wiesz, mam zarzut zorganizowanej grupy, nie chcę widzieć tu syfu. A jak jeszcze raz usłyszę, że dokuczasz Dorocie, to dodatkowo umyję ci włosy. Też w kiblu! Dotarło?

Spojrzałam jej w oczy.

– Tak – powiedziała ze strachem.

Tak jak myślałam, była cwaniarą tylko w starciu z osobą tak łagodną jak Dorota. Puściłam jej głowę.

– Bardzo mnie to cieszy. Wypierdalaj do siebie.

Wstałam i poszłam umyć ręce. W tym momencie otworzyły się drzwi do celi.

– Tredel, widzenie! – wydarł się strażnik.

Nawet nie pytałam kto. Czternaście dni od aresztowania. Pierwszy możliwy termin, kiedy Lilka mogła się ze mną spotkać bez asysty prokuratora i policji.

* * *

Kinga weszła do budynku zlokalizowanego zaraz obok lotniska w Gliwicach. W sezonie członkowie klubu nocowali w nim, kiedy trwało szkolenie. Teraz był wolny, a dzięki uprzejmości Bartka mogłem się tu zamelinować. Tak też zrobiłem. Mieszkałem tu dwa tygodnie, cały czas kombinując. Czekałem na wieści, które przekazywała mi Kinga. Na razie niewesołe.

– Puk, puk.

Wstałem z materaca.

– Cześć, Kinga. Powiedz, że masz coś lepszego niż dotychczas?

Do tej pory opowiadała mi o idealnie zakrojonej akcji prokuratury, która jak po sznurku zgarniała wszystkich z mojej grupy. W zasadzie oprócz mnie nikt się nie ostał.

– Dziś rozraduję twoją twarz jak Dzwoneczek, Piotrusiu Panie.

Postawiła na stole plastikowy pojemnik z jedzeniem i sztućce:

– Szamaj.

Dwa razy nie musiała powtarzać. Zabrałem się do ogromnej porcji pierogów.

– Dziś „Klęczki"* opuścił Jarek.

– Jarek od Olki? – zapytałem zdziwiony. – Jakim cudem? Pękł?

– Nie. Zażalenie obrońcy było skuteczne, uchylono mu areszt ze względu na guza mózgu.

– On nie ma żadnego guza mózgu, jest zdrowy jak koń!

– I mądrzejszy od was wszystkich razem wziętych. – Kinga się uśmiechnęła. – Był wczoraj u Lilki, by zapytać, jak może pomóc. Od początku gromadził bardzo przekonującą dokumentację medyczną. Znalazł faceta z guzem mózgu i płacił mu ogromną kasę za wszystkie dokumenty. Biegły nie miał żadnych wątpliwości – 259 kpk § 1.

---

* Więzienie przy Kleczkowskiej.

– Jeżeli szczególne względy nie stoją temu na przeszkodzie, należy odstąpić od tymczasowego aresztowania, gdy pozbawienie oskarżonego wolności spowodowałoby dla jego życia lub zdrowia poważne niebezpieczeństwo – dokończyłem z pamięci.

Dobry był. Olka zawsze twierdziła, że Jarek nie pęka i miała sto procent racji.

– *Exactly*. Oczywiście, jak to Jarek, zrobił rozeznanie w więzieniu. Był izolowany od Olki, nie było opcji, żeby się porozumieli, ale znalazł dojście do jednego ze strażników, który bierze łapówki.

– Mogę mu dać nawet milion, ale przecież jej nie wypuści.

– Wypuścić nie wypuści, ale można jej co nieco przekazać. Lilka dzwoniła, że zjawił się u niej jakiś CBŚ. Michał Grosicki. Nie chciała z nim gadać, ale powiedział jej, żeby potwierdziła u ciebie, że się znacie. Obiecał wpaść do niej jutro.

– To nasz kolega ze studiów. Nie poszedł z nami na aplikację, dlatego go z Lilką nie znacie. Długo nie miałem z nim kontaktu, ale jest pewny, może z nim gadać. Pewnie też chce pomóc, jeśli nie mnie, to z pewnością Olce.

– No to świetnie. A co ty porabiałeś?

– Nic mądrego. Przeszedłem to lotnisko siedemset razy, nadal nie mam pojęcia, co mogło się stać. Leży tylko moja grupa. Nie słyszałem o żadnych aresztowaniach w innych częściach kraju.

– Nie chcę znać szczegółów, ale mój facet jest prokuratorem i wiem, że na Śląsku nic nadzwyczajnego się nie dzieje w związku z VAT-em.

– Twój facet jest kim? – zapytałem zszokowany. – Prowadzasz się z czerwonym i przywozisz mi obiady? Słyszałem, że na ten moment jestem najbardziej poszukiwaną osobą w tym kraju.

– Nie jesteś z jego terenu, jest lokalnym patriotą – uśmiechnęła się – nawet gdyby wiedział o twoim istnieniu, a nie wie, to miałby na to wyjebane. Jest cięty na inny rodzaj przestępstw.

– Aaa, ma misję. – Uśmiechnąłem się.

– Coś tędy.

Kinga wyjęła z kieszeni telefon.

– No to co, dzwonimy? Jesteś gotowy?

– Tak.

Odłożyłem sztućce na pusty talerz.

***

Weszłam do sali widzeń, poczekałam, aż strażnik mnie rozkuje i wyjdzie. Byłyśmy same. Na szczęście. Momentalnie w oczach stanęły mi łzy i rzuciłam się Lilce na szyję.

– Jezu, jak dobrze cię widzieć – wyłkałam, przytulając się do niej.

– Jest tak źle? – zapytała ze współczuciem. – Nie radzisz sobie?

– Radzę, radzę.

Puściłam ją i usiadłam na krześle.

– Zgrywam cwaniaka, tu się inaczej nie da, ale jak cię zobaczyłam... Opowiadaj, zanim się kompletnie rozkleję.

– To ty opowiadaj. Masz jakieś problemy pod celą? Jarek wczoraj wyszedł, ale załatwił nam jednego gada, jak coś, to mogę spróbować jakoś pomóc.

– Nie, nie ma problemu. Jak już wspomniałam, tu sobie poradzę. Wyszedł na te lewe papiery medyczne?

– Wiedziałaś o tym?

– Tak.

– Czemu nie załatwiłaś sobie podobnych? – Lilka popatrzyła na mnie z przyganą.

Dobre pytanie. Zadawałam je sobie od dwóch tygodni.

– Nie wiem, nie zakładałam, że mnie zamkną. Jakbym wiedziała, że się wypierdolę, tobym się położyła – powiedziałam.

Głupie wytłumaczenie, ale trzeba było przyjąć taką taktykę, w przeciwnym razie leżałabym na pryczy i płakała, pytając sama siebie: „Dlaczego tego nie przewidziałam?”.

– Co z Piotrkiem? – Szybko zmieniłam temat.

Mimo iż byłyśmy same, Lilka zasłoniła usta dłonią tak, aby nie można było na kamerze odczytać z ruchu warg, co mówi.

– Jest bezpieczny. Kinga się o niego troszczy.

Ulga, którą poczułam, była niesamowita. Wybuchnęłam śmiechem. Fuksiarz i dziecko szczęścia, wiedziałam, że mu się uda.

– Tylko niech się o niego za bardzo nie troszczy, bo jak wyjdę, to ją odwiedzę – powiedziałam ze śmiechem.

– Coś ty, nic się nie martw. Jak ostatnio ją widziałam, była na zabój zakochana i raczej nic się w tym względzie nie zmieniło. Fajny ten jej Łukasz. À propos fajnych facetów… Był u mnie wczoraj jeden CBŚ…

– Michał? – zapytałam z nadzieją.

– Tak się przedstawił. Mówił, że mam go zweryfikować u ciebie i Piotrka i potem wrócimy do dyskusji.

– Wysoki, ciemnozielone oczy, zajebiste mięśnie, brązowe włosy i uśmiech jak milion dolarów?

– Tak.

Zauważyłam, że na Lilce też musiał zrobić wrażenie.

– No to masz moją weryfikację. Może on coś wymyśli.

– Oby, bo ja, kurwa, nie mam żadnych pomysłów wobec tego jebanego świadka incognito.

***

– Halo, halo.

Kinga na wszelki wypadek dzwoniła przez WhatsAppa. Wszyscy mieliśmy pierdolca na punkcie ewentualnych podsłuchów. Trudno się dziwić. Polska była pod tym kątem w światowej czołówce.

– No hej – usłyszałem głos Lilki. – Byłam u niej. Trochę się przy mnie rozkleiła, ale radzi sobie świetnie. Jak wychodziłam z sali widzeń, to mi nawet na wesoło opowiedziała, że zaczęła już robić porządek w celi, bo jakieś pindy znęcały się nad inną osadzoną.

Poczułem niewyobrażalną ulgę. Cała Olka.

– Ma jakieś pomysły? – Kinga rzuciła do telefonu.

– Co do świadka incognito?

– Nie, na to, kto zagra następnego Bonda. – Kinga nigdy nie była specjalnie cierpliwa.

– Żadnych.

– Myślałaś o jej mężu?

Kinga rzuciła pomysł, który raz czy dwa przeleciał mi przez głowę, ale Andrzej był na to za cienki i gówno wiedział. Przynajmniej takie robił wrażenie.

– Masz spaczony obraz małżeństwa, Kinguś. Oczywiście, że myślałam, ale nie sądzę. A nawet jeśli, to co? Przecież go nie odjebię.

– Ale ja chętnie. – Nie powstrzymałem się.

Kinga spojrzała na mnie z przyganą. Aha, miałem się nie odzywać.

– Dobra, zadzwoń jutro. Chcę wiedzieć coś więcej o tym cebeesiu.

– Okej. W kontakcie. Mam ci przekazać jeszcze jedną rzecz od Olki.

– Mnie? – zdziwiła się Kinga.

– Masz się za bardzo nie troszczyć wiesz o kogo, bo jak wyjdzie, to cię z tej troski rozliczy.

– Dobra.

Kinga wybuchnęła śmiechem i zakończyła połączenie. Mimo naszej beznadziejnej sytuacji też się uśmiechnąłem. Moja kochana, zazdrosna wariatka.

***

Wracałam starymi, nieciekawymi korytarzami na mój blok. Znów przybrałam hardą minę i zdecydowaną pozę. Lilka trochę podniosła mnie na duchu. Przed wejściem do celi strażnik wepchnął mi coś do kieszeni spodni. Udawałam, że tego nie zauważyłam, a on udawał, że tego nie zrobił. Zrozumiałam, że Jarek zaczął działać.

Kiedy weszłam do środka, zobaczyłam, że rzeczy Doroty są na miejscu. Leżała i czytała książkę, a pozostałe dwie oglądały jakiś kretyński program w telewizji.

– Ściszcie to – rzuciłam bardziej po to, by podtrzymać wrażenie z rana.

Ta, której zafundowałam rano pranko, szybko sięgnęła po pilota. Okej, czyli mamy nowe zasady. Dorota popatrzyła na mnie z wdzięcznością, a ja uśmiechnęłam się do niej i wskoczyłam na pryczę. Wyjęłam z kieszeni gryps i go rozprostowałam: „Za tydzień masz przesłuchanie. Strażnik przekaże ci co i jak. Dostaniesz strzykawkę z cienką igłą, strzel sobie zastrzyk dopiero po wejściu do prokuratury. O resztę nie musisz się martwić. M.". To M. na końcu kompletnie wybiło mnie z rytmu. Byłam pewna, że gryps jest od Jarka. Jednakże była to jeszcze lepsza wiadomość. Kto jak kto, ale chyba funkcjonariusz Centralnego Biura Śledczego będzie wiedział, jak mi pomóc. Położyłam się na łóżku i pozwoliłam sobie poczuć coś, o czym nie ośmielałam się nawet marzyć przez ostatnie dwa tygodnie: ostrożną i delikatną, ale jednak nadzieję.

***

Obudziłem się i spojrzałem prosto w trzy pochylone nade mną twarze.

– Stój. Policja! – Michał najwyraźniej miał dobry humor.

– Bardzo śmieszne – powiedziała Lilka, ewidentnie nie podzielając jego entuzjazmu. – Wstawaj Orłowski, jest robota do zrobienia.

– Co wy tu robicie?

– Ja przyniosłam ci kanapki z Żabki, a ich znalazłam po drodze, wałęsali się po okolicy – wypaliła Kinga, która też miała dobry humor. A to oznaczało dobre wieści.

Michał usiadł na krześle i zabrał się do jednej z kanapek, włączyłem stary czajnik i nastawiłem wodę na kawę. Wsypałem rozpuszczalną do kubków, zalałem, rozdałem im i usiadłem przy stole.

– Mówcie – rzuciłem krótko.

– Sprawa wygląda tak. Olka ma za tydzień przesłuchanie. Pewnie prokurator będzie chciał jej dołożyć zarzutów. Zawiadomili mnie dziś rano – zaczęła Lilka.

– To pewne. Wiedziałem o tym już wczoraj – skomentował Michał, odkładając papierek po bułce.

– A co ty masz z tym wspólnego? Przecież to nie twój referat.

– Nie mój, ale mam kolegów. Głośna sprawa to jest. Czytałeś, jaka gównoburza się zrobiła w internecie?

– Czytałem. – Wszystkie portale huczały od plotek. Adwokaci i karuzela. Woda na młyn dla wszystkich pojebów. Postulowano zmiany w adwokaturze, dodatkowe wymagania i inne bzdety. Ciekawe czemu, kiedy zabijał kogoś elektryk, nie proponowano od razu zmian w elektrowni?

– Chyba nie jesteś chwilowo ulubieńcem Naczelnej Rady Adwokackiej. – Kinga roześmiała się głośno.

– Śmiej się, śmiej. – Lilka była poważniejsza. – Nasza kancelaria ich broni. Zaraz wezmą się za nas. Już nie mogę wejść do kancelarii, żeby mnie trzech pismaków nie zaczepiło.

– Przejdzie im. – Kinga była optymistką. – Jesteście pewni, że nikt za wami nie jechał?

– Przyjechaliśmy na moto. Bez szans – powiedział krótko Michał.

– Wracam pociągiem – dodała Lilka, patrząc na niego oskarżycielsko. – To jest samobójca. Byłam pewna, że mnie zabije już po dziesięciu minutach od wjechania na A4.

– To dlatego ściskałaś mnie tak mocno udami? – Michał uśmiechnął się szeroko. – A już myślałem, że to propozycja.

– Nie jesteś w moim typie. Nie zadaję się z policją.

– Co z tym przesłuchaniem? – warknąłem, aby przywrócić porządek.

– Przemyślałem to sobie dokładnie i powiem tak. Dla ciebie bym tego nie zrobił, ale na Olkę jako jedyną mogłem liczyć, kiedy zostałem sam. Wyciągnę ją z tego.

– Jak?

– Jarek ma tam strażnika. Już wczoraj Michał przekazał przez niego gryps. Ten strażnik da jej insulinę, która zrobi taki mały hokus-pokus i Olka dostanie drgawek, a potem zemdleje – powiedziała Lilka z niepewną miną. Rzeczywiście nie brzmiało to najlepiej.

– Olka nie ma cukrzycy, nie pozwolą jej zrobić zastrzyku – powiedziałem odruchowo.

– Ma, ma. Już jej na „Klęczkach” w kartę wpisano. – Michał uśmiechnął się szeroko. – Będzie was to trochę kosztowało, na razie kasę wykłada Jarek. Swoją drogą ogarnięty facet, przydałby się w policji.

– W policji nie zarobiłby nawet jednej piętnastej tego co u Olki – odpowiedziałem automatycznie.

– Ach, romantyzm służby ojczyźnie – skomentował Michał, szczerząc zęby.

– Nic jej się nie stanie?

– Teoretycznie grozi jej śpiączka, ale dadzą jej glukagon. Powinno jej od razu pomóc.

– Jak to widzisz? Nie mam ludzi, wszyscy siedzą, kto niby miałby ją odbić?

– Ty i ja. Nikt więcej nie może wiedzieć – powiedział krótko.

Strzeliłem oczami w stronę Lilki i Kingi.

– Je się potem zabije.

Michał zażartował w swoim stylu, na co Lilka pokazała mu fucka.

– A my zrobimy tak …

Wyjął z kieszeni telefon i odpalił mapę Wrocławia.

***

Myślałam, że nie dożyję tego dnia. Czas wlókł się niemiłosiernie. Przez całą noc nawet nie zmrużyłam oka. W końcu wstałam. Dorota chwilę po mnie. Usiadłyśmy w rogu celi i zaczęłyśmy rozmawiać szeptem. Nie chciałyśmy, aby te patolki cokolwiek usłyszały. Spały albo tylko udawały.

– Kto cię broni? – zapytałam.

Nie mogłam pogodzić się z tym, że siedzi już rok do sprawy, a spokojnie można ją było z tego wyciągnąć po trzech miesiącach. Spuściła wzrok.

– Mam adwokata z urzędu. Był u mnie tylko raz i kompletnie nie wiedział nic o sprawie.

– Kurwa, wykończą mnie moi koledzy po fachu. Dawaj kartkę – rzuciłam krótko. Kiedy przybiegła z czystym arkuszem, zaczęłam dyktować:

– Pisz. Ja niżej podpisana Dorota Kozielska upoważniam adwokat Liliannę Płonkę prowadzącą Kancelarię Adwokacką we Wrocławiu do występowania w charakterze mojego obrońcy w postępowaniu przygotowawczym oraz przed sądami powszechnymi wszystkich instancji w sprawie o zabójstwo Mariana Kozielskiego. Upoważnienie zawiera umocowanie do udzielenia substytucji innym adwokatom i aplikantom adwokackim.

Wiedziałam, że Lilka chętnie weźmie tę sprawę i na pewno jej nie spierdoli.

– Wyślij to jeszcze dziś do jej kancelarii. Tu masz adres.

Wyjęłam jej z rąk długopis i skreśliłam na chusteczce dane adresowe.

– Ale przecież ja nie śmierdzę groszem, nie stać mnie na adwokata… – zaczęła biadolić.

– Ja stawiam – powiedziałam krótko i pocałowałam ją w policzek. – Uważaj na siebie.

Nic nie odpowiedziała, ale najwyraźniej zrozumiała, że więcej się nie zobaczymy. Po chwili strażnik otworzył drzwi.

– „Tredel, czynności"! – ryknął.

Wstałam i obrzucając celę jeszcze jednym spojrzeniem, wyszłam na korytarz, na którym spokojnie pozwoliłam się skuć. Pojechaliśmy z konwojem na Podwale. Wprowadzili mnie do sądu, gdzie niecały miesiąc temu chodziłam w todze. Miałam ochotę się roześmiać na myśl o tym, jak popieprzone bywa życie. Przed wejściem do windy odwaliłam szopkę, o której wcześniej wspominał mi klawisz.

– Potrzebuję insuliny – rzuciłam do jednego z policjantów z konwoju.

– Chorujesz? – zdziwił się.

– Tak. Mam to stwierdzone w karcie. Powinniście mieć na stanie, inaczej skończy się to w Strasburgu. – Celowo chciałam ich wystraszyć.

– Mamy – odezwał się jeden z nich, wyjmując strzykawkę z cienką igłą. Czyli w areszcie przekazano im odpowiednią wersję. Prawie nie poczułam wkłucia. Za to zaledwie pięć minut, które trwała podróż windą na trzecie piętro i dojście do drzwi prokuratora Znamirowskiego, wystarczyło żebym odczuła niesamowity niepokój, zawroty głowy. Ręce trzęsły mi się jak w febrze, nie potrafiłam się skupić. Zaczęły łapać mnie drgawki i przestałam kontaktować.

***

– Wyobrażasz sobie, co będzie, jak nam nie wyjdzie? – usłyszałem głos Michała zza kominiarki. – Adwokat, poszukiwany za udział w grupie przestępczej, i policjant z CBŚ. Obaj przebrani za policjantów z CBŚ, napadli na konwój, by odbić adwokata z zarzutem zorganizowanej grupy? – Rechotał głośno.

– Jakoś mnie to nie bawi – rzuciłem.

Było mi kurewsko ciepło w tym stroju. Nie wiem, jak mogli przeprowadzać w tym akcje.

– Bo kompletnie straciłeś poczucie humoru – powiedział Michał ze spokojem, obserwując przez szybę wejście do sądu i jednocześnie Prokuratury Okręgowej.

– A jak coś jej się stanie? – Zastanowiłem się na głos.

– Na pewno ryzyko jest mniejsze niż zostawienie jej w pierdlu. Trzeba ją wyrwać teraz. Natychmiast. Zanim sprawa się na dobre rozkręciła.

Prokurator jest pewny swego, ma wszystkich oprócz ciebie. Z pewnością nie spodziewa się jakichkolwiek kłopotów... A oto i one – rzucił, widząc podjeżdżającą przed wejście karetkę na sygnale. Wysiedliśmy z samochodu.

Sanitariusze wybiegli z noszami i popędzili do sądu. Zaledwie dziesięć minut później nieśli na nich Olkę.

– Ciężka hipoglikemia, załadowany glukagon i elektrolity. Nie powinna wpaść nam w śpiączkę – rzucił jeden do drugiego i wpakowali ją na pakę, aby podać jej lek.

Za nimi stał zbaraniały konwój. Teraz wchodziła kozacka część planu.

– Sokolski. CBŚ. – Mignąłem im przed oczami fałszywą legitymacją.

Michał błyskawicznie poszedł z drugiej strony i poprosił kierowcę, żeby wysiadł. Nie mam pojęcia, o czym z nim rozmawiał.

– Co tu się dzieje? – zapytałem policjantów.

– Zemdlała nam laska z konwoju, ma jakiś atak. Co ma z tym wspólnego CBŚ?

– Za chwilę wieziemy tu koronnego. Nie macie o niczym pojęcia? Nie podoba mi się ta akcja.

– Nam też nie – mruknął jeden z nich.

Wsadziłem łeb do karetki.

– Sytuacja opanowana? – rzuciłem do sanitariuszy.

Olka nadal leżała na noszach.

– Tak, już w porządku – powiedział jeden z nich.

– To proszę panów na zewnątrz – powiedziałem najbardziej służbowym z tonów.

Sanitariusze grzecznie wyszli, a ja wpakowałem się do środka. Zanim którykolwiek członek konwoju zdołał zareagować, zamknąłem drzwi, a Michał wywalił kierowcę na chodnik, wskoczył do karetki i ruszył, uruchamiając wszystkie koguty.

***

Ocknęłam się, słysząc wyjące syreny. To chyba dobrze, jedzie po mnie karetka. Otworzyłam oczy i popatrzyłam na policjanta z CBŚ. Miał na głowie kominiarkę i pochylał się nade mną. To z kolei chyba nie najlepszy znak. Nie do końca umiałam się jeszcze skupić, ale jedno wiedziałam na pewno.

– Ma pan śliczne oczy – powiedziałam bez sensu.

Takie same jak „Orlątko" – dodałam w myślach.

– Nie wierzę. Bajerujesz cebeesia, leżąc w karetce po podaniu jakiegoś świństwa? To naprawdę jest przegięcie – dobiegł mnie spod kominiarki śmiech Piotrka! To on!

– Piotrek. – Wyciągnęłam rękę do jego twarzy. – Ściągnij to.

– Chętnie. – Zrzucił kominiarkę i delikatnie mnie pocałował. – Słuchaj uważnie. Zaraz zostawimy tę karetkę i spierdalamy do innego wozu, a potem jak najdalej stąd. Na razie zamelinujemy się na Śląsku, a za pięć dni spadamy stąd w cholerę.

Powoli usiadłam. Hmm. Może za jakiś czas będę w stanie nawet wstać. Syreny ucichły. Wjechaliśmy do jakiegoś garażu. Po chwili drzwi otworzyły się i zobaczyłam jeszcze jednego policjanta.

– A tak wyglądam w pracy, Kociaku. – Michał też zrzucił kominiarkę. – Dobra, „Orzeł", wyskakuj z tego stroju, przebieraj się w cywilne szmaty i spierdalamy. Ciuchy do worka. – Wskazał na leżący na ziemi worek na śmieci.

Kiedy się przebrali, Michał szczelnie go zamknął i otworzył bramę.

– Gdzie jesteśmy? – Rozejrzałam się po okolicy, ale nic nie rozpoznawałam. Piotrek uśmiechnął się krzywo.

– Pięć kilometrów od Szymanowa.

Michał polał worek benzyną i podpalił. Potem zamknął drzwi do garażu.

– Kiedyś była tu dziupla. Za chwilę nadam anonimowo cynk chłopakom z samochodowej grupy, żeby zajęli się karetką. Do jutra będzie w częściach. Chodźcie gołąbeczki, podrzucę was na lotnisko.

– Będziemy skakać? – Wracało mi poczucie humoru.

– Będziemy lecieć.

Piotrek pomógł mi dojść do auta. Na szczęście zaczynałam odzyskiwać siły.

– *Love me like you do...* – zaśpiewałam kawałek piosenki z *Greya*. Odkąd zobaczyłam ten film, wiecznie mu tym dokuczałam w związku z jego pasją do wszystkiego, co lata.

– Nie masz chwilowo dość kajdanek? – zapytał Piotrek, otwierając mi drzwi z tyłu.

Dopiero wtedy dotarło do mnie, co właśnie się stało. Co dla mnie zrobili. Usiadłam na siedzeniu i zaczęłam płakać, jednocześnie się uśmiechając. Jak kompletna wariatka.

Piotrek usiadł obok i mocno mnie przytulił.

***

Zakładałem, że skoro raz się udało, uda się ponownie. I ku mojemu zdziwieniu tak się stało. Policja kompletnie nie ogarnęła, jak ostatnio udało mi się uciec, więc i tym razem nie było problemów. Olce całkowicie przeszło, zachwycała się każdą najdrobniejszą rzeczą, jakby była na haju. Nawet nie wyobrażałem sobie, co czuła przez trzy tygodnie w pierdlu, ale nie chciałem teraz o tym gadać. To była jedna z tych rozmów, które przeprowadzało się w łóżku, po ciemku, po naprawdę dojebanym seksie. Na miejscu oprócz Bartka czekała też Kinga.

– Ale zrobiliście numer – zaczęła zamiast przywitania i mocno wyściskała Olkę.

– Co tam się dzieje? – zapytałem.

– Nie pytaj. Wszyscy postawieni na nogi. Lilka mówi, że prokurator powiedział jej wprost, że jeśli miałyśmy z tym cokolwiek wspólnego, to nas zniszczy.

– A co ona na to? – dopytała Olka.

– Tak jakbyś Lilki nie znała. – Kinga się roześmiała. – Powiedziała mu, że nagrywa tę rozmowę i czy może rozwinąć myśl, bo nie chciałaby powziąć uzasadnionych wątpliwości, czy aby jej nie grozi.

– Dobre. – Uśmiechnąłem się szeroko.

– Niestety, robi się tu za ciasno. Myślę, że zaczną was tu szukać. Musicie lecieć dalej.

– Dokąd? – Popatrzyłem na Kingę ze zdumieniem. Nienawidziłem zmieniać planów, ale skoro rzeczywiście rozpętała się taka burza, lepiej było jej słuchać.

– Do Krakowa.

W tym momencie podszedł do nas Bartek i podał mi rękę.

– Mam tam kumpla sprzed lat. Uprzedzę go, że lecisz, a w zasadzie, że ja lecę. Papiery będą na mnie.

– Dzięki. Słuchaj, za pięć dni nie będzie mnie w kraju. Cirrus jest twój.

– Ale... – Bartek patrzył na mnie z otwartymi ustami.

– W podziękowaniu. Bez ciebie bym tego nie ogarnął, a ja go i tak do walizki nie spakuję. Oficjalnie należy do mojego kumpla Marka, ale kiedy będę już bezpieczny, to dam mu znać, by ci go przekazał.

– Nie wiem, co powiedzieć – powiedział zszokowany Bartek.

– Do zobaczenia. – Podałem mu rękę, potem uściskałem Kingę. Olka zrobiła to samo.

– Uważajcie na siebie. – Kinga nam pomachała i poszła do samochodu.

***

Tym razem lot był o wiele krótszy. Piotrek sprawnie wylądował na sportowym lotnisku aeroklubu. Pobiednik. Wysiadł z samolotu i ustalił coś z czekającym na nas facetem.

– Co teraz? – Patrzyłem na niego jak na wyrocznię.

– Teraz musimy się gdzieś zamelinować, a za pięć dni mamy wylot z Frankfurtu.

– Dokąd?

– Dowiesz się we Frankfurcie – odpowiedział w swoim stylu.

– A jeśli mi się nie spodoba? – Chciałam się z nim trochę podrażnić, zdecydowanie za wiele ostatnio przeszłam.

– Jeśli ci się nie spodoba, to będziesz miała problem.

Zauważyłam, że intensywnie się nad czymś zastanawia i odpuściłam żarty.

– W sumie nawet dobrze się ułożyło z tym Krakowem. Mam coś do załatwienia w okolicy Zakopanego. – Od razu domyśliłam się że chodzi o Madzię.

– Po co? – zapytałam tylko.

– Muszę jej zostawić kasę na leczenie i opłacić panią Alę. Potem coś wymyślę. Ale co najważniejsze muszę zabrać od niej Zdziśka.

– I tym kocim argumentem mnie przekonałeś – powiedziałam, wsiadając do taksówki.

* * *

Wynająłem w Krakowie samochód i ruszyłem A4 w stronę zjazdu na Zakopane. Jechałem przepisowo. Ustawiłem tempomat na sto czterdzieści kilometrów na godzinę i nie zamierzałem ani trochę się wychylać. Żarty się skończyły. Każda przypadkowa kontrola drogowa mogła nas udupić. Olka niewiele się odzywała, pewnie też zdawała sobie sprawę z powagi sytuacji.

– Załatwisz to sam? – zapytała, kiedy dwie godziny później podjechaliśmy przed prywatną klinikę w Białym Dunajcu.

– Oczywiście. Nie mam pojęcia, ile to mi może zająć, więc może skocz do tego hotelu. Mają świetną włoską knajpę. – Wskazałem na pobliski hotel, w którym niedawno byłem z małżonką.

– Tak zrobię.

Olka wyszła z samochodu i poszła w stronę hotelu. Wziąłem sportową torbę, w której miałem wszystkie nasze pieniądze i spokojnym krokiem poszedłem do recepcji kliniki.

– Dzień dobry, nazywam się Piotr Orłowski, moja żona Magdalena Orłowska jest państwa pacjentką.

Uprzejma recepcjonistka wpisała dane w komputer.

– Chwileczkę. Hmm. To dziwne. Nie, nie jest.

– Sam ją umawiałem i opłaciłem pobyt – powiedziałem ze zniecierpliwieniem.

Nie sądziłem, by prokurator aż tu się dogrzebał. Jednak wolałem nie ryzykować i nie przebywać w tym miejscu ani sekundy dłużej, niż to konieczne.

– Tak, ale pani Magdalena nie podjęła leczenia. Dokonała też anulowania opłaty. Zwróciliśmy jej trzydzieści tysięcy złotych, które zapłacił pan za jej pobyt. Nie miała wskazań do leczenia bez jej zgody, więc nie mieliśmy wyjścia…

– Niech pani sprawdzi jeszcze raz. Jakiś miesiąc temu rozmawiałem z nią przez telefon i chwaliła wasze warunki i swoje postępy.

Recepcjonistka popatrzyła na mnie ze współczuciem i pokręciła przecząco głową. Poczułem, że włosy stają mi dęba.

* * *

Weszłam do hotelowej restauracji. Była pora kolacji, więc stoliki były zajęte, usiadłam przy barze i zamówiłam sobie mojito. Zjem potem. Wzięłam łyka drinka i wpatrywałam się w lustro, na którym były powieszone półki z alkoholami. Poprawiłam włosy i stwierdziłam, że więzienie nadszarpnęło moją urodę. Miałam szarą i zmęczoną cerę, podkrążone oczy. Mam nadzieję, że Piotrek wymyślił jakieś miejsce, w którym jest słońce. Nienawidził zimy, więc szansa na to była całkiem spora. Nagle usłyszałam głośny, teatralny śmiech i zamarłam. Madzia. Wszędzie poznałabym ten damulkowaty chichot, który tylko jej wydawał się kobiecy i seksowny. Kiedyś zastanawiałyśmy się z kumpelami, czy ćwiczyła go tak długo jak podpis: „Orłowska". Już na studiach miała nim zapisane wszystkie notatki, a po obronie dopięła swego i zaciągnęła go przed ołtarz. Na szczęście dla siebie w kameralnej atmosferze, gdyby mi się przyznał, z pewnością udałabym się do kościoła i powiedziała, że „owszem, mam coś przeciwko". Chyba zdawał sobie z tego sprawę, bo dowiedziałam się dopiero po fakcie. Ostrożnie spojrzałam w lustro i zauważyłam ją przy stoliku pod oknem. Siedziała z panią Alą i dwoma rosłymi facetami. Obydwaj mieli charakterystycznie odznaczającą się broń pod marynarkami. Za długo byłam adwokatem, żeby nie poznać funkcjonariuszy policji po cywilnemu. Błyskawicznie wyjęłam telefon i napisałam SMS do Piotrka: „Jestem w restauracji. Jest tu Madzia z psami. Trzymaj się z daleka". Po sekundzie przyszła odpowiedź: „Spierdalaj stamtąd, zanim cię zauważą". Plan był bardzo dobry, tylko barman gdzieś zniknął. Byłam pewna, że jeśli wyjdę, nie płacąc, to zrobi się raban i na pewno mnie zauważą. Po chwili zobaczyłam w lustrze, jak wstają od stolika i kierują się do drzwi. Manewrowałam na wysokim krześle tak, by cały czas być do nich odwrócona plecami. Obserwowałam ich w lustrze. Barman nareszcie się pojawił, więc przesunęłam w jego stronę pięćdziesięciozłotowy banknot.

– Gdyby się pojawili, bardzo prosimy o szybki sygnał. Może pani być w niebezpieczeństwie. Będziemy w pobliżu – powiedział jeden z nich.

– Proszę się o nic nie martwić, z chęcią wypełnię swój obywatelski obowiązek – powiedziała Madzia normalnym tonem. To znaczy księżniczkowatym i wyniosłym, ale nie przypominającym rozwydrzonej trzynastolatki.

Kurwa, wiedziałam, od samego początku wiedziałam, że coś mi w tej bladzi nie pasuje. Miałam ochotę wyszarpać ją za kudły. Poszły w głąb hotelu. Przez okno zobaczyłam, jak policjanci wsiadają do samochodu. Rejestracja DW 7777P. Równie dobrze mogliby przyjechać na kogutach. Każdy, kto miał minimum oleju w głowie, rozpoznałby w nich gliny. Wyjechali z parkingu.

Wyjęłam telefon i błyskawicznie wybrałam numer Piotrka. Tylko jego miałam w kontaktach, gdyż telefon pochodził z jego magicznej torby „na wszelki wypadek". Tak jak kasa i nasze nowe papiery. Wybiegłam do hotelowego holu.

– Pojechali. Już do ciebie… – nie dokończyłam, bo właśnie odwróciła się w moją stronę stojąca przy recepcji, pani Ala.

– Dzień dobry pani Olu. Co pani tu robi? Wie pani może, co się dzieje z panem Piotrem? Od miesiąca nie możemy się z nim skontaktować – powiedziała ze swoim miłym i sympatycznym uśmiechem.

Jeśli teraz zacznę spierdalać, to zaraz zadzwoni po policjantów. Będziemy obydwoje udupieni. Błyskawicznie podjęłam decyzję. Stara kwoka nie wyglądała na obeznaną w nowych technologiach. Pewnie sygnał policji miała dać Madzia. Trzeba było zaryzykować.

– Przepraszam, Andrzej, muszę kończyć, znalazłam panią Alę, więc zaraz odnajdę też pokój Madzi. Do zobaczenia – zakończyłam połączenie. – Przepraszam, rozmawiałam z mężem. Jak dobrze panią widzieć. Nie mogłam was znaleźć. Piotrek musiał nagle wyjechać służbowo na jakiś czas, zmienił telefon, prosił, bym przyjechała i sprawdziła, czy u was wszystko dobrze…

– Jak najlepiej. Zapraszamy do naszego apartamentu. – Wskazała ręką windę.

***

– Kurwa, kurwa, kurwa – szeptałem przez zęby, idąc opłotkami w stronę tylnego wejścia do hotelu.

Wiedziałem, że dzieje się coś złego. Wszystko zaczynało układać się w jedną przerażającą całość, ale nie miałem pojęcia jaką. Może to standardowe procedury i po prostu przyjechali sprawdzić, czy Madzia czegoś nie wie. Ale scenariuszy było milion i jeden gorszy od drugiego. Czyżby Ala była świadkiem incognito? Często nie zwracałem na nią uwagi, traktowałem ją trochę jak mebel, który zawsze był w domu. Mogło zdarzyć się, że powiedziałem przy niej dwa, trzy słowa za dużo, ale nie mogła mieć takiej wiedzy, jaka wynikała z akt. Nie było takiej możliwości. Wszedłem tylnym wejściem i wbiegłem schodami przeciwpożarowymi na drugie piętro. Pewnie nie zmieniły pokoju. Ostrożnie wyjrzałem na korytarz. Pusto. Podszedłem do pokoju 213. Nie musiałem przyciskać ucha do drzwi, by usłyszeć głośny okrzyk Madzi: Dzień dobry Oleńko, jak miło, że zechciałaś mnie odwiedzić. Mamy do pogadania.

– No wiem, Piotrek mnie przysłał, musiał wyjechać – zaczęła Olka pewnie, ale Madzia jej przerwała.

– Nie pierdol – powiedziała. – Żarty się skończyły, a ja nie muszę już udawać, że cię lubię.

Wmurowało mnie. Przecież Madzia nie używała takiego słownictwa.

– Uff. Ja chyba nawet nie udawałam, no nie? – Olka szybko zaczęła grać według jej zasad.

– Gdzie jest Piotrek? – zapytała Madzia krótko.

– We Wrocławiu. – Olka skłamała gładko. – Przysłał mnie po kota i po to, żeby ci przywieźć pieniądze, ale rozumiem, że sama o siebie zadbałaś.

– Zadbałam! – Madzia zaśmiała się głośno. – On nigdy nie umiał o mnie zadbać. Nigdy. Dlatego od pewnego czasu radzę sobie sama.

***

Cały czas na nią patrzyłam. Nie miała w ręce telefonu. Powinna od razu zadzwonić po policję i uniemożliwić mi ewakuowanie się stąd. Jednak dobrze wiedziałam, że jej skłonności do scen rodem z brazylijskiej telenoweli nie pozwolą jej od razu działać. Musiała mi wszystko powiedzieć, zwłaszcza że pewnie domyśliła się, że sypiam z jej mężem. Jej musiało być na wierzchu. Bardzo dobrze, im dłużej pierdoliła, tym większe szanse, że Piotrek coś wymyśli.

– Powiedz mi jedną rzecz, bo się pogubiłam. Całe te sceny zaczęły się od sytuacji z Michałem... Naprawdę próbował się do ciebie dobierać?

– Nie. Nie lubił mnie. – Madzia wysunęła w przód szczękę. – Prostak i cham. Postanowiłam dać mu nauczkę. W nocy wstał do toalety, a był strasznie pijany i prawie w niej zasnął, wystarczyło podać mu pomocną rękę i odprowadzić do swojego łóżka.

– Aaa. – Zdziwiłam się teatralnie. – I miałaś go z głowy?

– Z głowy – przyznała spokojnie. – Z Piotrkiem się poprawiło i było naprawdę nieźle, ale cały czas wiedziałam, że jak tylko będę chciała ugrać coś dla siebie, to znów wróci temat rozwodu. Nie radziłam sobie z tym, więc zamarkowałam próbę samobójczą. Wiesz, jaki jest Piotrek...

– Wiem – wycedziłam. – Za dobry.

– Otóż to, moja droga! A ja zawsze dostaję to, czego chcę.

– To, na co zasługujesz, moja droga – wtrąciła pani Ala.

Zerknęłam na tą starą wariatkę.

– A pani, przepraszam, też leczona czy Madzi defekty są zaraźliwe? – Nie mogłam się powstrzymać.

– Nie mów tak o niej, lafiryndo. – Spojrzała na mnie z szaleństwem w oczach.

Aha. Też stuknięta. Pięknie, kurwa.

– Madzia jest dla mnie jak córka, córka, którą odebrał mi ten pieprzony gnojek, jej mąż – rozgadała się pani Ala.

– Co? – Zbaraniałam.

– Oleńko, poznaj matkę naszej wspólnej koleżanki ze studiów – Bożenki, Alicję Dąbrowę. – triumfowała Madzia, widząc moją zaskoczoną minę.

***

Słuchałem, ale nie wierzyłem. Stałem spokojnie, ale w głowie wszystko przewracało mi się do góry nogami. To było, kurwa, niemożliwe. Madzia była wredna, wkurwiająca, rozkapryszona i chora. Nie była wyrachowaną wariatką, która planowałaby takie rzeczy. Zresztą po co? Czas się dowiedzieć. Wyjąłem broń i powoli uchyliłem drzwi do pokoju. Nie zauważyły mnie. Madzia stała na środku pokoju w triumfującej postawie, ta stara wariatka Ala stała obok Olki, która tkwiła przy ścianie.

– Dobry – powiedziałem krótko, opierając się o futrynę.

– Dzień dobry, kochanie. – Madzia błyskawicznie włączyła tryb, w którym funkcjonowała od lat i na który dawałem się nabrać.

Zobaczyłem, że idzie do stolika, na którym leżał jej iPhone. No tak, szybka kalkulacja. We dwie spokojnie dałyby sobie radę z Olką, mimo że była od obu wyższa o głowę. Ze mną nie pójdzie już tak łatwo. Skierowałem glocka w jej stronę.

– Ani się, kurwa, waż! – wysyczałem i podszedłem po telefon. – Twój też – powiedziałem do Ali, która patrząc na mnie z nienawiścią, podała mi torebkę.

Wygrzebałem z niej telefon, po czym położyłem obydwa na ziemi i zdeptałem, rozpieprzając w mak.

– Obie na łóżko – rzuciłem krótko.

Posłuchały mnie bez słowa. Zdawałem sobie sprawę, że musiało być po mnie widać, jak kurewsko byłem wściekły, bo żadna nie odezwała się ani słowem. W tym momencie z sypialni, dostojnym krokiem, wyszedł Zdzisiek. Olka jakby czytała mi w myślach. Cofnęła się do przedpokoju, wzięła stojący tam transporter i zawołała kota, który bez cienia protestu do niego wlazł.

– Powiedz mi tylko jedno, Madziu – mówiłem spokojnym tonem. Gdybym stracił panowanie nad sobą, tobym ją zabił. Tyle lat, tyle czasu, wszystko w piach. Nie mogłem o tym teraz myśleć. – Po co to robiłaś? I czemu mnie podjebałaś na psy? To nie ma najmniejszego sensu.

– Ty się mnie pytasz po co? – Włączyła swoją standardową histerię. – Ty mnie? Zniszczyłeś mi życie, zmarnowałeś. Dałam ci serce na dłoni…

– Ty nie masz serca, materialna dziwko – wtrąciła Ola.

Madzia spojrzała na nią z furią, potem przeniosła wzrok na mnie.

– Nie słuchaj jej. – Z przejęciem patrzyła mi prosto w oczy. – Nikt cię nigdy nie kochał tak jak ja! – Zagrała w dawnym stylu, ale chyba straciła moc, bo wcale to na mnie nie podziałało.

– I nie nazywaj tego gówna miłością. – Olka nadal była przespokojna. Najwyraźniej domyśliła się czegoś, do czego ja jeszcze nie dotarłem.

– Czemu materialna? – Nie nadążałem. Już wiedziałem, że zrobiła ze mnie idiotę tysiąclecia oraz że sprzedała mnie na psy, ale motywu finansowego nadal nie widziałem.

– To ty, Madziu, wysłałaś Jackowi tę drugą kartkę, prawda? Żeby odjebał „Orła". – Olka spojrzała na nią, a potem na mnie.

Po minie Madzi wiedziałem, że strzał był celny.

– Wtedy by dziedziczyła – kontynuowała Olka. – Dopiero po tym, jak nie wyszło, wdrożyła plan B, czyli zamknięcie nas w pierdlu – mówiła już do mnie.

Przypomniały mi się ostatnie słowa Jacka. Teraz nabrały nowego znaczenia. Rzeczywiście byłem głupi. I ślepy.

* * *

– Jacuś był od początku sterowany przez tę histeryczną pizdę. Skąd go znasz? – przycisnęłam Madzię.

Naprawdę miała słabą psychikę, ta choroba nie mogła być w całości udawana. Wystarczyło ją lekko dojechać, a im pewniej mówiłam, tym bardziej drżała jej broda.

– Poznaliśmy się w szpitalu! – wykrzyczała teatralnie. – On mnie choć trochę rozumiał! Mówił, że mnie nie doceniasz, że zasługuję na wszystko co najlepsze! Opowiedział mi, że Bożena zginęła przez ciebie, spanikował, gdy usłyszał karetkę. – Patrzyła triumfująco na Piotrka.

– I pani w to uwierzyła? – zwróciłam się do Ali.

Jej rola w tym wszystkim była dla mnie najbardziej tajemnicza – patrzyła na mnie hardo, a w oczach nadal miała kompletne szaleństwo.

Przypomniały mi się słowa jej męża. Rzeczywiście była pierdolnięta.

– Trafiłam do szpitala, kiedy Jacek już z niego wyszedł. Chciałam go zabić, ale najpierw zgnębić. Liczyłam, że komuś się zwierzył, że zostawił po sobie jakiś ślad. Zgłosiłam się sama.

– Wcale się nie dziwię, że przyjęli panią bez protestów – powiedziałam z namysłem.

– Wtedy poznałam tego aniołka, Madzię. Zwierzałyśmy się sobie. Przekonała mnie, że Jacek był tylko narzędziem w jego rękach. – Wskazała na Piotrka. – Opowiedziała mi co nieco o tym, jak skandalicznie ją traktuje. Zastąpiła mi Bożenkę, moje ukochane dziecko, które straciłam. Była taka dobra i łagodna. Kochana dziewczyna. Ona chciała tylko spełnić powinność każdej kobiety, mieć normalną rodzinę, dzieci…

– I alimenty po rozwodzie, do którego by i tak doszło – powiedziałam ze spokojem.

Po minie Ali wiedziałam, że nie przyszło jej to do głowy. Madzia jeszcze mocniej zacisnęła szczękę.

– A co ty sobie wyobrażasz? Naobiecywał mi Bóg wie czego, zmarnowałam na niego najlepsze lata! Coś mi się za to należało. – Pękła po raz kolejny.

– Nie mam więcej pytań, Wysoki Sądzie. – Olka spojrzała na mnie z mieszanką żalu i współczucia.

***

– Spierdalamy stąd. Rzygać mi się chce, jak na nią patrzę – powiedziałem krótko. – Przekozaczyłaś, Madziu – zwróciłem się do mojej żony. – Policja zajęła wszystko to, co było na mnie. Mieszkanie, dom, domek w górach, samochody, lokaty. Nie masz kompletnie nic.

– Ale ty też nie. – Madzia przestała już udawać i patrzyła na mnie triumfalnie.

– Ojoj. Zapomniałem ci powiedzieć, jakie osiągałem na karuzeli zyski, prawda? Mam dziesięć baniek na koncie w Szwajcarii – powiedziałem… Zbladła jak ściana. Niemal widziałem, jak kalkulator w jej głowie zaczął to przeliczać.

– Piętnaście, gdyż ja mam jeszcze pięć. – Olka sobie nie darowała i uśmiechnęła się szeroko.

– Na co rozjebałaś pięć milionów? – zapytałem ją z uśmiechem.

Puściła do mnie oko.

– Wystarczy nam, nie?

Wiedziałem, że chce ją dobić, ale po tym, co przed chwilą usłyszałem, stwierdziłem, że nie tylko nie będę jej przeszkadzał, a nawet nieco pomogę.

– Lekko. Diamentową kolię ci kupię. Chcesz? Czy wolisz auto?

– Sama sobie kupię. Zamiast tego: czy mógłbyś powtórzyć to, co zrobiłeś ze mną w łóżku, kiedy ostatnio zostawiłeś tu Madzię i przyjechałeś do mnie? Będę wdzięczna.

Kobiety rzeczywiście biły facetów na głowę okrucieństwem – pomyślałem, wybuchając śmiechem.

– Stoi… Nie tylko umowa – powiedziałem w swoim stylu.

Schyliłem się po transporter ze Zdziśkiem.

– Gdzie jest jego książeczka? – zwróciłem się do Madzi.

Na jej twarzy malowały się niedowierzanie i szok. Naprawdę wygląda jak koń. W dodatku złośliwy – uświadomiłem sobie. Klapki opadały mi z oczu długo, ale kiedy już jebły, to nie było co zbierać. Wstała i podeszła do szuflady. Wyjęła z niej książeczkę i broń, którą błyskawicznie wycelowała w Olkę. Nacisnęła spust, ale zapomniała ją odbezpieczyć. Kiedy szamotała się z bronią, wycelowałem w nią i oddałem strzał. Jednak na jego linii stanęła mi pani Ala.

***

Patrzyłam, jak stara wariatka wyskakuje przed Madzię, a potem pada na ziemię. Madzia krzyknęła głośno. Piotrek błyskawicznie dopadł do niej i zabrał jej broń. Potem wyszarpał jej z ręki książeczkę zdrowia kota.

– Bierz Zdziśka i spadaj stąd. Podjedź po mnie. Zwiążę ją i dołączę – wydał mi szybkie polecenie.

Miał tłumik, ale byłam pewna, że prędzej czy później ktoś się zaciekawi. Lepiej żebyśmy wtedy byli jak najdalej stąd. Wybiegłam z pokoju, taszcząc ciężki transporter. Przebiegłam przed klinikę, wsiadłam do samochodu i podjechałam przed hotel. Piotrek już czekał, szybko się uwinął.

Wskoczył na siedzenie pasażera.

– Gdzie? – zapytałam krótko.

– Na Słowację.

Szybko wpisał mi jakiś punkt w nawigację.

* * *

Olka prowadziła trochę za szybko, ale też miałem przeczucie, że powinniśmy migiem stąd spierdalać. Kwestią czasu pozostawało, jak szybko policja zgłosi się znów do Madzi i kiedy znajdą ją unieruchomioną w pokoju. Zresztą obok ciała Ali. Najdalej jutro rano zrobi to sprzątaczka.

– Jedna rzecz nie daje mi spokoju.

– Tylko jedna?

Olka przetarła oczy. Uświadomiłem sobie, co dzisiaj przeszła i jak musiała się czuć. Kiedy spadnie jej adrenalina, padnie jak kawka.

– Zmieniamy się – powiedziałem tonem, który zwykle zniechęcał ją do dalszej dyskusji.

Po zaledwie dwóch kilometrach zjechała na pobocze. Niestety, objęte monitoringiem stacje odpadały. Zabiłbym za filiżankę czarnej kawy. Usiadłem za kierownicą, a Olka wyłożyła się na siedzeniu pasażera.

– No dobra, mów mi teraz, jaka rzecz nie daje ci spokoju? – zapytała, przesuwając siedzenie do tyłu.

– Przecież Madzia nie ma takiej wiedzy, jaka jest w tych zeznaniach. Oczywiście, mogła mi grzebać w dokumentach, a nawet wejść na kompa, ale to było za dokładne. Przecież wiesz, czytałaś wniosek Znamirowskiego o areszt.

– Faceci są niesamowici – skomentowała Olka z uśmiechem. – Ten idiota Jacuś wszystko jej sprzedał. Strasznie go wykorzystała, a on chodził jak na sznurku. Wcale by mnie nie zdziwiło, gdyby się spotykali, i to regularnie.

– To po co wysyłała mu kartkę? Nie mogła mu powiedzieć?

– „Orlątko", proszę cię! A co mu miała powiedzieć? Zabij mojego męża? To by się trochę kłóciło z wizerunkiem słodkiej, idealnej księżniczki, nie uważasz? – zapytała złośliwie.

– To jest, kurwa, niebywałe – przejechałem dłonią po twarzy – jak mogłem tego nie zauważyć?

– Sama doprowadziła do tego, że w ogóle z nią nie gadałeś. Traktowałeś ją jak dziecko, i to chore. Kompletnie uśpiła twoją czujność, poza tym miałeś inne rzeczy na głowie.

– Miło mi, że mnie tłumaczysz. Mimo że od początku twierdziłaś, że ona jest jebnięta. Niestety, miałaś sto procent racji. – Zdobyłem się na odrobinę samokrytyki.

– Piotrek, pieprzmy to. Co to teraz da? Ważne, że nareszcie ta pierdolnięta idiotka przestała być naszym problemem. Kiedy będziemy w Żylinie?

– Nie dojedziemy tam cało, jeśli się nie prześpimy.

Włączył kierunkowskaz i podjechał do przydrożnego hotelu.

– Tu nie będziemy rzucać się w oczy.

***

Wzięliśmy klucze od miłego słowackiego recepcjonisty i poszliśmy do pokoju. Wypuściłam Zdziśka z transportera i zrobiłam mu prowizoryczną kuwetę z miski i piasku przyniesionego z podwórka. Potem poszliśmy wykombinować coś na szybką kolację. Jedyne co mogli zaoferować nam o tej porze, to kanapki z szynką i colę. Dobre i to. Wzięliśmy spory zapas do pokoju i usiedliśmy przy stole. Piotrek jadł w milczeniu, co chwilę podsuwając kawałki szynki kotu.

– Co on tam ma? – zapytałam, wskazując na jego szyję.

– Obrożę – odpowiedział Piotrek i nadal wpatrywał się w kanapkę. Najwyraźniej o czymś myślał. Postanowiłam nie zawracać mu głowy.

– Zdzichu – zawołałam.

Kot leniwie do mnie podszedł. Był śliczny, duży, z mądrym, cierpliwym spojrzeniem. Wzięłam go na kolana i zaczęłam głaskać. Potem pogłaskałam go pod obrożą. Była gustowna. Z przodu wisiał breloczek z jego imieniem.

– To twój pomysł? – zapytałam z czułością. Strasznie słodkie to było.

– Nie... Magdy – powiedział i błyskawicznie doskoczył do mnie i kota.

Ściągnął mu obrożę i zaczął ją bardzo uważnie oglądać. Po chwili znalazł jakieś czarne ustrojstwo wielkości paznokcia. Obejrzał uważnie, po czym rzucił na ziemię i rozpieprzył butem. A potem spokojnie zapiął kotu obrożę.

– GPS? – zapytałam przerażona. Jeśli tak, musieliśmy się natychmiast ewakuować.

– Minikamera – powiedział, siadając przy stole.

– Rozumiem, że od studiów nic się nie zmieniło i kiedy pracowałeś w gabinecie, towarzyszył ci Zdzicho. – Uśmiechnęłam się z ulgą.

Teraz już wiedziałam wszystko. Przy tak zebranym materiale dowodowym nie było jakichkolwiek wątpliwości, że Madzia mogła przekazać prokuratorowi wszystkie informacje. Mieliśmy jasność.

– Aha – odpowiedział jak zawsze, kiedy był wkurwiony, zaciekawiony, albo po prostu miał ochotę porozumiewać się monosylabami.

– Czyli w zasadzie Zdzichu robił za tajnego, nieświadomego współpracownika.

Podrapałam kota między uszami, a on włączył traktor.

***

Obudził mnie dźwięk telefonu. Była szósta rano. To musiało być pilne. Odebrałem.

– Tak?

– Cześć – usłyszałem głos Lilki. – Właśnie dowiedziałam się, że znaleziono twoją żonę i trupa jej opiekunki w hotelu w Białym Dunajcu. Jesteś poszukiwany za zabójstwo i kierowanie zorganizowaną grupą przestępczą. Mówiąc „poszukiwany", mam na myśli nie poszukiwany tak, jak to zwykle wygląda. Tylko tak, jakbyś spuścił ze smyczy stado dzikich psów z wścieklizną, rozumiesz?

– Tak. – Zdawałem sobie sprawę z powagi sytuacji.

– Madzia wylądowała w psychiatryku – kontynuowała Lilka.

– Standard.

– Tym razem chyba na poważnie, podobno dostała jakiejś psychozy, cały czas krzyczała o jakichś pieniądzach, z których podstępnie ją ograbiono, a które jej się należą, bo należy jej się połowa. Podrapała sobie własnymi paznokciami twarz tak mocno, że trzech policjantów ją unieruchamiało. Sanitariusze wspominali, że dawno nie widzieli takiego przypadku.

– Madzia jest świadkiem incognito. To bardzo dobra wiadomość dla Teo. Powiedz mu, że o nim pamiętam. Jeśli naprawdę nareszcie odjebało jej do końca, to Teo wyjdzie szybciej, niż można by się tego spodziewać. Nic innego na niego nie mają, a ona raczej nie będzie nadawała się do zeznawania przed sądem. Nawet incognito i nawet przez wideokonferencję.

– Nawet jeśli będą starali się ją jakoś do tego przygotować, to ją zmiotę z powierzchni. Wybronię go. Co do jej zeznań, a raczej braku możliwości ich potwierdzenia w momencie, kiedy jej odjebało, to na was też teraz nic nie mają. To znaczy nie mieli, bo teraz jest jeszcze kwestia tego zabójstwa... Jesteś pozamiatany, jeśli chodzi o powrót.

– Bardzo mnie pani uspokoiła, pani mecenas. – Nie powstrzymałem się.

– Nie jestem od uspokajania cię, tylko od dbania o twoją dupę. – Lilka jak zawsze była konkretna i nie pierdoliła się w tańcu.

– A skąd ty to wszystko wiesz? – dopytałem.

– Bo naprzeciwko mnie siedzi jakiś gnuśny policjant z Centralnego Biura Śledczego. Przyszedł do mojego prywatnego mieszkania, piętnaście minut temu, pije moją kawę i żre moje śniadanie. Dodam tylko, że nigdy nie podawałam mu swojego adresu. To jest, kurwa, oburzające i to jest, kurwa, policyjny kraj!

Uśmiechnąłem się. Niby się wkurzała, ale jakoś niespecjalnie... Jak tylko opowiem o tym Olce, zaraz zacznie knuć, jak ich spiknąć.

– Pozdrów go i powiedz, że mam stuprocentową pewność, że ta akcja z Madzią nie była jego winą. Gdyby chciał przyjechać na wakacje do ciepłych krajów, to jest mile widziany. – Musiałem pozamykać wszystkie sprawy, a ta gryzła mnie niesamowicie. Na lata straciłem przyjaciela przez tanie gierki tej żałosnej wariatki.

Lilka przekazała moje słowa, a potem zaczęła się śmiać. Już wiedziałem, że Michał powiedział coś głupiego i sam byłem ciekaw co.

– Powiedział, że przeżyje bez widoku twojej gęby, ale masz ucałować od niego Olkę. Z języczkiem.

– Głupi kutas. – Uśmiechnąłem się szeroko. Będę za nimi tęsknił, uświadomiłem sobie.

– Daj mi ją na chwilę – usłyszałem zaspany głos Olki.

Podałem jej aparat.

***

– Liluś! Dwie sprawy: zgłosi się do ciebie Dorota Kozielska, zajmij się proszę jej sprawą. Ja zapłacę ci honorarium. Rzecz jest do wygrania, a dziewczyna naprawdę zasługuje na pomoc. Druga zaś to mój rozwód. – Musiałam to doprowadzić do końca. W imię zasad. Nienawidziłam, jak niejasne sprawy wisiały mi nad głową.

– A do czego jest ci on teraz potrzebny? – zapytała Lilka. – Masz zamiar wyjść ponownie za mąż?

– Nigdy w życiu, ale potrzebuję tego dla wewnętrznego spokoju ducha. Niech ustalą mi kuratora dla nieznanej z miejsca pobytu i niech doprowadzą to do końca.

– Jak sobie życzysz. Wyślę ci prawomocny wyrok, żebyś mogła sobie oprawić w ramki i powiesić na ścianie. Jeszcze jakieś życzenia?

– Dbaj o siebie.

– Będę. Ty też. Wyślijcie mi pocztówkę – powiedziała Lilka i rozłączyła połączenie.

Piotrek patrzył na mnie z namysłem.

– Madzia zwariowała – powiedział ostrożnie.

– No popatrz, a ja myślałam, że jest stuknięta od lat.

Położyłam rękę na jego klacie i zaczęłam delikatnie jeździć po niej paznokciami.

– Chyba tym razem ostatecznie... Nie ma przecież już powodu, by udawać – rzucił gorzko. – Wiesz, co to oznacza?

Piotrek położył się na plecach. Uniosłam się na ręce i popatrzyłam na jego zafrasowaną minę.

– Że będzie siedziała w kaftanie za pancerną szybą, tam gdzie jej miejsce, i śpiewała *Crazy* Britney Spears. Może nawet zrobi sobie obrazujące nas laleczki wudu i regularnie będzie nakłuwała je igłami? – Uśmiechnęłam się szeroko.

Wiedziałam, że byłam bezlitosna i wredna, ale nie potrafiłam jej współczuć. Ludziom można wybaczać błędy, potknięcia, ale pięć lat knucia i kombinowania w celu udupienia osoby, która powinna być dla nas najważniejsza w życiu, nie mieściło mi się we łbie.

– Proces im się wypierdoli. Prawdopodobnie będziesz mogła wrócić do kraju – powiedział z niewzruszoną miną.

– Będziemy mogli, chciałeś powiedzieć.

Delikatnie ściągnęłam kołdrę w dół i przejechałam paznokciami po jego brzuchu.

– Ja nie. Zabójstwo się nie przedawnia – stwierdził.

– A to szkoda, ale to nie mój biznes. Powrót do kraju leży w moim interesie, a wiadomo, że ten jest rzeczą najistotniejszą. Czy aby nie wpajałeś mi tego do głowy przez ostatni rok? – zapytałam ze spokojem.

Popatrzył na mnie z uwagą.

– Dokładnie tak. Dlatego ci o tym mówię i chcę byśmy mieli jasność. Nie będę miał do ciebie żalu, jeśli tak zdecydujesz.

Udałam, że się przez chwilę zastanawiam.

– Tak właśnie zdecyduję – powiedziałam ze śmiertelną powagą.

– Rozumiem – rzucił.

Odczekałam jeszcze dwadzieścia sekund, po czym przeturlałam się na niego i złapałam w dłonie jego twarz.

– „Rozumiem" – rzuciłam parodiując go i zaczęłam się głośno śmiać. – A potem otruję ci kota, ukradnę dziesięć baniek, zarażę opryszczką i wrócę do kraju z jakimś dwudziestoletnim lokalsem, który będzie grał na banjo. Chyba nie masz o mnie najlepszego zdania, co?

Spojrzałam w jego błękitne oczy. Widziałam, jak momentalnie zmienił się ich wyraz. Teraz były takie, jak lubiłam: lekko rozbawione.

– Mam złe doświadczenia z kobietami – powiedział i mnie pocałował. Mocno, długo, głęboko.

Oderwałam się od niego i wyszeptałam mu prosto w usta.

– Gdzie ja mam bez ciebie jechać, baranie? I po co? A kto mnie będzie odbijał z pierdla?

– A kto nie dopuścił, bym do niego trafił? – Odbił piłeczkę.

– No to mamy remis.

Pocałowałam go, złapałam za ręce i skierowałam nad jego głowę, a potem zaczęłam się o niego ocierać jak kot. Oczywiście, że mógłby mi nie pozwolić, ale bardzo podobało mi się, że raz w życiu oddał mi nieco kontroli. Zamierzałam wykorzystać ją na maksa. Puściłam jego dłonie, a kiedy chciał mnie nimi objąć, zrobiłam groźną minę.

– Ręce za głowę – rzuciłam takim tonem, jakim on zwykle zwracał się do mnie w łóżku.

Uśmiechnął się pod nosem.

– No dobrze. Masz dziś dzień dziecka. Baw się – powiedział, splatając ręce za głową.

Zaczęłam powoli jeździć rękami i ustami po jego ciele. Całowałam klatę, masowałam ramiona, przejeżdżałam rękami po nogach, dotykałam każdej części jego ciała, długo, dokładnie i precyzyjnie. Każdej oprócz fiuta.

– Olka, wiosłuj – rzucił przez zęby.

– Poproś. – Nie powstrzymałam się i podniosłam na niego podniecony wzrok.

– Zapomnij – rzucił cwaniackim tonem.

– Na pewno? – Delikatnie dotknęłam go czubkiem języka. Poczułam, jak wstrząsnął nim dreszcz. – Jedno małe słówko. – Oplotłam go językiem i błyskawicznie się cofnęłam.

– Za dziesięć sekund zacznę ruszać rękami, a wtedy nie chciałbym być w twojej skórze.

– Szkoda, że ma pan do tego takie podejście, mecenasie.

Objęłam go dłonią, włożyłam do ust i chwilę ssałam, po czym przestałam.

– Proszę, do kurwy nędzy – powiedział, łapiąc prawą ręką moją głowę i kierując ją w wiadomą stronę.

– Nie była to najbardziej kwiecista prośba, jaką słyszałam w życiu, ale… Chętnie. Cała przyjemność po mojej stronie – rzuciłam, po czym wzięłam go głęboko do ust.

* * *

Wymeldowałem nas z hotelu, wsiedliśmy do samochodu i wyjechaliśmy na drogę prowadzącą do Żyliny. Miałem tam zaufanego człowieka – przyjaciela, z którym przed wieloma laty robiłem licencję pilota. Nie miał pojęcia, czym się zajmuję, nie brał w tym udziału. Dlatego był zupełnie bezpieczny, a ja zwykle korzystałem z jego gościnności podczas służbowych wyjazdów na Słowację. Wiedziałem, że zorganizuje mi coś, co pozwoli przeczekać tych kilka dni, zanim będziemy mogli wsiąść do samolotu we Frankfurcie. Dopóki nie wsiadłem na jego pokład, zamierzałem zachować maksymalną ostrożność. Tym bardziej zdziwił mnie telefon z nieznanego numeru. Połączenie prywatne. Pięknie. Pokazałem wyświetlacz Olce, która również miała niewyraźną minę.

– Lepiej odbierz. Nigdy nie wiadomo – rzuciła i wpatrzyła się w szybę.

Odebrałem telefon.

– Mecenas Orłowski? – usłyszałem głos Jerzego i prawie zjechałem z drogi. No tak. Byłem tak zajęty wyciąganiem Olki z więzienia, że zapomniałem o tym, że mój „szef" łatwo mi nie odpuści. Nie wnikałem, skąd wziął mój numer. Miał swoje sposoby, a ja i tak wkrótce wypierdolę ten telefon do kosza.

– Dzień dobry – rzuciłem.

– Ma mi pan coś do powiedzenia? – kontynuował Jerzy spokojnym tonem.

Nie mogłem teraz zacząć się tłumaczyć. Byłoby to jednoznaczne z przyznaniem się do winy, a nie miałem ku temu powodów. Nic nie zrobiłem, nikogo nie zakapowałem.

– Nadzwyczajna zmiana okoliczności zmusiła mnie do zerwania naszej owocnej współpracy – powiedziałem pewnym tonem, parkując na poboczu. – Pragnę jednak pana zapewnić, że wszystkie tajemnice pańskiego przedsiębiorstwa zabiorę ze sobą do grobu.

– Ależ jestem o tym przekonany – odparł Jerzy pogodnym tonem.

Czyli tylko mnie sprawdzał. Prawie zrobiło mi się słabo z ulgi. Nie miałem zamiaru robić sobie z niego wroga. Teoretycznie nie miałem już nigdy wrócić do Polski, ale życie nauczyło mnie, że lepiej nigdy nie mówić „nigdy".

– Nic się u nas nie dzieje – kontynuował Jerzy – więc doskonale wiem, że twoja lojalność jak zawsze jest niewzruszona. Mam tylko jedno pytanie: kto, do kurwy nędzy, będzie teraz prowadził moje interesy na Dolnym Śląsku?

– Proponuję na początek odnaleźć niejakiego Dawida – powiedziałem obojętnie. – Ostatni raz widziałem go w szpitalu przy Fieldorfa. Chyba że został aresztowany… Ale z tego co wiem, jego stan na to nie pozwalał.

– To dobre informacje. – Usłyszałem, że Jerzy spokojnie pyka cygaro. – Moi ludzie już zabrali go ze szpitala. Zniknął z radarów prokuratury. Zresztą mają ważniejsze problemy. Uciekła im z konwoju pani adwokat, podobno zamieszana w zorganizowaną grupę przestępczą. Widziałem jej zdjęcie w telewizji… Wiesz, że wygląda całkiem jak ta lafirynda, z którą byłeś w stolicy? Cóż za nadzwyczajny zbieg okoliczności!

– To jej zaginiona przed laty siostra bliźniaczka – zaryzykowałem dowcip.

Jerzy roześmiał się głośno.

– Absolutnie nie mam żalu. Nie interesuje mnie twoje życie osobiste i nie dziwi mnie, że się nim ze mną nie dzielisz. Interesuje mnie co innego. Ten cały Dawid opowiedział mi ciekawą historię. Podobno jakaś ekipa prawie wyssała go na tamten świat, że by przejąć twoje biznesy. To prawda?

– Prawda – odpowiedziałem, choć zdawałem sobie sprawę, że Jacek działał nie tylko z tych pobudek. Chuj z tym, nie zamierzałem mówić staremu więcej niż to, co absolutnie konieczne.

– Kto? – zapytał Jerzy, a ja poczułem dreszcz na karku.

– Współpracownik Artura, tego ze Śląska, ale on sam podobno nic o tym nie wiedział. Pomógł mi się pozbyć tego problemu – rzuciłem szybko.

Nie żebym żywił do niego jakieś cieplejsze uczucia, ale pamiętałem, że tuszował kwestie Sabriny, a ona wiedziała za dużo. Niby nie było szans, by zidentyfikowała Michała, ale lepiej dmuchać na zimne.

– Sprawdzę to. W każdym razie, *bon voyage*. Proszę, żebyś mi przy okazji załatwił autograf Maradony – rzucił, potwierdzając to, czego najbardziej się obawiałem. Doskonale wiedział, że uciekam do Argentyny. Michał miał rację, niełatwo wymiksować się z takiego biznesu.

– Zrobię, co w mojej mocy – powiedziałem. – Mogę jeszcze jedno pytanie?

– Śmiało – rzucił łaskawie Jerzy.

– Kojarzysz przejęcie firm niejakiego Fretki? W Opolu? – rzuciłem i niecierpliwie czekałem na reakcję.

– Stara sprawa, sprzed lat. Nic, co dotyczyłoby ciebie. Z tego co pamiętam, całkiem czysta, więc nie musisz się tym interesować – powiedział Jerzy, a ja nie miałem podstaw, by mu nie wierzyć.

* * *

– Stary? – rzuciłam, patrząc na jego niewyraźną minę. Piotrek zakończył połączenie, ale nadal wpatrywał się w telefon.

– Tak. – Przejechał ręką po twarzy. – Wie, dokąd jedziemy.

– Stary wie, a ja nie. Foch – powiedziałam, żeby go choć trochę rozweselić.

– Do Argentyny. Olka... Boję się, że to będzie się za nami ciągnąć.

– Nie będzie. – Położyłam dłoń na jego ręce zaciśniętej na dźwigni zmiany biegów. – Niedługo sprawa ucichnie i wszyscy o nas zapomną. Wiesz, że życie nie znosi próżni. Nasze miejsce zajmą młode wilki, które chętnie będą handlować kawą.

Uśmiechnęłam się. To zawsze bawiło mnie najbardziej. Ludzie wyobrażali sobie, że „karuzele

VAT-owskie" to jakieś nieprawdopodobne machlojki związane z handlem wyspecjalizowanymi towarami. A my po prostu kupowaliśmy kawę. Oczywiście tylko „na papierze", bo nikt tej kawy nigdy na oczy nie widział. Mechanizm prosty jak budowa cepa. „Znikający podatnik" – czyli któryś z naszych słupów – od słowackiej firmy kupował ogromną ilość towaru. Następnie nasze „bufory" – czyli ludzie Piotra, Teo bądź moi – kupowali od niego towar i obracali nim między sobą. Na koniec sprzedawali go na powrót na Słowację i występowali o zwrot VAT, który należy się przy wewnątrzwspólnotowych dostawach towarów. Kasa trafiała do nas, a „znikający podatnik" naprawdę znikał, zanim kontrola skarbowa wpadła na ślad tego wałka. Wszystko działało genialnie. Do czasu Madzi i jej rozmów z panem prokuratorem.

– Zresztą teraz chyba nie mamy wyjścia, nie? Trzeba było myśleć wcześniej, teraz musimy ponieść konsekwencje.

– Zawsze jesteś taka mądra? – rzucił, patrząc na mnie z ukosa, po czym odpalił silnik i włączył się do ruchu.

– Nie, bo jak tylko widzę twe błękitne oczęta, to mózg wstawiam do lodówki – powiedziałam szyderczo.

– „Bo jesteś fajna i dobra tylko w złym towarzystwie".

– Taco Hemingway – powiedziałam odruchowo. – Pragnę zauważyć, że ostatnio przebywam prawie wyłącznie w twoim towarzystwie.

– O tym właśnie mówię. Za dwadzieścia minut będziemy na miejscu. A jeśli wszystko, choć raz w moim życiu, pójdzie dokładnie tak, jak zaplanowałem, to za cztery dni będziemy mogli spokojnie się zastanowić co dalej.

* * *

Trzy dni na Słowacji strzeliły nam w okamgnieniu. To, że niemal nie wychodziliśmy z mieszkania mojego kumpla, wcale nam nie przeszkadzało. Dużo seksu, dużo rozmów. Olka opowiedziała mi nawet o pobycie w więzieniu. Wiedziałem jedno – była silniejsza ode mnie. Nie wiem, czybym to wytrzymał i wyszedł z tego bez większych psychicznych urazów. Jej się udało, choć wiem, że wiele ją to kosztowało. Dwa razy z rzędu budziła się w nocy z krzykiem. Chyba starała się pozować na twardszą, niż była, ale i tak podziwiałem to, jak to znosi. Podróż do Niemiec też przebiegła bez problemów. A teraz siedziałem w poczekalni hali odlotów jednego z największych lotnisk na świecie.

Olka poszła do toalety. Na razie nasze papiery nie wzbudziły żadnych zastrzeżeń, ale coraz trudniej było mi zachować zimną krew. Byłem ateistą, ale mimo to obiecałem każdemu z bogów ze wszystkich znanych mi religii, że jeśli uda mi się nas stąd wyciągnąć, to zmienię swoje życie.

Olka usiadła obok mnie.

– Dam ci dwa złote, jak mi powiesz, o czym myślisz.

– Kusząca propozycja, ale nie powiem ci.

– Bo na pewno myślisz o dupach – rzuciła ze śmiechem.

Wiedziałem, że to jej sposób na rozładowanie napięcia. Podniosłem się z miejsca.

– Chodź do tamtego baru. Mamy jeszcze dobre pół godziny do odlotu, a widziałem tam naprawdę fajną, cycatą rudą kelnerkę.

***

Wiedziałam, że Piotrek zabrał mnie do lotniskowej restauracji, bo widział, że denerwuję się jak nigdy wcześniej. Zamówił dla mnie podwójny gin z tonikiem, a dla siebie podwójną whisky. Alkohol ani trochę nie pomógł. Nadal patrzyłam na każdego jak na potencjalnego policjanta. Udało nam się dotrzeć aż tutaj. Nie wyobrażałam sobie, co mi się stanie z psychiką, jeśli zwiną nas tak blisko celu. Żałowałam każdej chwili, w której bawiłam się w ten biznes, oprócz tych spędzonych z Piotrkiem. Oczywiście, że zarobiliśmy mnóstwo forsy, ale już głupie trzy tygodnie w więzieniu przekonały mnie, że nie ma takich pieniędzy, które są w stanie wynagrodzić brak wolności. Po prostu nie ma. Zadośćuczynienie za niesłuszny areszt niewiele rekompensowało, nie wspominając już o tym, że w moim przypadku wcale nie był niesłuszny. Dostałam dokładnie to, na co pracowałam, ale dopiero pobyt w więzieniu mi to uświadomił. Nie ma dróg na skróty, a za wszystko prędzej czy później przyjdzie nam zapłacić. Rozmawialiśmy z Piotrkiem o drobnostkach, ale przez cały czas uważnie obserwowaliśmy otoczenie, a przede wszystkim nasz gate. W końcu zaświecił się napis FINAL CALL.

– To co, Oleńko? Idziemy? *No risk, no fun* – rzucił, a ja złapałam go za rękę.

Podeszliśmy do miłej blondynki i podaliśmy jej nasze karty pokładowe. Na widok przechadzającego się obok policjanta z psem kurczowo zacisnęłam rękę na dłoni Piotra. Spojrzał na mnie i uśmiechnął się uspokajająco.

– Moja dziewczyna boi się latać – wyjaśnił po angielsku.

– Mają państwo miejsca w pierwszej klasie, załoga zadba o to, żeby lot był dla państwa prawdziwą przyjemnością – odpowiedziała blondynka w tym samym języku i przepuściła nas przez bramkę, a następnie ją zamknęła. Nie zapamiętałam ani jazdy autobusem do samolotu, ani wejścia na pokład. Za to doskonale pamiętam chwilę, kiedy usiadłam w fotelu i usłyszałam odgłos zatrzaskiwanych drzwi.

EPILOG

– „Orlątko!" – Ściągnęła okulary przeciwsłoneczne i ułożyła się wygodniej w fotelu. Odkąd samolot oderwał się od lotniska we Frankfurcie, miała na twarzy szeroki uśmiech. – Co my tam będziemy robić? W boskim Buenos? Przecież polskie prawo nam się tam przyda jak kurwie majtki.

– Możemy żyć z tego, co nam się udało zaoszczędzić. Długo. Konta w Szwajcarii nadal działają i mają się świetnie. Myślałem, że pewnie szybko ogarnę miejscowe legalne papiery i zostanę… nie wiem… może zawodowym pilotem – rzuciłem pierwszy z brzegu pomysł, który przyszedł mi do głowy.

Zajrzałem do transportera, w którym smacznie spał Zdzisiek. Mieścił się wagowo w przedziale zwierząt, które nie musiały latać w luku bagażowym i siedział sobie na fotelu obok mnie.

– Jestem za stara na stewardesę, mam trzydzieści dwa lata. Zapomnij. – Popukała się w czoło.

Roześmiałem się głośno.

– No dobra, znajdę jakąś robotę w służbach naziemnych albo otworzę bar.

– Bar brzmi nieźle! – Uśmiechnęła się jeszcze szerzej.

– A ty? Co masz zamiar robić? Leżeć i pachnieć? – Specjalnie ją prowokowałem. Nie umiała usiedzieć na dupie dłużej niż dwadzieścia minut i nienawidziła być zależna finansowo. Zwariowałaby po miesiącu.

– Będę kelnerką w twoim barze albo zacznę sprzedawać precle pod palmą. A może książkę napiszę… – wymyślała wtulając się w moje ramię. Zaraz zaśnie, a ja będę siedział i się nudził. Nie ma mowy. Szturchnąłem ją lekko w bok.

– O czym?

– O tym, co lubisz najbardziej: seks, wódka, dziwki i inne rozrywki.

Położyła rękę na moim udzie. Przytuliłem ją mocno i oparłem brodę na jej czarnym łbie.

– Dziwki możesz skreślić.

– Niech będzie, że ci wierzę.

Sięgnęła po telefon, odszukała ikonkę Tindera, a potem kliknęła „odinstaluj” i z udawaną trwogą w oczach potwierdziła usunięcie aplikacji.

– Masz dowód miłości. Mam nadzieję, że mogę już spać.

Uśmiechnąłem się szeroko.

– A ja mam nadzieję, że kiedyś zmądrzejesz.

– Zanudziłbyś się na śmierć, panie mecenasie.

Przyznałem jej rację. W myślach.

PODZIĘKOWANIA

P – za niekończące się pokłady motywacji i wsparcia („Idź pisać, Torbo, bo klnę się na twoje cycki, że cię zaknebluję!”)

M – za to, że jest moim Głosem Rozsądku (*Remove before flight*).

M – za wspólne sporty ekstremalne („Takich trzech jak nas dwóch, to nie ma ani jednego”).

P – za cierpliwość dla moich pomysłów („Pewnie, że z tobą pojadę! Pewnie, że jutro!”).

Ł – za złote myśli („Facet w moim wieku powinien mieć swojego kelnera”).

Ł – za nieustanne sprowadzanie do pionu („Ściągnij te nogi, bo ci złoję dupę”).

L – za pomoc i bezustanną wiarę („Oooo, pani pisarka łaskawie przyszła do kancelarii! Gdzie jest czerwony dywan?”).

S – za zrozumienie i sarkazm, bez którego nie potrafię żyć („Jestem jeszcze twoją znajomą? To super!”).

K – za karmienie, troskę i wsparcie („Zjedz kanapkę i chodź na wino. A potem pisz!”).

M – za uczenie mnie, jak być damą („A feeee, jaki język :*”).

M – za bycie najwierniejszą czytelniczką i naczelnym zboczeńcem („Nie wiem, czy społeczeństwo jest gotowe na tę scenę, ale ja jestem na nią baaaardzo gotowa”).

A wszystkim, którzy pomagali, a których pominęłam, stawiam piwo ;)

Książkę wydrukowano na papierze
Creamy HiBulk 2.4 53 g/m²
dostarczonym przez ZiNG Sp. z o.o.

www.zing.com.pl

Wydawnictwo Akurat
imprint MUZA SA
ul. Sienna 73, 00-833 Warszawa
tel. +4822 6211775
e-mail: info@muza.com.pl

Dział zamówień: +4822 6286360
Księgarnia internetowa: www.muza.com.pl

Skład i łamanie: Magraf s.c., Bydgoszcz
Druk i oprawa: Abedik S.A., Poznań